「これまで誰かに愛を告げたことなど一度もない。
おれが愛するのは、後にも先にもおまえだけだ」
レオニーはアスガルに顔を近づけ接吻し、静かに腰を揺らめかせた。

Tiara Label

ティアラ文庫

激愛ハレム

スルタンと身代わり皇女

麻木未穂

presented by Miho Asagi

プランタン出版

イラスト／潤宮るか

目次

※本作品の内容はすべてフィクションです。

プロローグ

はるかいにしえ、夢以外なにも持たない若者が荒涼《こうりょう》とした死の砂漠を歩いていたとき、黄金《おうごん》の太陽がまぶたを突き刺し、目の前を横切った。

若者が陽の当たる砂地を掘り返すと、小さな石が見つかった。若者は石を持って故郷に帰り、瞬く間に武勲《ぶくん》をあげ、戦乱に明け暮れていた諸国を統一して王となった。

死ぬ間際、彼が握りしめていたのは、かつて砂漠で拾い上げた石だった。

やがて、その石を手に入れた者は王となって世界を制することができると言い伝えられるようになり、人々はその石を〈帝王《ていおう》の石《いし》〉と呼ぶようになった。

それが、砂漠に伝わる伝説だ。

いまでも帝王の石を求めて砂漠を旅する若者はあとをたたない――。

＊＊＊

「父上がお亡くなりになった……。父上がお亡くなりになったよ、レオニー」

六歳になったばかりの皇子、ジュストはレオニーの体にしがみつき、涙を流してしゃくり上げた。

父である皇太子が死んでもう十日も経つというのに、ジュストは泣いてばかりいる。レオニーの胸に頬をすり寄せている姿は、西方の大国ベルキネスの王位継承者とは思えない。レオニーは、クッションのきいたいすに腰かけ、自分の膝の上で泣きじゃくるジュストの頭を何度もなでた。

レオニーは十九歳。光り輝く白金《はっきん》の髪を耳の上で編み込み、残った部分をゆるやかに背中に垂らしている。薄紫色の瞳は水晶のように光り輝き、ふっくらした唇は赤いつやを帯びていた。女性らしい柔和《にゅうわ》な顔立ちは美しいと呼ぶに充分だったが、表情の端麗《たんれい》さより、おだやかさの方が強く全面に押し出されている。

身長は平均と同じぐらいで、ほっそりした優美なしなやかさがあった。

「父上はあんなに乗馬がうまかったのに落馬なんておかしいよ。きっとカッファーンのスルタンが鐙《あぶみ》に細工《さいく》をしたんだ」

「ジュストさま、そのようなことをおっしゃるのはおやめください」

「だって、戴冠式《たいかんしき》の三日前に落馬なんて、いくらなんでも変じゃないか。スルタンは、おじいさまがご病気で退位なさったのをいいことに、ベルキネスを乗っ取ろうとしてるんだ。おじいさまが皇帝だったときは、恐《こわ》くて手出しできなかったから。カッファーンのスルタンのこと、レオニーだって聞いてるだろ?」

「多少は……」

ジュストは、側近から聞いた言葉を口にした。

「カッファーンのスルタンは残忍で冷酷だって。即位のときには、玉座を得るため五人の異母兄弟を殺したんだよ。同腹《どうふく》の弟が一人いるけど、玉座を奪われるのが恐いから〈黄金の鳥籠《アルトウン・カフエス》〉っていう牢獄《ろうごく》に幽閉《ゆうへい》してるんだ」

「ですが、王位についてからさまざまな改革を行い、国内を安定させたのも事実です。国民は、スルタンの統治のもとで〈カッファーンの春〉と呼ばれる栄華《えいが》を謳歌《おうか》しているとか」

ジュストの言うとおり、カッファーンのスルタンは苛烈《かれつ》な気性《きしょう》の持ち主で、これまで何度も遠征を行い、利害の衝突する国と戦争を繰り返してきた。海を隔《へだ》てて領土の隣接するベルキネスとも決して友好な関係を築いているとは言えず、肥沃《ひよく》な土地を持つベルキネスを手に入れるためジュストの父である皇太子の鐙に細工をしたとしても不思議はない。

「わたしには男の兄弟はいないし、あとはマルスリーヌお姉さまだけだ。マルスリーヌお姉さまが男だったらよかったのに」

「マルスリーヌさまは〈ベルキネスの薔薇《ばら》〉と呼ばれるお方です。殿方にお生まれになったら、悲しまれる方がたくさんいますよ」

ジュストが顔を上げ、涙の残る目でレオニーを見た。

「宮廷のみんなは、おまえがお姉さまにうり二つだって言ってるけど、わたしはおまえの方が美人だと思うな」

「わたしはただの侍女です。マルスリーヌさまとは比べものになりません。ですが、お世辞でもうれしゅうございます」

「お世辞じゃないよ」

ジュストはそう言って、レオニーの体をしっかりと抱きしめた。

「帝座につくのは、おじいさまでしょ？　おじいさまはまだ生きていらっしゃるし、帝座をお譲りになったのは、父上に皇帝らしくしてもらうためだって側近たちが言ってた。ご病気で執務ができなくなったなんていうのは、嘘だって。だから、またおじいさまが皇帝におなりになったらいいんだ」

「ジュストさまが帝座におのぼりになるのか、前帝陛下がふたたび帝冠《ていかん》を戴《いただ》くのか、いま枢密《すうみつ》会議に諮《はか》っている最中です。前帝陛下のご体調を考慮した上で、まちがいのない決定が下されましょう」

「枢密会議なんて関係ない。わたしには皇帝なんてむりだ」

レオニーは、頰を膨らませたジュストにピスタチオのビスケットを差しだした。ジュストはレオニーの作ったビスケットを受け取り、子どもらしくかじりはじめた。

「たしかにジュストさまはまだ六歳でいらっしゃいますが、皇帝の資質を備えていらっしゃいます。それに宰相閣下もゲント卿も、ジュストさまを支えてくださいますからご心配にはおよびません」

「いっそゲント公爵が皇帝になったらいいのに。わたしよりゲント公爵の方が皇帝にふさわしいって、みんな言ってるよ」

ゲント公爵は二十五歳。宮廷でもっとも権勢を誇る貴族で、若いながら国政を担う重臣《じゅうしん》の一人となっている。レオニーにも優しく、病《やまい》に臥《ふ》せっている養父《ようふ》のことを気遣《きづか》い、なにかと声をかけてくれた。

「ゲント公爵がマルスリーヌお姉さまと結婚できないのは、国の利益にならないからでしょ？　お姉さまにはいろんな国の王子と政略結婚の話が持ち上がってるから、いまさらベルキネスの公爵と結婚してもいいことはないって。でも、皇帝になったら、みんな許してくれるはずだ」

「ゲント卿とのご結婚と皇帝の座とは関係ありません」

ジュストが、なにかを思い出すような表情になった。

「レオニーは、去年宮廷に招かれた吟遊詩人《ぎんゆうしじん》が歌っていた物語をおぼえてる？　帝王の石の話。帝王の石は王にふさわしい者が手にする石で、その石を手に入れた者は、血筋や身分にかかわらず世界を制することができるって」

「吟遊詩人の歌は聴いていませんが、帝王の石の話なら養父から少し教わりました。いろんな国の若者が、夢を抱いて探しに出かけると……」

ジュストの顔が明るくなったのを見て、レオニーは優しくほほえみ言葉をつづけた。

「帝王の石と呼ばれてはいますが、美しい石で飾られた短剣だと言う人もいますし、鶏《にわとり》が生んだ金の卵だと言う人もいると養父が申していました」

「吟遊詩人は石だって言ってた。きれいな宝玉《ほうぎょく》だって。カッファーンのいまのスルタンは帝王の石を持って生まれたんだってさ」

ジュストはレオニーの胸に頭を預け、六歳には似合わない憂鬱《ゆううつ》そうなため息をついた。

「わたしも帝王の石がほしいな」

「ジュストさまにそのようなものは必要ありません。ジュストさまは……」

レオニーはそこまで言って言葉を止めた。唇がわずかな震えを帯びる。

数日前、ジュストの側近たちがしていた立ち話を思い出した。

あのとき、話の中心にいたゲント公爵はすぐレオニーに気づき、騎士らしいおだやかな笑みを向けた。レオニーは頭を下げてその場を去ったが、ゲント公爵がいつまでも彼女の後ろ姿を見ていたことには気づいていた。

レオニーは意識をジュストに戻し、大きく息を吐き出した。

「ジュストさまは、ベルキネス皇家《こうか》の神聖な血を引いていらっしゃるのですから」

「もし引いてなかったら?」

「え……?」

「貴族たちは、表面上は仲良くしてるけど実はそうじゃないって、以前おじいさまが言ってらした。みんな帝座がほしいんだって。だから、もしわたしが皇家の血を引いていなかったら、貴族たちは宮廷の覇権《はけん》を狙って戦争を起こすかもしれないよ」

ジュストが、ゲント公爵の話していたことを知っているわけがない。だが、この少年の利発さは、ときどきレオニーを驚かせる。

「ジュストさまが皇家の血を引いていらっしゃることはまちがいのない事実です」

「わたしはまだ六歳だから、貴族の誰もわたしの言葉なんか聞かないし、帝座にのぼったところで国を治めることなんかできない」

そんなことはありません……とレオニーが言う前に、ジュストがつづけた。

「でも、帝王の石を持っていたら、みんなわたしのことを皇帝だと認めてひれ伏すさ。皇家の血を引いてなくても、六歳でも関係ない」

ジュストは、伝説の埋まった砂漠に思いを馳《は》せるように、どこか遠くに視線を向けた。

「帝王の石があればいいのに。レオニーだってそう思うでしょ?」

少年の純粋な目を見て、レオニーは返答に困った。

たしかにそんな石があれば、帝座をほしがる貴族たちは口を閉じるにちがいない。自分たちは石を持たず、皇帝としての正統性を示すことはできないのだから。

「帝王の石の話は、ただの伝説です。それに、たとえ手に入れたとしても、それが本当に伝説の宝玉かどうかわからないのではありませんか?」

「吟遊詩人は、帝王の石を手に入れた者は太陽みたいに光り輝き、みんながその霊威《れいい》に圧倒されるって歌ってた。だから、普通の石とはちがうって」

「吟遊詩人は、聴衆《ちょうしゅう》の興味を煽《あお》るためにどんなことでも口にします。それに、そのようなものを持たなくても、ジュストさまの統治に疑問をいだく者はおりません」

「わたしが本当に皇帝にふさわしいなら、帝王の石が転がり込んでくるはずだよ。帝王の石は、王だから手にするものじゃない。手にした者が王なんだ」

「皇子殿下は充分皇帝にふさわしいお方です」

「おじいさまならそうかもしれないけど……」

ジュストの祖父である前帝は、民人《たみびと》から「賢帝《けんてい》」と呼ばれ、重臣からの信頼も篤《あつ》く、ジュストは父より祖父を敬愛していた。前帝が孫をことのほか可愛がっていたこともあるが、ジュストの父はどこかジュストによそよそしかった。

父親とはそのようなものだとレオニーは思っていたが、この間の側近たちの会話を思い出すと憂《うれ》いの種を消すことはできなかった。

「どちらにしろ、皇帝はおじいさまだ。それかゲント公爵だよ。わたしにはむりだ」

レオニーはいつのまにか涙の消えたジュストの背中を軽く叩いた。泣き疲れたのか、ジュストのまぶたが重くなる。

ジュストが小さなあくびをして、レオニーの胸に顔を埋めようとした、そのとき。

「ジュストさま！　失礼いたしますっ」

慌ただしい足音が聞こえ、ゲント公爵が勢いよく扉を開いて入ってきた。

レオニーは緊張で息をつめた。次の皇帝が決まったのかもしれない。

本来なら立ち上がって礼をしなければいけないところだが、ジュストを抱いているため動くことができず、代わりに恭《うやうや》しく黙礼《もくれい》した。

「ジュストさま、こころしてお聞きくださいませ」

ゲント公爵がいったん声を止めたあと、静かに口を開いた。

「前帝陛下が、崩御《ほうぎょ》あらせられました」

レオニーはゆっくりと頭を上げ、ゲント公爵の美麗な顔を見た。ゲント公爵が放った言葉の意味が飲み込めず、しばしの間呆然とする。

「前帝陛下が崩御あらせられた……?」

ゲント公爵が口にしたことをそのまま繰り返すと神妙にうなずいた。

「容態が急変し、さきほど息をお引き取りになった」

「皇太子殿下が……、ジュストさまのお父さまが薨御《こうぎょ》なさってから、まだ十日です。なにか特別なご事情があったのですか」

もしかしてカッファーンのスルタンが……、――レオニーの中にそんな疑問がわき上がった。カッファーンのスルタンなら、事故を装って皇太子を暗殺し、前帝を手にかけることも考えられる。だが、ゲント公爵は静かに頭を横に振った。

「皇太子殿下が落馬で急逝《きゅうせい》されてから、前帝陛下のご病状が悪化していたのはおまえも知っているな。おそらくはそれが原因だ。侍医《じい》は、生きるご気力を失ってしまわれたのだろレオニーは、ジュストを抱く手に力を込めた。

「戴冠式を間近に控えたお父さまがお亡くなりになって……、今日になって、今度はご病気を理由に退位なさったおじいさまを失うなんて……。これからジュストさまはどうなるのでしょう？」

「よき日を選んで、なるべく早くジュストさまの戴冠式を行う」

「ジュストさまはまだ六歳です。皇帝におなりあそばすなど、荷が勝ちすぎるのではありませんか」

「皇太子殿下が薨御なさり、前帝陛下が崩御あらせられた以上、帝座を継ぐ方はジュストさましかおらぬ」

レオニーは、自分の体に響く小さな鼓動《こどう》に耳を澄ませた。さきほどジュストが口にしていた言葉が耳の奥によみがえる。もしジュストが皇家の血を引いていなかったら――。

レオニーの懸念をよそに、ゲント公爵はジュストの前でひざまずいた。

「ジュストさま、これからはわれらがジュストさまを補弼《ほひつ》いたしますので、どうかご安心ください。宰相以下、すべてジュストさまに忠誠を尽くします」

ゲント公爵が幼い手を取って指先に接吻《せっぷん》した。

「皇帝陛下、万歳《ばんざい》」

レオニーがジュストに目を向けると、六歳の皇帝はすでに安らかな眠りについていた。

第一章　入れ替わった姫君と奴隷の運命

レオニーは、低い長いすに腰をおろし、何度も深呼吸を繰り返した。

体が小刻みに震えている。高鳴った心臓がいまにも張り裂けてしまいそうだ。

船をおりる前、念入りに頰に紅《べに》をさしてもらったというのに、自分の顔が真っ青になっているのがはっきりとわかった。

しっかりするのよ、レオニー、と彼女はこころの中で自分自身に言い聞かせた。

あなたはベルキネスの皇女《こうじょ》なんだから。

レオニーが考えるとおり、彼女の装いは西方の大国であるベルキネスの皇女にふさわしい壮麗《そうれい》で優美なものだった。胸元や袖口は繊細《せんさい》なレースで縁取られ、床まで垂れる薄桃色のドレスは腰の部分をきつく絞り、そこから下はつぼみのように開いている。

一番上のスカートは前開きになっていて、裾《すそ》は後方にたくし上げられ、その下に着た深紅《しんく》のドレスと、さらに下の青いスカートがのぞき見えるようになっていた。

首につけられたダイヤモンドも真珠《しんじゅ》の指輪もなにもかも完璧《かんぺき》だったが、レオニーには美しいドレスの中の自分だけが唯一完璧でないように感じられた。

自分がいまいる控えの間にも、レオニーは圧倒されていた。

四方の壁は光沢《こうたく》のあるタイル張りで、草花文様《そうかもんよう》を描いた鏡板《かがみいた》がはめ込まれている。金箔《きんぱく》と瑠璃《るり》で飾られた天井の真下には、大理石で作られた人工の泉水盤が清らかな水をあふれさせ、大きな窓の向こうには紺碧《こんぺき》の水を湛《たた》えた海原《うなばら》が果てもなく広がっていた。

彼女が常に出入りしているベルキネス王宮の一室が、この控えの間に劣るわけでは決してない。だが、はじめて訪れる大宮殿《セラーリオ》の後宮《ハレム》は、噂とは比べものにならないほど荘重《そうちょう》で、シェルベットと呼ばれる甘く冷たい飲み物を口にしたばかりなのに、レオニーの喉《のど》はすでにからからに渇いていた。

「姫さま。――マルスリーヌ皇女殿下？」

レオニーははっと息を飲み込んだ。慌ててそばにいた侍女に目を向けるが、年若い侍女はレオニーの奇妙な反応には気づいていないようだ。レオニーの様子がおかしいのは、緊張のためと思ったにちがいない。侍女は、ここへついたときはレオニーと同じように緊張していたが、いつのまにか美しい容貌《ようぼう》に苛立《いらだ》ちを浮かべていた。

「わたしたちが来てから、もう一時間ですわ。ベルキネスの皇女殿下をこれほど待たせるなんて、いくらスルタンといえど失礼にもほどがあります」

侍女が怒ったような口調で言い、レオニーは表情を引き締めた。

そうだ、自分は〈ベルキネスの薔薇〉と呼ばれる麗しき皇女、マルスリーヌだ。

まちがっても奴隷あがりの侍女、レオニーではない。

この年若い娘は、マルスリーヌの侍女ではなく、語学が堪能《たんのう》ということで今回の随行に選ばれた。マルスリーヌのことを間近で見たことはないから、まさか目の前にいるのが自分より身分の低い女だとは思うまい。

レオニーは、侍女の気を鎮《しず》めるように皇女らしいほほえみをにじませた。

内心、マルスリーヌさまはこんな笑い方をなさっただろうかと思いながら。

「カッファーンでは、スルタンの威光を示すため、わざと外国の使者を待たせるそうです。わたしたちだけがこのような扱いを受けているわけではないのですから、気長に待ちましょう」

「わたしたちは使者ではありません。皇女殿下は、わが国とカッファーンの友好のためにここに逗留《とうりゅう》し、この国の文化を学び、両国の橋渡しに来たのです。そのような相手を待たせるなんて、はじめから融和《ゆうわ》を図《はか》る気がないのも同じですわ」

レオニーはなにか言おうとして、口を閉ざした。

ベルキネスの老いた前帝が急逝したのは、二十日ほど前だ。

皇位を継ぐはずだった皇太子が戴冠式の前に落馬で死亡し、病気を理由に退位した前帝がもう一度帝座につくか、六歳の皇子、ジュストが帝冠を戴くかで、重臣たちが議論を交わしていたときだった。

結果、枢密会議での話し合いを待つまでもなく、ジュストが帝座にのぼることになった。

あのとき、ベルキネス王宮は混乱に包まれた。

これからベルキネスはどうなるのか、——宮廷の誰もがそう思ったが、ゲント公爵の働きでひとまず宮廷内は鎮静化《ちんせいか》し、ジュストの戴冠式の日取りが決まると国民は新帝《しんてい》の誕生を待ち望むようになった。

だが、喜びを浮かべる民人とは対照的に、ゲント公爵をはじめとするジュストの側近の間にはひそかな疑惑の暗雲《あんうん》が漂《ただよ》った。

一部の貴族たちがささやいている「あの噂」が広まれば、ジュストが帝座にのぼることはおろか、ベルキネスの安寧が危機に瀕《ひん》する。

そこで、側近たちはある策略《さくりゃく》をめぐらせた。

ジュストの帝座を守るため、マルスリーヌにうり二つの侍女レオニーにある使命を課し、両国間の交流と称して、皇女の代わりにカッファーンのハレムに送り込んだのだ。

ジュストの戴冠式は、およそ一ヶ月後。

レオニーはこの一ヶ月の間に、自分に課せられた使命をなんとしても果たさねばならない。ジュストが、ベルキネス皇帝にふさわしい存在であると知らしめるために。

「少なくともセラーリオの門をくぐったとき、すぐに大宰相《グラン・ヴィジエール》がわたしたちを歓迎してくださいました。通常なら、そのときもなかなか来なかったはずです。それに、ここはハレムなのですから、スルタン陛下もみだりにいらっしゃることはできないのでしょう」

レオニーがそう言うと、侍女はいったん機嫌を直したかに見えたが、また表情をくもらせた。

「たしかに今回の交流を申し出たのはわが方です。皇太子殿下や前帝陛下を失って民が動揺しているときに攻め込まれては困りますから。ですが、春の謝肉祭《しやにくさい》で姫さまをお気に召したからという理由で、快《こころよ》く承諾《しようだく》なさったのはスルタン陛下です。結婚という形ではないにしろ、このような扱いを受けるなんて姫さまとわが国を侮辱《ぶじよく》しているようなものですわ。本来なら、皇妃《こうひ》として迎えるべきですのに」

「ただの逗留になったのは、カッファーンのスルタンに結婚する習慣がないためです。スルタンは四人まで奥方を持つことができますが、その方たちは高位の妾であって正式な皇妃ではないとのことですから」

「そうですけれど……」

スルタンが結婚しないというのも、レオニーをここに送り込むには好都合だった。結婚は国をあげての一大行事だ。そんな中で身代わりを立てて今回の計画を成し遂げるのは、いくらなんでも不可能だ。

これはただの交流にすぎない、とレオニーは思った。ハレムにとどまるのは、セラーリオの中で高貴な女性の住む場所がそこしかないからだ。

そして、そここそがスルタンにもっとも近いところだからだ。

そうは思うものの、ハレムがどのような場であるかを考えると、レオニーの不安は増すばかりだった。

　それに、彼女に命令を下した女官長《にょかんちょう》は、レオニーにはっきり言ったではないか。「どんな手段を用いてでも、あなたの使命を果たしなさい」と。

　それがなにを意味するのか、レオニーにもわかっていた。

　そばにいた侍女が、レオニーの憂慮《ゆうりょ》に気づかず口を開いた。

「姫さまがご滞在になるのは、戴冠式が行われるまでのひと月ですわ。その間に友好関係を築かねばならないのですから、最初からこれでは思いやられます」

「スルタン陛下は外交にも長《た》けたお方ということですから、両国のことはちゃんと考えてくださいますわ」

「だとよいのですが。にしても、姫さまはカッファーンのことをよくご存じですね。わたしは、言葉は習いましたが、それ以外はあまり知りません」

「ここへ来る前、少しだけ教わりましたので……」

　レオニーの養父は、病に倒れるまで大学で教師をしていた。

　養父が、奴隷市場で売られていたレオニーを買い取り、侍女として迎え入れたのは、彼女が七歳のときになる。それ以前の記憶はない。

　養父はレオニーの聡明《そうめい》さにすぐ気づき、彼女を奴隷から解放して養女《ようじょ》にした。

　それから、レオニーは邸《やしき》にあるたくさんの書物を読み、養父からさまざまなことを教わった。その中にはカッファーンの言葉や習わしも入っていた。

レオニーは養父のことを思い出し、深い憂いに満たされた。

養父の病は、悪化してはいないだろうか。医師には「容態は安定しているから心配ない」と言われたが、そんな言葉で安心はできなかった。

養父に買い取られてから、十二年。彼は実の父以上にレオニーを可愛がってくれた。養父が本当の父であればいいのにと思うこともあった。

だが、本当の父であれば、レオニーを奴隷市に売り飛ばしていたかもしれない。

養父はレオニーを解放して以来、彼女になにも強要《きょうよう》せず、したいことをしたいようにさせてくれた。レオニーのほしがるものは可能なかぎり与えようとしたが、レオニーには特にほしいものはなかった。

本は養父がたくさん持っていたし、レオニーがほしいのは養父の頭の中にあるさまざまな知識だけだったから。

養父はレオニーを、自分が教えてきた中で最高の生徒だと言い、知っていることをすべて与えた。レオニーはそれらを乾いた砂地のように吸収し、養父の話を聞いている時間は彼女の最良のときだった。

特に養父はカッファーンの話をするのが好きだった。ベルキネスとはまるで違う神秘の国は、養父を魅了《みりょう》してやまなかった。

「もしカッファーンに行く機会があれば、わたしの代わりにどんな国かしっかり見てきてくれないか」

そう言う養父に、レオニーはいつも同じ答えをした。

「わたしがカッファーンに行くなんてありえません。万一行くことがあっても、そのときはお養父《とう》さまと一緒です」

あのときは、本当にそう思っていた。カッファーンに行くことなど永遠にないと……。

それも、養父を残して。

養父が倒れてから、レオニーは少ない自分の時間をすべて養父のために費やした。ここ数ヶ月は言葉を発することもむずかしくなっていたから、レオニーが養父に書物を読んで聞かせた。もうすでにおぼえている書物ばかりだったが、養父はレオニーの言葉を聞くと体の痛みを忘れて安らかな眠りにつくことができた。

レオニーにとって、養父は人生のすべてだった。養父がいなければ、レオニーはいまごろ薄汚い売春宿《ばいしゅんやど》で死と隣り合わせの生活をしていたか、すでに死していただろう。

養父は、レオニーにとって本当の父であり、命の恩人であり、最高の教師だ。

養父のためなら、どんなことも厭《いと》わない。女官長の言う「手段」でさえ……。

レオニーが養父のことを考えていたとき、隣に座っていた侍女が、ふいにレオニーに話しかけた。

「姫さまは、謝肉祭でスルタン陛下にお会いになったことをおぼえておいでですか？」

レオニーは意識を養父から侍女に戻し、怪しまれないよう慎重に答えた。

「……あまりおぼえていません。正式にごあいさつしたわけではありませんので」

「そうでしたわね。たしかスルタン陛下が姫さまを少しだけお見かけになったのでしたっけ。噂に名高いスルタン陛下のおこころを一目でとりこにするなんて、さすがはベルキネスの薔薇ですわ」

謝肉祭でおぼえていることと言えば、ジュストの飼っている猫がカッファーンから来た客の犬に吠えられ、木の上に駆け上ったことだけだ。猫はあまりに高いところまで逃げてしまったためおりることができず、レオニーが木に登って猫を助けおろした。

ジュストは、何度も「レオニー、ありがとう。おまえがわたしの侍女で本当によかったよ」と言い、愛猫《あいびょう》を抱きしめた。レオニーを見ていた客は仮面で顔を隠していたが、きっと彼女をばかにしていたにちがいない。

木に登るようなはしたない女は、カッファーンにはいないだろうから。

ベルキネスでさえいないのに。

あの男はいまどこでなにをしているだろう。

「姫さまもスルタン陛下のお噂はご存じでしょう?」

侍女が口もとに意味ありげな微笑を浮かべた。

「スルタン陛下がとてもお美しいということかしら」

「もちろんです。スルタン陛下はどのような美女もあらがうことのできない容貌をしているとか。姫さまも充分お気をつけください」

「殿方の容貌など関係ありません。大切なのはこころです。優しい方でなければ、愛することなどできませんわ」

自分が、スルタンにこころ惹かれることはないだろう。噂に聞くかぎり、彼に優しさがあるとは思えない。

レオニーは、残虐《ざんぎゃく》で冷酷だというスルタンの噂に考えをめぐらせ、内心で恐怖を抑えることができなかった。

時間が刻々《こくこく》とすぎていく。まだスルタンの来る気配はない。このまま永遠に来なければいいと思うが、病の床にいる養父のことを考えるとそんなわけにはいかなかった。

また、養父のことが頭を占め始めた。

女官長から今回の使命を言いわたされたとき、レオニーはすぐ邸へ戻り、養父の眠る寝台のそばに腰をおろした。

養父に別れのあいさつをするためレオニーに与えられた時間はわずかだった。

レオニーはそのわずかな時間を無言で養父とわかちあった。

次に養父に会えるのは、使命をぶじ果たしたあとだろう。その日が、レオニーには途方もなく遠い未来のように感じられた。それとも、永遠に来ない未来なのだろうか?

別れの涙は出なかった。これは別れではないのだから。

レオニーがそう信じ、いすから立ち上がろうとしたとき、養父が静かに目を開き、弱々しい声を出した。

「カッファーンの夢を見ていた……」

養父は寝台から苦心《くしん》して起きあがり、レオニーは養父の背中に手をそえ、彼を支えた。

「いい夢でしたか？」

「いい夢のようでもあるし、悪い夢のようでもある。だが、こころ惹かれる夢だった」

養父が小さなため息をついた。

「こんな体でなければ、カッファーンに行きたかったのだがな。あそこの王立図書館にはあらゆる書物が東西諸国から集められているとのことだ。永遠に生きつづけても読みつくすことはできないだろう」

レオニーはなにか言おうとしたが、その前に、養父がふたたび口を開いた。

「おまえには迷惑をかけるな。おまえのように美しい娘なら、こんな貧しい教師ではなく、もっと金のある男に妻として迎えられることができたろうに」

「わたしはお養父さまに引き取られてとても幸せです。こんな幸せ、お金では買えません」

養父は疲れたような笑みを浮かべ、激しく咳き込んだ。

「お養父さま！」

「大丈夫だ……。それより、こんな時間にどうした？　まだ仕事ではないのか」

レオニーは養父の背中をなでながら、邸に戻るまでに考えた言い訳を口にした。

「突然決まったことですが、これから少し長い仕事につくことになりました。その前に、お養父さまに会う時間をいただいたのです」

「長い仕事?」

「はい。これから一ヶ月ほど戴冠式の準備で宮殿に泊まり込みます。ジュストさまが、お父さまとおじいさまを相次いで亡くされて寂しい思いをしていらっしゃるので……。戴冠式がおわれば戻ってまいります。こちらには、お養父さまのお世話をしていただく方を派遣してくださるとのことですから、ご心配にはおよびません」

養父はしばし沈黙し、やがて言った。

「戴冠式のとき新たな皇帝が帝座にのぼるためには、形ばかりとはいえ、その場にいる貴族たちの承認が必要だったな」

レオニーはわずかに表情をこわばらせた。養父はなにを考えて、こんなことを口にしたのだろう。

「ずいぶん昔は、貴族たちが新しい皇帝の誕生を拒否したこともあった」

レオニーは自分の胸のうちを悟られないように、用心しながら質問した。

「……貴族の方々の承認は、さきほどお養父さまがおっしゃったとおり、すでに形だけとなっています。拒絶なさる方がいても帝座が揺らぐことはないでしょう」

「だが、ジュストさまの統治がやりにくくなることはまちがいない」

「お養父さまは、戴冠式の場で、ジュストさまが皇位につくことを貴族の方々が反対なさるとお思いですか?」

養父は「わからない」と言うように首を振ったあと答えた。

「少なくともそうなればジュストさまの統治がやりにくくなることはまちがいない」

養父の声に憂慮が混ざった。

「前帝陛下は、強力な権威で貴族たちを押さえつけていらっしゃった。だが、ご自分になにか起こったとき、ご子息である皇太子殿下がうまく国をまとめることができるのか、そのことを危惧《きぐ》なさり、皇太子殿下に皇位をお譲りになって、ご自分が生きているうちに国を安定させようとなさったのだ。前帝陛下が新帝の補佐役となっていれば、反抗心の強い貴族とて口出しできんからな」

レオニーは、養父の話に静かに耳を傾けた。

「ジュストさまは聡明なお方だ。六歳とはいえ、ご自分がどのような立場に置かれているかちゃんと理解していらっしゃる。それゆえ、苦しみも多いだろう。宮廷には、なにやらつまらないものを手に入れて皇帝としての権威をつけようとしている動きがあるそうな」

レオニーの胸がどきりと跳ね上がり、鼓動が耳に鳴り響いた。

レオニーは、うわずった声で訊いた。

「お養父さまは……、そのようなものが必要だとお考えでしょうか」

「さあな。だが、ジュストさまがもう少し大人におなりあそばせば、前帝陛下に勝るとも劣らない名君になられることはまちがいない」

「それまでは、宰相閣下やゲント卿がお助けくださいます」

ふいに、養父がレオニーの手をつかみ、病に苦しんでいるとは思えないほど力強い声で言った。

「これからひと月の間、おまえがなにをするのかは訊かないでおこう。だが、わたしのために自分を犠牲にしてはならん。もしこころの底から愛する者ができたら、迷わずその男の胸に飛び込むがいい。わたしのことなど考えるな」

「わたしは……お養父さまの犠牲になっているとは思いません。わたしは……」

レオニーはなおも言葉をつづけようとしたが、養父は疲れ切ったように寝台に体を戻し目を閉じた。

レオニーは戸惑《とまど》いを隠せず、養父の顔をのぞき込んだが、すでに養父は深い眠りの中にいた――。


あのとき、養父はこれからレオニーがなにをするのか気づいていたのだろうか。

養父が言っていた「つまらないもの」とはまちがいなく帝王の石のことだ。養父は、ジュストが宮廷で置かれている立場をも察していた。宮廷を去ってずいぶん経つのに。

だが、一部の貴族たちが噂していることまで知っているはずがない。

レオニーは、口の中で養父の言葉を繰り返した。こころの底から愛する者ができたら……。

そんな日が自分に来るとは思えなかった。けれど、ごくたまにそんな相手に巡り会えるかもしれないと考えることもあった。どんな相手かは想像するだけだったが、きっと優しい男だろう。優しくて、誠実で、思いやりのある男性。

そんな相手をぼんやりとだが夢見ていた。ただの夢にすぎないのはわかっていたが、夢を見るくらいならかまうまい。

さしたる波風もなく、少しばかり退屈だが、おだやかで居心地のいい家庭。

きっと出会いも平凡なものだ。自分に釣り合った身分の男。そんな相手が一番いい。

ゆるやかな生活の中で、身を焦がすような激情や、とろけるような悦《よろこ》びとは無縁の時間を過ごしていく。

子どもはたくさんほしかった。夫とは子どもを通して結びついていくにちがいない。

それが、父の言う「愛」とは違うことはわかっている。もちろん、恋ではありえない。

そんな夢を見ながらも、レオニーは自分が誰かに恋をすることはないだろうと、漠然《ばくぜん》と考えていた。そして、誰かをこころの底から愛することもないだろうと。

これまでそんな気持ちをいだいたことは一度もないし、自分に恋は似つかわしくない。

熱い想いは自分の中には存在しないのだ。あの優しいゲント公爵にさえ、どんなときめきも感じないのだから。

スルタンにこころ奪われることはないと確信できるのは、そのためでもあった。

けれど、もうそんなことはどうでもいい。

恋も愛も、自分が考えるべきことではない。大切なのは、養父のことだ。

養父のために、自分はなんとしてもこの使命をぶじ果たさねばならない。

レオニーが固く決意したそのときだった。

廻廊《かいろう》の向こうから、甲高い足音が聞こえてきた。

レオニーは侍女とともにすぐさま立ち上がった。いくつもの音の中にひときわ居丈高《いたけだか》な靴音が混ざっている。レオニーの中に忘れていた緊張がよみがえった。

閉ざされていた扉が、ゆっくりと開かれた。

最初に目に入ったのは、きらめくばかりの真っ白な長衣《カフタン》だった。先の尖った靴が、カフタンの裾を跳ね上げる。男が足を踏み入れたとたん、部屋の空気が異質のものに変化し、匂いまで変わったようだった。

男はカフタンの上に赤い刺繍《ししゅう》の縁取りがついた前開きの外衣《がいい》を身につけていた。

濃い紫色の腰帯にはダイヤモンドと青玉がたっぷりとあしらわれている。首から下がっているのは紅玉のようだが、ほかの宝石に比べ、ずいぶん小振りで輝きも鈍い。

頭部に巻かれた白いターバンには首飾りを補ってあまりある巨大な緑玉が光り、その下からは亜麻《あま》色の髪が肩にまで伸びていた。長身で、一歩近づくたび大きさが増していく。

厚い胸板がカフタンを押し上げ、男として申し分のない体軀《たいく》をしていた。

一緒にやってきた肌の色の濃い宦官《かんがん》たちは、こうべを垂れて廻廊にとどまった。

レオニーは視線をゆっくりと上方に動かした。

背後にいる侍女が、大きく息を飲んだのがわかった。侍女はしばらくそのままでいたあと、熱のこもったため息をもらした。ただの賞賛《しょうさん》ではない。そこには憧憬《しょうけい》が含まれていた。いや、すでにそれ以上のものだったのかもしれない。

完璧な美貌――。

つり上がり気味の眉《まゆ》は顔全体に精悍《せいかん》さを与え、高い鼻梁《びりょう》は高すぎる寸前でとどまっている。薄い唇は冷酷そうな印象を与え、精緻《せいち》な輪郭《りんかく》にはどのようなむだもなく、すべてが想像の域を超えていた。

レオニーをもっともとらえたのは、男の目だった。

銀の瞳。

銀色の目などはじめてだ。磨き抜かれた鏡のようなまなざし。レオニーはその中に自分の嘘が映っている気がした。

カッファーンにその名も高きスルタン、――アスガルがそこにいた。

アスガルは大きな猟犬を近習《きんじゅ》のように従え、レオニーに近づき彼女を見つめた。

レオニーの体が硬直し、膝が激しく震え出した。

どのくらいそのままでいたのかわからない。数秒だったのかもしれないが、永遠にも感じられた。実際に彼がいると時間が止まった気がした。

アスガルはレオニーから決して視線をそらさなかった。彼は目の前にいる女が、自分の惹かれた相手ではないことに気づいたろうか？

たしかに自分はマルスリーヌに似てはいるが、あそこまで美しくない。自分はマルスリーヌのように高貴な身分に生まれついた者特有の凛《りん》とした気高さに欠けている。

レオニーには、その気高さが皇女らしい美しさに見えた。

レオニーは、いったん息を吸って吐き、はやる気持ちを落ち着けた。ここでひるんでいては、自分がマルスリーヌではないと示すようなものだ。

そう言い聞かせ、冷たくなった指でドレスの裾をつかみ、洗練された優美な仕草で丁寧に会釈した。

「お初にお目にかかります、スルタン陛下。このたびはハレムにお招きいただき……」

レオニーがそこまで言ったとき、ふいに、アスガルが彼女の手首をつかみ上げ、背中を向けた。レオニーの手が強い力で引っぱられ、危うく転びそうになる。

アスガルは大股で歩いて行き、レオニーは彼に引きずられるようにして小走りでついていった。抵抗はおろか、転ばないようにするだけで精一杯だった。

「姫さま……。姫さま！」

呆然としていた侍女がわれに返って、レオニーを追いかけようとした。一歩足を踏み出したとたん、扉のそばにいた宦官たちが立ちはだかり、彼女の前進を妨げた。

「その女を追い返せ！」

アスガルが、振り向きもせず言った。レオニーは背後をうかがったが、侍女の姿は見えなかった。

アスガルがまっすぐ廻廊を進み、忠実な猟犬が彼の脇にぴったりと付き従った。濃い不安がレオニーの中に渦巻いた。

「どちらへ行かれるのですか……」

レオニーは、空《あ》いた手でスカートをつかみ、裾を踏みつけないように注意しながら、アスガルのあごをのぞき込んだ。強引につかまれた手首だけでなく腕全体が痛みに苛《さいな》まれたが、アスガルが気にかける様子はない。

斑岩《はんがん》造りの列柱《れっちゅう》が並んだ柱廊《ちゅうろう》を通って何度か角を曲がると、薄緑色の衣装をつけた二人の女が立つ扉があった。

女たちはアスガルを見て扉を開き、レオニーはアスガルに連れられて中に入った。

広々とした室内はどこもかしこも金色に輝き、時計や陶器、真珠をあしらった掛け布で飾られていた。

豪奢《ごうしゃ》ではあったが、決して下品ではなく、居心地のいい空間が作り出されている。

レオニーは室内を見わたし、あげかけた声を呑み込んだ。

部屋の中央に、草花模様の浮き彫りが施された天蓋《てんがい》つきの寝台がある。

アスガルがここでなにをする気か、訊かなくてもわかった。

レオニーは、すぐさまかかとを踏みしめたが、なんの役にも立たなかった。

レオニーの背後で扉が閉まったのと同時に、アスガルが彼女を寝台に放り投げた。

羽毛のたっぷりつまったクッションがレオニーの下で大きくはずんだ。レオニーは広い寝台の上に尻もちをついた格好で座り込み、すぐそばに立ちはだかるアスガルを見上げた。

銀色の瞳が彼女を射抜《いぬ》く。たしかに彼は美しい。

ゲント公爵の美貌など、足もとにもおよばない。

だが、レオニーは彼を恐れた。その美しさを。その冷徹さを。彼女を見るまなざしの鋭さを。

レオニーは彼から退こうとしたが、体が硬直して動くことができなかった。

「おまえの立場をはっきりさせておく」

アスガルが冷たい口調で言い放った。体温のない彫像のような体の中には、彫像のようにこころが入っていないのかもしれない。

アスガルの足もとにいた猟犬が、主人の言葉を待つように絨毯《じゆうたん》の上で腹ばいになった。

「おまえが、ベルキネスの者たちになにを言われてハレムに送り込まれたかなどどうでもいい」

レオニーは声をつまらせた。いまのは「ベルキネス皇女」としての役割のことを話しているにすぎないと思うが、平静ではいられない。

アスガルがつづけた。

「おまえはおれの体を温めるためにハレムに来た。そのことをよくおぼえておくがいい」

自分は皇女だ、とレオニーは自分に言い聞かせた。ベルキネスの気高い皇女。

ここで屈してはいけない。

レオニーは吸いこんだ息を吐き、高貴さを秘めた声で言った。

「わたしは両国の融和を図るために遣わされたのです。このようなことは許されません」

「いやなら、死ぬ気で抵抗しろ」

アスガルがターバンと外衣を取り、彼女の上にのしかかった。押し迫るような影が、レオニーを圧倒する。

アスガルは、レオニーの右胸を衣の上からなんの躊躇《ちゅうちょ》もなくつかみ、自分に向かって引きよせた。唇がぶつかるような勢いで押し当てられ、レオニーは奥歯をかみしめた。

五本の指が胸に食い込み、苦痛を感じた瞬間、痛みが遠のき、ふくらみがゆるやかに揉み込まれる。すると、思いもかけず甘美《かんび》な流れが、彼女の背筋を駆けめぐった。

胸の先端が親指の腹で軽くこすられると、驚くほど簡単に硬直した。

突如やってきたざわめきがなにを意味するのかわからず、レオニーは首をすくめた。

「いや……。いやです……！」

アスガルから顔をそむけ接吻を拒《こば》むが、アスガルは空いた手でレオニーのあごをつかみ、獣のように荒々しく唇を奪った。

はじめての接吻だった。レオニーは、これまではじめての接吻は優しくおだやかなものだろうと漠然と考えていたが、アスガルとの接吻は想像とはまるで違っていた。

激しく、狂おしく、恐ろしく、――情熱的で、甘い接吻。

自分のなにもかもが彼の思い通りにされていく。自分で自分を制御できない。

アスガルが、顔をねじって唇を容赦なく吸い上げ、舌で輪郭をなでていくと、恥じらいを秘めたレオニーの部位がいやらしくひくついた。

「やめて……、ンふッ……」

重なった唇のすきまから自分のものとは思えない声がもれ、背中に微細《びさい》な波が立つ。

それがなにか最初はよく理解できなかったが、気づいたときには明確な官能が彼女の中に芽生《めば》えていた。

「ンン……、ン……」

アスガルが深く唇を合わせると妖しいときめきが唇から全身へ広がり、どうにもならなくなっていく。

こんなこと、気持ちいいはずがない。

強引に奪われて、容赦のない言葉をかけられて、悦びをおぼえるなんてありえない。

だが、理性とは裏腹に、体のあらゆる部分が欲望を感じてざわめいている。

自分は侍女が言っていたように、彼の容貌に一目でこころを奪われたのだろうか……。

そんなはずはない、とレオニーは思った。

アスガルの容貌はたしかに彼女を惹きつけたが、自分が愛せるのは優しい男だ。

彼のように傲慢《ごうまん》で、むりやり体を弄《もてあそ》ぶような男に特別な想いを抱くことは決してない。

そうは思うのに、ふれられた部位からわき上がる愉悦《ゆえつ》を止めることはできず、彼の息がかかるたび背中が引きつり、くぐもった声がもれた。

「ふ……う……、あぁ……ッ」

アスガルがわずかに体を起こし、ドレスの背中に並んだボタンに手をかけた。アスガルの接吻に溺《おぼ》れていたレオニーは慌てて彼の手を振りほどこうとしたが、アスガルは脱がせるのがもどかしいというように、力任せにドレスを破いて彼女の体から引きはがした。

「いや……!」

白い裸体がアスガルの前にさらされる。背中をおおう白金の髪が寝台の上で波を打ち、その上に直接肌が横たえられると彼女の持つ美しさが強調《きょうちょう》された。

胸元はドレスを着ていたときよりずっと豊かで、腰は美しい曲線を描いている。脚はまっすぐに伸び、薄い茂《しげ》みが中心で息づいていた。

アスガルは彼女の体を眺め回して満足げな笑みを浮かべ、手早くカフタンを脱いで自分も裸身《らしん》になり、彼女の両脇に手をついた。

容姿だけではない。衣を取った体も完璧だ。上腕は大きく盛り上がり、全身のたくましさは不快を感じさせる一歩手前でとどまっている。胸の間にスルタンには似つかわしくない首飾りが光っていたが、それさえも彼が持つと最高級の宝玉に見えた。

大腿《だいたい》に圧迫を感じて視線を向けると、隆々《りゅうりゅう》と硬直した部位が目に入った。

レオニーはすぐさま顔をそむけたが、はじめて見る部位はあまりに大きく、彼女に畏怖《いふ》を起こさせた。

だが、畏怖だけではない。自分の奥底がなにかを求めてあえいでいる。

そのことにレオニーは気づいていたが、それが途方もなく恥ずかしかった。

レオニーがなにか言おうとしたとき、アスガルがもう一度わななく唇を奪い取った。

「ンンン……！」

レオニーの口内を探りながら、隆起《りゅうき》した塊《かたまり》をわざと秘部にこすりつける。

人間の一部がこんなに硬くなれるのかと思うほど、彼の下腹は変化していた。

はじめて見るものがもっとも敏感な箇所にふれると、レオニーの腰が浮き上がり、秘部がひくひくとうごめいた。

「ああ……っ、ンンッ」

アスガルの指先が脇腹を通って、ゆっくり下方に移動する。下腹から茂みへ。茂みからその奥へ。

彼の手が秘部の中心に到達したとき――。

あえぎ声が嗚咽《おえつ》に変わった。

レオニーは悦んでいたわけではない。彼女は泣いていた。

＊＊＊

カッファーンのハレムに行って、スルタンの持つ〈帝王の石〉を奪うこと。

それが、レオニーに課せられた使命だった。

帝座につくはずだった皇太子が落馬で死亡したときから、誰言うとなくささやかれるようになった噂が原因だ。

ジュストの父は皇太子ではない、と。

ジュストは皇家の神聖な血を引く正統な跡継ぎではない、と——。

かつて、ゲント公爵とジュストの側近が話していたのもそのことだった。

あのとき、側近は額に焦燥《しょうそう》の色を浮かべ、ゲント公爵に切実な声で申し立てていた。

——ベルキネス宮廷で、……などという噂がどこからともなく聞こえております、いかがいたしましょう、ゲント卿。

ジュストの側近の言葉を聞き、ゲント公爵はため息をつきながら答えた。

「まだ知っている者は少ないのだろう。われらが、いまできることはない」

「ジュストさまが帝王の石でもお持ちであれば、このような噂など簡単に打ち消すことができますのに」

「それほどの宝玉か？」

「伝説には、みな弱いものです」

側近がそう言ったとき、ゲント公爵がレオニーに気づいてほほえみ、レオニーは慌ててその場を立ち去った……。

あの話を聞いたときは、まだ前帝は生きていらっしゃった。皇太子が亡くなったとしても、前帝がふたたび帝座につき、国が安定すれば自然とそのような噂はなくなるだろう。

かりに、前帝が皇位を固辞《こじ》し、ジュストが帝座を継いだとしても、前帝の補佐のもとで政治を学べば、十年後にはジュストが皇帝の座にとどまることに異論を挟むことのできる者はいなくなっているはずだ。

レオニーはそう考えていた。

だが、彼女の予想は簡単に裏切られ、前帝は急逝し、否応《いやおう》なくジュストが皇位につくことになった。

しかし、この六歳の少年が、皇家の血を引いていないかもしれないという噂が事実であろうがなかろうが、ジュストの帝座が危ぶまれることはまちがいない。

だが、帝王の石を手にすることができれば、彼が、選ばれた皇帝であることを示すことができる。

皇家の血を引いていないという証拠はどこにもないのだから、本当かどうかわからない噂などより、帝王の石によって得られる権威の方がよほど強い——ジュストの側近がそう考えたのは、当然のことだった。

ジュストの帝座を守るためだけではない。

戦争を好むいまのスルタンは、ベルキネスにとって厄介な存在だ。だが、彼が帝王の石を失ったとなれば、カッファーンでの権威は失墜し、彼に従う者はいなくなるだろう。

レオニーは、ジュストが帝座にのぼることが決まった数日後、女官長に呼び出され、「帝王の石をカッファーンのスルタンから奪うように」と命令された。

レオニーが呼ばれた広い部屋には、女官長だけでなく、ゲント公爵もいた。

ゲント公爵は、美麗な容貌に心配そうな表情をにじませ、女官長の言葉を神妙に聞くレオニーを見つめていた。

「あなたのお養父さまはずいぶん長い間、病に臥せっているそうではないですか。薬代もばかにならないでしょう。あなたが自分の役目をちゃんと果たせば、ジュストさまはあなたにたっぷり褒美《ほうび》を下さいますよ」

そう言って、女官長はにっこりとほほえんだが、目は笑っていなかった。

レオニーは突然のことになんと答えていいのかわからなかった。

マルスリーヌの身代わりになることも、ハレムに行くことも、自分にできるとは思えない。ましてやスルタンの目を盗んで帝王の石を手に入れることなど不可能だ。

レオニーは、鋭い視線で自分をとらえる女官長に向かって遠慮がちに訊いた。

「……スルタン陛下が一目でマルスリーヌさまを見初《みそ》められたと言うのでしたら、すぐ別人だと気づかれるのではありませんか」

「女ならそうかもしれません。ですが、殿方は単純なものです。見初めたと言っても、ほんの少し目に留めただけなのですから、まず気づかれることはありませんわ」

マルスリーヌはレオニーよりひとつ年下の十八歳。〈ベルキネスの薔薇〉と呼ばれる美貌の持ち主で、以前より近隣諸国から結婚の申し込みが相次いでいる。

波打つ髪は白金と言うにはやや濃く、瞳の色も青みがかっていたが、背格好や輪郭はたしかにレオニーとよく似ていた。

レオニーはむだだとは思いながら口にした。

「そのようなことがわたし一人にできるとは思えません……」

「何人もハレムに忍び込ませれば、かえって目立ってしまうでしょう。それに、皇女なら多少のわがままは聞いてもらえます。そのための交流ですから」

「……いつまでに使命を果たせばいいのですか」

「戴冠式の前日まで。船で行き来する時間をのぞいて、一ヶ月です」

「そんなに早く……」

女官長は、レオニーの不安を無視して言った。

「貴族たちの承認が得られなければ帝座にのぼれなかったのは昔の話とはいえ、今後の統治に影響があることは事実です。もしジュストさまが帝冠を戴くときに帝王の石を持っていることを知らしめれば、ジュストさまが次の皇帝であることを認めない者はいなくなりましょう」

女官長の言葉どおり養父の薬は高価で、蓄《たくわ》えはほとんど底をついていた。売り物になるようなレオニーの衣も、もう残されてはいない。養父の書物はどうしても売りたくなかった。

「大切な宝玉がそんなに簡単に見つかるでしょうか」

「スルタン陛下は漁色家《りょうしょくか》ともっぱらの評判です。あなたの美貌があれば、なんとでもなりますよ」

女官長はあっさりと口にしたが、彼女の言葉が意図《いと》することは明白だ。

レオニーが下唇をかみしめると、沈黙していたゲント公爵がため息混じりの声を出した。

「わたしたちも、きみにこんなことをさせたくはない。誰がどう言おうと、ジュストさま以上に皇帝にふさわしい方はいないからね。だが、宮廷には心ない者が大勢いる。その者たちに口を閉じさせるためには、こうするほかないんだ」

「ゲント卿……」

レオニーの様子を見て、ゲント公爵が気遣うようにレオニーをうかがった。

「きみ一人で決められないなら、いまから邸に戻ってお父上に相談……」

「わたしがカッファーンに行っている間、どなたかに養父の面倒をみていただくことはできますか」

レオニーがうつむいたまま言うと、ゲント公爵の顔が明るくなった。

「もちろんだ。お父上のことはわたしたちに任せてくれ。ちゃんとした侍女をつけるから、きみは自分に与えられた使命のことだけを考えていればいい」

ゲント公爵がレオニーを安心させるようにつづけた。

「そんな顔をしなくても大丈夫だ。女官長の言うとおり、きみは美しいし、スルタンはすぐきみのとりこになるよ。それにこちらは皇女で、名目は交流だ。スルタンがどんな男だったとしてもむやみなことはしてこないさ」

ゲント公爵はそう言ったが、ハレムに行くことが最終的になにを指すのかわかっている。

かりにスルタンが噂とは違っていたとしても、関係のないことだ。

レオニーが瞳に苦しみを浮かべたとき、女官長が、ゲント公爵の言葉を否定するように言い放った。

「どんな手段を用いてでも、自分の使命を果たしなさい」

レオニーは小さな声でつぶやいた。

「わかりました……」

「ジュストさまの帝座もベルキネスの未来も、すべてきみの肩にかかっている。期待しているよ。きみならできる」

ゲント公爵がレオニーに近づき、頬に軽く接吻した。その瞬間、レオニーはわずかに背中を引きつらせたが、すぐ表情を取りつくろった。

＊＊＊

涙があふれて止まらない。

かりにも皇女なのだから、こんなところで泣いてはいけないと思えば思うほど、涙がこみ上げ、どうにもならなくなっていく。

レオニーの涙に気づいたアスガルは、なにが起こったのかわからないというように眉を寄せ、レオニーが泣いていることを知ると急いで言った。

「泣くなっ。泣くんじゃない」

アスガルは、レオニーが驚くほどうろたえていた。つい今し方まで荒々《あらあら》しく彼女を奪い、好きなように弄んでいたというのに、どうしたというのだろう。

これではまるで、いじめていた好きな少女に泣き出され、慌てて謝る少年のようだ。

「泣くなと言っているだろう!」

彼が怒鳴《どな》りつけると、もう我慢できなかった。レオニーはとうとう大声をあげて泣き出した。

涙を流すレオニーを見て、アスガルはどんな行為に出るだろうか?

五人も兄弟を殺した男だ。交流なのだから殺されることはないだろうが、癇癪《かんしゃく》を起こした男が女にすることと言えば決まっている。

レオニーの恐怖がさらに募《つの》ったが、涙は止まらなかった。

泣きじゃくるレオニーを見て、アスガルが呆然とした。

さっきまでの冷酷な表情は消え、すっかり困り果てている。そんな主人が珍しいのか、部屋の中央にいた猟犬があごを上げて彼を見たが、すぐもとの姿勢に戻った。

アスガルが、涙で濡れたレオニーの頬を手のひらで包み込んだ。

彼がふれた瞬間、レオニーの体がこわばった。

「おれに抱かれるのが、そんなにいやか?」

アスガルが、気遣うような声で訊いた。冷酷だと評判のスルタンには似つかわしくない声だ。

「それとも、おれの体を温めろと言ったのがいやだったのか？　どんな言葉を使ったところで、事実なのだから仕方ない。交流だの、融和だのなんてのは方便にすぎん。ベルキネスの連中がおまえをここにやったのは、戴冠式までの間おれに攻め込まれないようにするためだ。おれはおまえにつまらない期待を抱かせたくなくて……」

レオニーは何度もしゃくり上げたあと、懸命に息を整えた。

「期待なんて持っていません。ハレムに来たのですから、自分がどのような立場に置かれているかぐらいわかっています」

「では、どうして泣く？」

「あなたは……、さきほどからわたしに優しい言葉をひとつもかけてくださいません。わたしは……このようなことに慣れていないのです。少しぐらい優しい言葉をかけてくださってもいいと思います」

レオニーは、自分の口にした言葉が自分でも信じられなかった。なぜこんなことを言ってしまったのだろう。優しくしてくれればいいというわけでは決してないのに。

それでも、優しくしてほしかった。その気持ちがどこから来るのか理解できない。はじめてのことだから？　優しくされれば、少しは気が安まるから？

それとも、少しは許せるから？

むりやりふれる彼を、ではなく、彼にふれられて悦びを感じている自分を。

アスガルが言ったとおり、ハレムに来たのだからこういう扱いを受けることはわかっていた。だが、自分がこんな風に感じるなんて考えてもみなかった。

むりやり奪われたあげく、優しい言葉すらかけられていないのに、なぜ体は悦びをおぼえているのか。なぜ気持ちいいと思ってしまうのか。

はじめての官能は激しすぎ、彼女を狂わせ、淫《みだ》らにさせ、違う存在にしてしまう。さして知りもしない男にふれられて感じている自分は、自分ではない。

そんな自分がどうしても許せなかった。

やがて、レオニーの涙が止まり、落ち着きを取りもどす。アスガルから目をそむけ、クッションを抱きながら彼に殴られることを覚悟したが、アスガルは沈黙したままだった。

彼はなにを考えているのだろう。きっと愚かな女だと思っているにちがいない。彼はスルタンで、女に優しくする必要はないのだから。

たとえスルタンでなかったとしても、彼ほどの美しさがあれば、たいていの女は彼のするなにもかもを許してしまうにちがいない。

アスガルはレオニーの様子をうかがって、ゆっくりと口を開いた。

「おまえはおれに優しくしてほしいというのか?」

「……そうです」

「おまえの望みはそれだけか」

「それだけです」

アスガルはずいぶん経ってから、思ってもみない言葉を口にした。

「では、おまえの望みどおりにしてやろう」

アスガルが体を移動させ、彼女の足もとに顔を近づけた。

レオニーは反射的に足を引っ込めようとしたが、すぐ全身の力を抜いた。

「あ……」

アスガルが、レオニーの足の甲に接吻した。レオニーが下方に目を向けると、アスガルが彼女の足もとに恭しくひざまずいている。皇女を娶《めと》ったときに、夫がする行為だ。

アスガルは、レオニーの足をそっと寝台におろし、彼女の両脇に手をついて顔を近づけた。

唇が重なった。

アスガルが接吻してきたはずだが、自分が引きよせられたような気もする。少なくともさっきの接吻とは違っていた。一方的で荒々しい、欲望に任せた行為ではない。

唇がわずかにふれるだけの切ない接吻。

アスガルはしばらくそのままでいた。重なった唇から彼の気遣いが伝わった。

レオニーのおびえが簡単に消えることはなかったが、アスガルの体温が浸透《しんとう》すると安堵《あんど》が広がり、鳴り響いていた鼓動がゆっくりと凪《な》いでいった。

レオニーの震えが静まったのを感じ取ってから、アスガルが舌を忍び込ませてきた。

「んん……」

ぬるりと舌が入ってきて、彼女の舌の先端にふれる。レオニーは思わず舌を引っ込めたが、アスガルはむりに追ってこようとはしなかった。

舌を引いて唇を吸い上げ、表層をたっぷりなめてから、また舌を入れる。口蓋《こうがい》に舌を這《は》わせ、歯茎《しけい》をなぶられるとレオニーの中から情欲がこみ上げ、しなやかな背筋がわなないた。

「あ……、ふぅン……」

声をあげるつもりはなかったのに、ため息混じりのあえぎがもれた。アスガルがいったん唇を離すと、レオニーは息を弾ませ、潤んだ瞳でアスガルを見た。

銀色の目と視線が合う。アスガルは唇に微笑を浮かべていた。さっきは冷酷な笑みだったのに、いまはどこか優しさを帯びている。

アスガルが彼女の唇を追ってもう一度接吻し、今度は容易に舌を絡め取った。うねるような動きがレオニーをさらい、全身の産毛《うぶげ》が逆立《さかだ》った。硬直した胸の先端がアスガルの硬い胸でこすられると、鋭利《えいり》な悦びがやってくる。そんな自分の欲望に、自分でも驚いた。

「思ったとおりだ」

舌先で口角を弄びながら、アスガルが言った。

「おまえの体は温かい」

レオニーは頬を火照《ほて》らせた。いまさらなにを赤くなっているのだろう。自分は生まれたままの格好で彼に抱かれている。それだけで、充分恥ずかしいことなのに。

「これから夏に向かう季節です。もうさほど寒くはありません……」

レオニーは震える声を出した。

「まだ夜は寒い。昼は暑くなることも多いがな」

アスガルがレオニーの頬に接吻し、唇を耳に移動させた。ゲント公爵とは違う接吻。いったいなにが違うのだろう。

「んふぅ……」

丹念《たんねん》に耳をしゃぶられると快感よりくすぐったさの方が大きく、レオニーは首をすくめて彼の行為にたえた。

アスガルが、耳の裏、耳朶《じだ》、さらには内部までなめつくし、首筋に舌を這わせていく。

レオニーは、新たな快感を味わうたび自然と腰をくねらせた。

アスガルの手が胸の丸みをつかみ上げた。ゆっくりと力を込め、やわらかい肉を絞るようにうごめかせる。盛り上がった胸が形を変え、指のすきまから赤い先端がのぞき見えた。

「は……あンっ……」

乳房に圧迫がかかると独特の余韻《よいん》が広がり、体がとろけていきそうだ。慣れた手つきで胸がこね上げられるたび秘部が強く収縮し、透明な蜜が寝台にまでしたたった。

こんな悦びがあるなんて思ってもみなかった。これまで結婚した女友達は不満を言うばかりだったから、夜の生活はさぞいやなものだろうと考えていた。夫婦の行為は、男の欲望を満たすためだけにあるのだと。

だが、アスガルにふれられて悦んでいるのは自分の方だ。繊細な指先も、力強い手のひらも、乳房にめり込む五本の指も、なにもかも快い。

「いい体をしている。抱き心地も完璧だ」

アスガルが首筋を甘がみしながら言うと、レオニーはその声に知らず知らずのうちに酔いしれた。自分でもそのことが信じられない。彼がふれるごとに、――動きを変えるごとに未知の快楽がやってきて彼女を妖しく苛んでいく。

ハレムに来る前は、厭わしい行為をどう我慢するかばかり考えていたのに、いまは自分の情欲をとどめることで精一杯だった。

「はぁッ……！」

ふいに胸の先端をつまみ上げられ、レオニーは背中を反らせた。あまりに敏感な部位は快感より先に苦痛が走る。アスガルはレオニーの様子にすぐ気づき、指の力をゆるめた。

「こっちの方がいいようだな」

そう言って、乳房の下方をつかんで尖らせ、唇で先端をとらえた。

「あぁ……ン……」

先端が口内に含まれると、これまでにない劣情がレオニーをとらえた。反対の先端は指でいじったままだったが、その力も決してレオニーを追いつめるものではなく、彼が最大限の注意を払っているのがわかる。彼の心配《こころくば》りを感じるとレオニーは安らぎに満たされ、こわばった体が素直に反応しはじめた。

「肌触りも、感度も」

「あンっ」

「声もいい」

アスガルがふくらみの周囲を舌でなぞり、やわらかな肉を吸い上げる。丸みを揉み込みながら、指の間に先端を挟んでこすりあげ、ときおり折るように曲げると、小さな部位にもかかわらず強烈な歓喜《かんき》がやってきて、レオニーは声を抑えることができなくなった。

「はぁン……、ンはぁ……」

アスガルが上体を起こし、薄紫色の瞳をのぞき込んだ。

「思っていたとおりだ。どこもかしこもよくできている。謝肉祭のときに見てわかった。おまえの体はおれに抱かれるためにあるのだとな。これからもっとおれ好みに仕上げてやる」

その言葉を聞いて、レオニーは薄く目を開いた。

そうだ、自分はマルスリーヌだ。彼がこころ惹かれたのは、自分ではない。自分は身代わりでここに来たにすぎず、彼の大切な宝玉を奪う使命が課せられている。

だが、アスガルが目の前にいる女に惹かれているなら好都合だ。

帝王の石を探すにしろ、嫌われるより愛される方がやりやすいに決まっている。

これが女官長の言っていた「手段」だ。

自分は、帝王の石のために少しでも彼に気に入られようとしているだけなのだ。

そして、気に入られるためにはたっぷり演技をしなければならない。はじめての行為で、自分にそんなことができるとは思えなかったが、やらなければならないことだ。

女の嘘に男が気づくはずはない。目の前にいる女が別人だということにも気づいてはいないのだから。

アスガルが、レオニーの首筋に歯を立て、大きく吸った。

レオニーは息を呑み込んだあと、わずかに躊躇し、すぐに息を吐き出した。

「あぁぁン……っ」

高い声をあげたレオニーを見て、アスガルが言った。

「つまらん演技はやめろ」

レオニーは体をびくつかせた。顔が真っ赤に火照り、忘れかけていた不安と羞恥《しゅうち》がこみ上げる。自分はそんなにわざとらしい声を出しただろうか。

レオニーがおびえた表情になると、アスガルは怒ったそぶりは見せず、冷たい口調で言った。

「ハレムにいる女と同じことをする必要はない。おまえはおまえらしくしているんだ」

低い声は決して優しいと言えるものではなかったが、その言葉は充分に優しかった。

ここはハレムだ。三〇〇人の女が彼の愛を得ようと日夜《にちや》嘘をついている。

そんな女たちに囲まれて暮らしているのだから、彼が女の演技に敏感になっていたとしても不思議はない。だが、残忍な為政者《いせいしゃ》が、女の些細な嘘を簡単に見抜けるものだろうか。

愛する女ならべつかもしれないが……。

「……っ！」

アスガルがまた胸の先端に吸い付き、指で側面をこすりあげた。官能と情熱がほとばしり、欲望の渦に飲まれていく。

アスガルがなんと言おうと、ここにいるかぎり自分は自分らしくできない。自分は皇女マルスリーヌで、目の前の男が抱いているのは、レオニーとは違う女なのだから。

「さっきおまえは、自分がどんな立場に置かれているかわかっていると言ったな。いったいどんな立場だと思ってここに来た？」

レオニーはいったん沈黙したあと、ゆっくり口を開いた。

「わたしは人質として、あなたに差しだされたのだと思っています……」

「人質、か。まぁいい。どんな立場であれ、ここにいる間たっぷり楽しませてやるから期待しろ」

「ンふうっ……！」

アスガルの愛撫《あいぶ》は巧《たく》みで、レオニーにあらゆる種類の快楽を与えていく。彼女の悦ぶところを見つけると飽きることなくそこを攻め、彼女が少しでも表情をくもらせると指を引き、うわずった声をもらすと反応を変えるまで同じところをなめつづけた。

自分にふれている男のことは噂でしか知らない。それも、悪い噂だけだ。なのに、いまの彼は噂とはまったく違っていた。

唇から、首から、胸から、胸の先端から、彼の肌を感じるすべてから悦びがあふれかえる。この悦びが意味するものはなんだろう。自分は誰にでも同じように感じる女なのか。これまで何度か男に手を握られたり、体をさわられたりしたことはあるが、どれもひどく不快だった。好きでもない相手だからだろうと思い、深く考えはしなかった。

ゲント公爵のような相手ならそんな風には感じないだろう、と。

だが、ゲント公爵に接吻されたとき、レオニーは期待していたのとはまったく逆の感覚を得た。なにかが違うと直感したが、なにが違うのかはわからなかった。

唇がほんの少し頬にふれただけなのに、背中の震えを止めることができなかった。

そして、いま自分は五人の兄弟を殺した男に抱かれ、いやらしく悶《もだ》えている。

皇女の代わりにすぎないのに、彼の指が体をまさぐり、硬い部位が大腿をこするたび秘密の部位から蜜がこぼれ落ち、レオニーに自分の歓喜を知らしめた。

こんな風に感じてはいけないと思うものの、奥底からわき上がる情欲を抑えることはできず、アスガルに翻弄《ほんろう》されるだけだった。

「ハレムはどんなところだと聞きかされた？」

「……三〇〇人の美女がいらっしゃる場だとうかがいました」

「そのとおりだ。だが、おまえは三〇一人目になるわけではない」

「どういうことでしょう」

レオニーは訊いたが、アスガルは答えなかった。

アスガルの手が腹の上を這い、薄い茂みをひととおりなでまわしたあと、とうとう秘部に到達した。中指が花びらにふれた瞬間、中心が大きくわななないた。

下腹に痛みともまごう鋭い官能が突き抜け、レオニーは背中を引きつらせた。

「ッン……！」

秘めやかな箇所がはじめての快楽にうち震え、期待とおびえでいやらしくうごめいた。

誰にもさわられたことのない部位に他人の指を感じると、途方もない恥じらいと不安、そして、鮮烈《せんれつ》な熱情がやってきた。ここは自分以外の誰かがふれるような場所ではない。こんな行為は、してはいけないことなのだ。

そう考えてはみるものの、彼の指が当たっただけで秘部はあえぎ、淫らな悦びが蜜となってしたたった。

自分の体が意志に反して変わっていくのが恐かった。ふれられればふれられるほど欲望が高まっていく。

自分には養父の命を救うために課せられた大切な使命があるというのに、こんな淫らな行いに溺れてはいけない。

そう思い、レオニーは奥歯をかみしめ、悦びを感じまいとした。

「つまらんまねはするなと言ったろう」

アスガルが冷たい声で言い、慌ててレオニーは彼に目を向けた。

銀色の瞳は最初に見たときよりさらに輝きを増している気がする。

わずかな疵《きず》もない容姿は、彼女をおびえさせ、同時に彼女を惹きつけた。

レオニーが戸惑っていると、アスガルは彼女を見透かしたような声を出した。

「感じているふりも、感じていないふりもするな。おれが気づかないとでも思っているのか」

「わたしは……、そのようなことは……」

レオニーが視線をそらすと、アスガルは彼女をまっすぐにとらえてから驚くほど優しい接吻をした。

「おまえはおれのすることに素直に感じていればいいんだ」

「あぁッ……」

アスガルが中指だけで、まだ硬い秘部の表層をそっとなでた。形を確かめるように外輪に指を這わせると、レオニーは恐怖と官能を感じて喉を大きくのけぞらせた。ほんの少し指が動いているだけなのに鋭敏な快楽が訪れる。その快楽が恐かった。

アスガルが花びらの先端、裏側の溝、秘部の縁、すべてをなぞり、彼女の秘部を確認した。それは途方もなく恥ずかしい行為で、自分の守ってきた秘密がなにもかも彼の目にさらされた気がした。

「こういうときにどうすればいいか教わったか?」

「少しは……」

「なにをどう教わった?」

「殿方と寝所に入るということだけです……。あとはなにも……」

「なら、ほとんどなにも知らんわけだな」

レオニーは口を閉ざしたが、事実だった。女友達も、肝心なことは言わなかった。彼女たちの話からなにをするのか漠然と知ってはいたが、理解できたのは最後の行為だけだった。

アスガルがレオニーの表情を見つめながら、秘部を手のひらで包み込んだ。レオニーが反射的に脚を閉ざすと、手のひらをくわえ込む格好になる。すると、余計に秘部が刺激され、歓喜が中心を突き上げた。

「なにも恐がる必要はない。すべておれに任せていろ」

盛り上がった部位がおおわれると、安堵に似た心地よさがやってきた。慣れない行為であればあるほど淫靡《いんび》な炎が燃え上がり、レオニーのこころと体をかき乱す
女友達は、この行為に快楽があるとは言わなかった。こんな風に感じることも。体中が欲情にかられてあえぐことも。

「ふぅ……ン、はぁ……」

秘部がたえまなくひくつき、手のひらが押しつけられると、はしたなさが明確になる。

それがひどく恥ずかしく、レオニーは自分の反応を知られまいとして目を閉じた。

「ずいぶん生きのいい体だな。ひくひくしてるぞ。よほどおれに入れてもらいたいらしい」

「いや……」

「こんなに悦んでいるのに、いやなわけはない」

彼の言うとおり、中心は激しくうごめき、腫《は》れたように痛んでいる。内部からはたえまなく蜜があふれ出し、アスガルが秘部を揉み込むと淫猥《いんわい》な水音が響いた。

隠された部位が、こんな反応を示すなんて思いもよらなかった。ただ男が彼女のなかに入ってくるだけだと考えていたし、女友達はとても不快で、痛いことだと言っていた。

そこに悦びはないのだと。

なのに、アスガルとの交わりはなにもかもが異なっている。

自分は淫蕩《いんとう》な女なのだろうか？　だから、いやらしい行為に悦楽をおぼえるのか。

彼は、会ったばかりの相手なのに。残忍なスルタンなのに。

「こんなの……変です……。わたしの体はどうなってしまったのですか」

「これが女だ。おまえだけが特別なのではない」

アスガルが、手のひらをうごめかせると、甘やかな刺激が秘部から全身に流れ込んだ。

さざ波のような官能が彼女を魅了し、あらがおうとすればするほど彼女をとりこにして離さない。

扉の前にいる女たちは、いまここで行われていることをすべて知っているだろう。そう思うと恥じらいは止まらず、また体を硬直させて快楽から逃れようとしたが、アスガルに怒られるのを恐れ、すぐ全身の力を抜き、感じるままに任せた。

「それでいい。おれの言うとおりにしろ」

「ンふぅ……、あぁ……」

アスガルが空いた手で乳房を揉み込みながら、秘部の縁をなぞりはじめた。親指と人差し指で花びらをつまんでこすりあわせ、溝のつけ根をえぐっていく。

縦になった秘裂が執拗になで回されると、快楽の蜜が奥底からこぼれおちた。

アスガルは、頬を火照らせたレオニーを注意深く見守りながら、花びらの内側を片方ずつ丁寧にくすぐり、指が中に入らないように表層だけを愛撫した。

秘裂に合わせて何度も指が行き来するが、淫らな熱情に慣れることはなく、レオニーの秘部は彼を求めて生き物のようにうごめいた。レオニーはうち続く愉悦をこらえることができず、体を大きくしならせた。

「あっ……、あぁっ……」

どんな手段を用いてでもというのは、こういうことだ。

アスガルの望むとおりにすること。彼を油断させること。彼を夢中にさせること。

もっとも、彼のような男が女に夢中になるとは思えない。それに自分が彼を夢中にできるとも思えなかった。そもそも彼は誰かをこころの底から愛したことがあるのだろうか。

マルスリーヌを見初めたとは言うが、いったいどれほどの感情なのだろう。

それとも、彼は本当にマルスリーヌを愛しているのだろうか。

ふと、レオニーの胸に小さな痛みが走った。わずかな痛みだったが、たしかに痛んだ。

いまのはいったいなんだろう。

「あぁッ……」

アスガルが、レオニーの思考を中断するように、中心に指先をあてがった。

その瞬間、秘部が収縮し、彼の行為を妨げた。まったく知らない官能は、レオニーにおびえだけでなく、強烈な刺激をも与え、レオニーは下唇を噛んで行為に呑み込まれまいとした。

「おまえのここは、おれがやることをちゃんとわきまえているな。誰かに入れられたことがあるようだ」

「そんなこと、ありません……！」

「自分でするときは何本指を入れるんだ？」

「わたしはなにもしたことはありません……！」

レオニーが顔を紅潮《こうちょう》させると、アスガルは彼女の反応を楽しむように指を中心に沈めていった。

「本当かどうかはすぐにわかる」

アスガルの指が、彼女のなかに入っていく。レオニーは恐怖で体を凍《こお》りつかせたが、彼女の内部は確実にアスガルを求め、彼が入っていっても決して拒絶しなかった。

「あ……、あっ、あっ……」

レオニーがわずかな痛みを感じて背中を引きつらせると、彼女の様子を慎重にうかがっていたアスガルがすぐ指の動きを止めた。しばらくそのままでいると、痛みが静かに引いていく。レオニーが慣れた頃合いを見計らい、アスガルはまた指を進めていった。

奥にいくたび、はじめての苦痛がレオニーを襲い、恐れで体がうち震える。だが、アスガルが少し進んでは指を止め、また進んでは止めるうち妖しい感覚が芽生えはじめた。

痛みとは違う感じ。それどころかまったく逆の、中心から広がる甘い愉悦。

秘部は彼をいやがるどころか、いざなうようにうごめき、奥底へと導いていく。

素直な反応を示す体を否定することはできず、彼の指が最後まで収まると、レオニーは快感を取り込むように深呼吸を繰り返した。

「ずいぶん固いな。たしかにはじめてだ。本当に自分の指を入れたことはないのか？」

レオニーは顔をそむけたが、これではなにをされるかわからないと思い、恥じらいをこらえゆっくりとうなずいた。

「では、大人しくしていろ。すぐ慣れる」

アスガルが彼女の瞳を見つめたまま、細心の注意を払って指を動かしていった。彼の言うとおり彼女の内部は固く、容易にはほぐれなかったが、ゆるい行き来を繰り返すと動きがなめらかになっていった。

「ン……、ふ……」

はじめは痛みだと思っていたものが、明確な快感へと変わっていく。浅い部分から奥底まで探られると悦びがこみ上げ、自分の中にあった隔たりが崩れていく気がした。

「あまり力を入れるなよ。この程度のことで女の体は壊れん」

「ふぁ……」

アスガルが指の腹で内部を押し、彼女の感じるところを探していく。レオニーがわずかに眉を寄せただけで彼女の欲望を正確にとらえ、同じ箇所をこすりあげた。

「どうだ、もうさほど痛くはないだろう」

「ンンぁぁ……」

アスガルの言葉を聞き、レオニーは恍惚《こうこつ》としたため息をもらした。

自分がハレムに来たのは、彼に悦ばせてもらうためではない。

そうは思うものの、はじめて与えられる悦楽は衝撃的で、どれだけ我慢したとしても下腹からこみ上げる欲望をやり過ごすことはできなかった。

「もう一本入れるから、大人しくしていろ」

「あぁっ……」

アスガルが慎重に指を増やしたあと彼女の様子を確かめ、なじんだころにまた動かしていく。指にあわせて蜜がこぼれ、鈍い痛みが新鮮な官能へと変わっていった。

「ん……っ、いやっ……」

レオニーがいやらしいうずきを感じる自分を嫌って、あらがうような声をあげると、アスガルが言った。

「いやなことはあるまい。おまえがなにをしに来たにせよ、気持ちいい方が楽しいに決まっている」

レオニーははっと目を見開いた。また、さっきと同じ言葉だ。アスガルが口にしているのは皇女としての務めのことであって、レオニーがなすべきことではない。

それはわかっているが、彼が勘のいい男だということはすでにたっぷりと知らされた。

自分がマルスリーヌでないことには気づいていないようだが、余計な疑いを抱かれるわけにはいかない。

「ヤンっ！」

アスガルが二本の指で奥を貫き、レオニーは首をのけぞらせた。なにを考えていても淫情は去らず、彼女の理性を奪っていく。思考の波が欲望へと置き換えられ、アスガルがいろんな箇所を押し、こすり、刺激すると、レオニーのなかになにかがこみ上げていった。

「あ……、ふぅ……、ンふ……」

よくわからない圧迫感が押しよせ、体がこわばっていく。自分の感じているものをとらえようとして意識を集中させたが、なにが起こりつつあるのか想像もつかない。

快感がさらに濃密になり、奇妙な感覚がやってきた。レオニーにはそれがよく理解できなかったが、この行為がおわりに近づいていることだけはわかった。

アスガルが激しく奥を貫いたとき、レオニーの体に感じたことのないしびれが走った。

「はぁンッ……！」

腰が小刻みに跳ね上がり、秘部が収縮を繰り返した。快い興奮が全身を行き交い、鼓動が大きく鳴り響く。何度も荒い息を吐くと、アスガルがレオニーに接吻し、レオニーは自分でも知らないうちに彼の舌に応《こた》えていた。

鮮烈な快楽が彼女の体をとろけさせ、レオニーは夢見るような声で訊いた。

「これは……なんですか……。ふ……ううン……」

「そうびくつくことじゃない。これが感じるということだ」

アスガルが、蜜の絡まった指を静かに引き抜いた。まだ彼女の秘部はわなないていたが、なにかが足りない気がした。悦びは充分与えられたはずなのに、もっと違うものを求めている。

この行為はおわったのだ。もう次はない。

そうは思うが渇きはやまず、新たななにかを欲して、からっぽになった秘部がこれまで以上にうち震えた。

アスガルが片手を寝台に立て、反対の手を猛《たけ》り狂《くる》う下腹にそえた。

レオニーの中に、忘れていた恐怖がよみがえった。

これでおわるはずがなかった。少なくとも彼にとっては、まだなにもおわってはいない。

女友達の口にしていた、最後の行為だ。

レオニーは今度こそ抵抗しようとしたが、結局はあきらめた。ここまで来た以上どうしようもないし、それに、彼の望みどおりにした方があとあとやりやすい。

少しの我慢だ。ほんの少し我慢すれば、すぐおわる。それにこんなことは誰だってすることだ。自分だって、結婚すればしていたにちがいない。

これは、自分に与えられた運命《クスメット》だ。運命にあらがうことはできない。

レオニーは、自分にそう言い聞かせ、これから訪れる事実を受け止めようとした。

アスガルは、しばしなにもせず、体を小刻みに震わせるレオニーを見つめていた。

早くおわればいいと思うのに、なかなか動こうとしない。

やがてレオニーの手首をつかみ、ゆっくり自分に導いた。

「さわってみろ」

レオニーは体をびくつかせ、彼から手を引こうとしたが、アスガルの指は彼女の手首にしっかりと絡みついている。

だが、それは彼女が振りほどこうとすれば、できるような力だった。

レオニーは、アスガルの要求を退けるように固く目を閉じていた。彼の言うことに従わなければどんな目に遭わされるかわからないが、いくらなんでもこんなことはしたくない。

「やめてください……」

レオニーがアスガルを拒絶し、強くこぶしを握りしめると、彼がおだやかな口調で言った。

「いいからさわるんだ」

最初、アスガルは自分を残酷に責め苛んでいるのかと思ったが、彼の声にはいたわりがひそんでいる。手のひらから彼の気配りがはっきりと感じられ、レオニーは戸惑った。

「どんなものが入るか知っておいた方がいい」

レオニーは、長い間そのままでいたが、とうとう誘惑にたえきれず彼の部位に指を這わせた。

はじめてさわるそこは、彼女の知っているなにものとも異なり、大きく脈打っている。手をあてがっているだけで、威圧されるような力強さがレオニーを駆り立てた。

「ちゃんと慣れておけよ」

アスガルの言葉に合わせ、こわごわ指を動かした。根元から先端に向かって手のひらを移動させていくと、彼の欲望がレオニーに浸透した。

彼を感じれば感じるほど、自分も欲望をおぼえ、全身が高ぶっていく。

たぎるような灼熱の硬度は、いままで一度も得たことのない悦びをレオニーに与え、彼女は深いため息をつきながら軽く背筋をわななかせた。

「どうだ?」

猛々しく反り返った命がレオニーの手の中でひくつき、これが男の部分だと思うと淫蕩な自分が下腹で渦を巻く。

レオニーは彼を握る指に力を込め、手のひら全体でさまざまな部位を確かめ、

「すごく……固いです……」

アスガルがレオニーから手を放したが、レオニーは彼を握ったままだった。

はじめは弱かった力が、徐々に強くなっていく。彼に慣れるにつれ、指が好奇心を起こし、次第に大胆に動いていった。

「ン……、ふ……」

彼になにかをされているわけではないのに、唇のすきまから小さな声がもれていく。

レオニーはそのことにも気づかず、手のひらで彼を上下にしごいた。

先端を五本の指で包み込み、張り出した部位の形を確認する。くびれた箇所をくすぐったあと、根元にまで指を滑らせ、下から上へ手を這わせた。

アスガルが、ふいに彼女の手首をつかみ、自分から引き離した。

「そこまでだ」

彼の体温が奪われると、レオニーは切なそうな目で彼を見たが、アスガルの影が降りかかり、これから起こることを思い出した。

レオニーはふたたび恐怖をおぼえ、全身をこわばらせた。

「なるべく痛くないようにするから心配するな。まったく痛くないようにすることはできんがな」

思いもよらず優しい言葉をかけられ、レオニーは驚いた。「優しくしてほしい」と言ったのは自分なのだから当然かもしれないが、残忍なスルタンが女の自分に頼み事をされて簡単《かんたん》に聞き入れたのが不思議だった。

口調《くちょう》はきついが、レオニーにふれる彼の手つきはあくまで繊細で、彼女の望むとおりに動き、確実な快楽をもたらしていく。恐怖を感じるのは、彼にではなく、劣情にとらわれた自分にだ。

むりやり奪われていたら、きっとこれほど恐ろしくはなかったろう。

こんな状況で、冷酷と評判の男にさわられて、悶えている自分が恐かった。

治まっていた震えが、また彼女をおおっていく。抑えようとするがどうにもならない。

唇をわななかせるレオニーを見て、アスガルが白金の髪に指を絡め、眉間《みけん》に、まぶたに、頬に、鼻の頭に、最後に唇に接吻した。

唇がやわらかく重なると、レオニーの震えが静かに引いていき、こころがおだやかさに満たされた。奔流《ほんりゅう》のような愛撫とは異なる心地よい口づけは、レオニーの不安を取りのぞき、彼女に安らぎをもたらした。

レオニーが彼の舌を求めるように少しだけ口を開いたとき、アスガルが彼女の唇を強く噛んだ。レオニーが、痛みで声をつまらせたのと同時に、中心になにかが突き入れられた。

「ふうっ……！」

鈍《にぶ》い苦痛が下腹を襲《おそ》い、レオニーはアスガルの腕に爪を立てた。唇の痛みの方が大きかったが、痛いことに変わりはない。アスガルは、太い腕に爪が深くめり込んでも表情を変えず、レオニーの苦痛を取り去るように彼女の唇をなめていった。

熱い塊が秘部に深々と突き刺さっている。それはあまりに太く、硬く、これほど大きなものが自分の内部に収まっていると思うと、また恐怖がよみがえった。

透明な蜜とともに赤いしずくがしたたり落ち、寝台に染みこんだ。レオニーの頬を涙がつたい、アスガルが舌ですくい上げた。

これで自分の幸せな未来はなくなった。愛する人と結婚し、子どもを生み、育て、おだやかに暮らす幸せな未来が。

貧しくてもかまわない。夫婦がいたわり合い、支え合うような、そんな結婚がしたかった。相手はいなかったが、それでもこころには安らぎに満ちた未来を描いていた。

だが、もうむりだ。

下肢がたえまなくうずき、涙が次々に滑り落ちる。アスガルは水滴を丁寧になめあげたが、下腹は動かさなかった。

彼がそのままでいると苦痛が遠のき、次第に大きさに慣れていく。

はじめて男というものを知った秘部は奇妙な形をはっきりと感じ取り、いやらしくうごめいて次の行為を待ち望んだ。

「痛いか?」

アスガルがいたわるように訊き、レオニーは小さな声で、

「はい……」

と答えた。

「すまなかった」

そう言って、アスガルがもう一度レオニーに軽く接吻した。レオニーは驚いた。

彼が謝るような男には見えなかったからだ。しかも、女である自分に。

「そんなにおびえるな。まだしばらくはこのままだ」

アスガルが、たくましい裸身をぴったりと重ねた。レオニーを抱擁《ほうよう》し、しきりと髪をなでていく。その感覚は心地よく、肌に残った淡《あわ》い官能が全身にしみわたった。

「あ……はあ……」

レオニーはあえぎとも安堵ともつかぬ声を出した。

彼女を抱きしめる腕が、すぐ目の前で硬く盛り上がっている。

自分とはまったく違う、たくましい体。熱のこもった体軀はさきほどまで彼女を威嚇《いかく》するようだったのに、いつのまにかレオニーは彼に守られている気がした。

アスガルの鼓動がレオニーの胸の音に重なった。それは快い旋律《せんりつ》で、とくとくという音が彼女の体に響くうち痛みは消えてなくなった。

そればかりか、秘部が激しく収縮し、彼の下腹をうながしている。

「もういいようだな」

レオニーが息をつめると、アスガルが間近で彼女の目を見つめた。

「そうむりなことはしないから安心しろ」

アスガルがこめかみに口づけし、ゆっくり下腹を動かしていった。

「ッ……！」

ふたたび痛みがやってきたが、最初に入れられたときほどではない。アスガルは入口まで引き戻し、いったん動きを止めてから浅い部分を突きはじめた。

「ふぅ……、ンン……」

レオニーが顔をしかめていると、アスガルが子どもをあやすような口調で言った。

「大丈夫だ。なるべく気をつけてやる。もっとも、この様子だとさほど気をつけることもなさそうだがな。どっちにしろ、無茶はせん」

レオニーは薄く目を開き、すぐそばで輝く銀色のまなざしを見返した。これは愛の優しさなのだろうか。マルスリーヌを愛しているから、こんな言葉をかけるのだろうか。

目の前の女がマルスリーヌではないことに気づかないのは、遠目でちらりと見たにすぎないからだ。そして、彼はマルスリーヌの美しさに惹かれた。

レオニーではなく、マルスリーヌの。

アスガルが浅い部分を行き来すると、秘部が奇妙なうずきを発しはじめ、レオニーは背中を引きつらせた。痛みだと思ったが、違う。

先端が抜ける寸前まで引かれ押し進められるたび、快楽がうずきに取って代わり、指でされたときとは比べものにならないほどの悦びが中心から全体へ行きわたった。

「はぁン……、あぁっ……」

アスガルは常に彼女の反応をうかがい、彼女が眉をけいれんさせると動きを止め、まぶたをひくつかせると何度も髪をなでおろした。その行為は途方もない安心感を与え、いやなはずなのに、――いいはずがないのに、彼女を満ち足りたときへといざなった。

あらがおうと思っても、あらがえない。指でもたらされた情欲の名残《なごり》が、下腹によっていっそう大きな形で呼びさまされ、消えたと思っていた炎が激しい勢いでふたたび燃えさかりはじめた。

「もう感じているようだな。普通の女ははじめてでそうよくはならんが、おまえはちがうようだ」

レオニーが羞恥で顔を赤く染めると、アスガルはそんな彼女の様子を楽しみ、次第に下腹の動きを大きくしていった。

狭すぎるほど狭い部分を先端が押し広げ、内壁をこすりあげていく。なにひとつ受け入れたことのない中心は、彼を拒むようにこわばったが、彼を締めあげれば締めあげるほど強い快楽となって、レオニーだけでなくアスガルをも欲望の渦へと追い込んだ。

「まだ痛いか」

「よく……わかりません……あふぅ……」

下腹を前後させるごとに濡れきった部位に新たな蜜があふれかえり、寝台にしたたり落ちていく。すでにこれ以上必要がないほど濡れきっていたが、愛蜜《あいみつ》はとどまるところを知らず、糸を引いてこぼれていった。

「やはりおまえの体はおれのために作られたんだ。このおれのためだけにな。ほかの男には、絶対にさわらせるなよ。もしおまえにふれる男がいたら、誰であろうと殺してやる！」

アスガルが脅《おど》すような口調で言うと、レオニーの秘部がすぼまった。アスガルが軽く眉を寄せたのは、痛みではなく快楽のせいだろう。

その証拠に、鏡のような瞳は情火《じょうか》を映して赤く燃え、レオニーから決して離れなかった。

「そのようなこと、冗談でもおっしゃらないでください……」

この男なら本当に殺すかもしれない。レオニーは恐怖を感じたが、理解しがたい居心地のよさもあった。体ががんじがらめに縛りつけられる感じ。嵐のような激しさで奪われ、自由にされ、弄ばれ、そして、優しくされる。

すべては愛のない、ただの独占欲にすぎないのか、ほかの女たちにもすべてこうなのか、それとも、自分だけが特別なのか、——こんなこと、彼女がここへ遣わされたこととはまるで関係ないのに、どうしてか考えてしまう。

だが、考えたところでむだだ。特別だからといってどうなるものでもない。

自分は抱かれているだけで、彼は抱いているだけ。これは愛ではない。

「冗談でこんなことは言わん。おまえはおれだけを見ていればいい。おれの声だけを聞き、おれの言葉だけに従い、おれだけに笑いかけろ」

アスガルが奥底まで押し進め、レオニーは強い圧迫をおぼえた。異物によってこすられる感覚ははっきりした悦楽《えつらく》となり、彼が引いては押すごとに彼女の内部もうごめいた。

アスガルの動きに合わせて秘部が蠕動《ぜんどう》すると、彼の言うように自分の体が彼のためにある気がした。

アスガルの唇が満足げに歪《ゆが》み、また腰を押し進める。浅い部分を幾度か突いたあと、深い部分をうがたれると、たとえようもない愉悦がこみ上げ、自分でも知らなかった肉欲が次第に花開いていった。

強引に体をむしばまれ、しかも悦びを感じている自分が、ふいに悲しくなってきた。感じたくないのに感じてしまう。彼はどこまでレオニーを堕落《だらく》させる気なのだろう。

アスガルが小刻みに下腹を振動させ、レオニーは喉をのけぞらせた。あふれかえった蜜が彼の動きをなめらかにし、レオニーが慣れていくに従って律動《りつどう》が速まった。

「おれは、おまえを可愛がってやるし、毎晩、おまえを悦ばせてやる。おまえが飽きたと言うまでな。もっとも、飽きさせるようなことはせんが」

アスガルがすばやく奥に突き入れると、レオニーの背中に戦慄《せんりつ》が走った。寒気のするような官能が押しよせ、こらえきれなくなっていく。

体の中心がかき乱されると指先にまで欲望が行きわたり、淫猥な喜悦《きえつ》がやってきた。

「そんなことをおっしゃるのは最初だけです。あなたの方がすぐ飽きてしまいます……」

「おれは飽きんさ。おまえはどんな薔薇より美しい。ハレムに咲く薔薇よりも。ベルキネスで見た薔薇よりも、ずっとな」

レオニーはアスガルの目を恐る恐るのぞき込んだ。いまの言葉は、庭園《ていえん》に咲く薔薇よりマルスリーヌの方がずっと美しいということだろう。だが、なにか違う意味が込められている気がする。それがなにかいまのレオニーにはわからなかった。

アスガルが、入口までゆっくり戻してから、強くレオニーを刺し貫いた。

「あぁッ……！」

目のくらむような歓喜がレオニーの中にやってきた。情欲はとどまることを知らず、はじめての交わりは彼女を激しく悶えさせ、感じたことのない愉楽が腰から全身に広がった。

皇女らしく毅然《きぜん》としていなければいけないと思うものの、もはやむりだ。

それに、皇女が寝台の中でどう振る舞うかなど知りはしない。アスガルは「おまえらしくしていろ」と言ったが、こんな状況で自分以外の誰かになることはできなかった。

「絶対に我慢するなよ。さもないと、気持ちよくしてやらんからな」

「ふぅ……、んんッ……」

もう痛みはどこにもない。果てしない快感があるだけだ。彼が深く差し込み、浅く引くと、なにがなんだかわからなくなり、レオニーは急流のような情熱の波に押し流された。

「建前《たてまえ》がどうあれ、おまえがハレムに来たのは、おれに抱かれるためだ。そのことをおぼえておくがいい」

レオニーの腰に淫蕩《いんとう》な熱がこもり、見知らぬ感覚がこみ上げた。

指でされたときと同じだが、もっと濃密で激しい衝動。

それは彼女を遠い世界へと突き動かし、最後の恥じらいをも奪っていった。

アスガルが激しい勢いで刺し貫いた瞬間、レオニーはこの世の果てに到達した。

「あ……ッ、あぁッ……！」

頭が真っ白になり、背中を光が駆けぬける。腰が大きく跳ね上がり、何度もけいれんして、彼女の終焉《しゅうえん》を知らしめた。アスガルは朦朧《もうろう》としたレオニーを見つめながらふたたび腰を動かし、奥底まで突き入れて命の息吹《いぶき》をたっぷりと吐き出した。

「ン……、ふぅぅ……、ああ……」

恍惚とした声をもらすレオニーにもう一度口づけし、彼女の体を抱きしめる。アスガルの体重が自分にかかると、レオニーは陶然《とうぜん》とした余韻の中で不思議な安堵を味わった。

アスガルが彼女の耳元でささやくように言い放った。

「これから先、おまえはずっとおれのものだ」

そのとたん、レオニーの目に熱い涙が盛り上がった。

アスガルがレオニーの涙に気づき、うろたえたように言った。

「なにを泣いている！　おまえの言うとおり優しくしたろうが。これ以上なにが不満だ」

レオニーは涙をこぼすまいとして目をつぶったが、どうにもならない。

いつのまにか唇がわななき、気づくと悲鳴に似た声を出していた。

「……あなたは一度もわたしの名前を呼んでくださいませんでした。そのようなことで、優しくしたとは言えません」

自分はなぜこんなことを口走っているのだろう。名前などどうだっていいことだ。

けれど、いったん口に出した言葉を引っ込めることはできず、アスガルから顔をそむけ、涙が流れるままに任せた。

「おまえだっておれの名前を呼ばなかったろうが」

アスガルが怒ったように言い、レオニーは言葉を返した。

「それは、ここに来る前、女官長からあなたのことはスルタン陛下と呼ぶようにときつく

言われたからです」

「おまえがおれの名前を呼ぶなら、おれもおまえの名前を呼んでやろう」

「アスガルさま」

「さまはいらん」

「アスガル……」

アスガルが、わずかな吐息をもらし、レオニーに訊いた。

「おまえの名はなんだ?」

「レオニー」

その瞬間、レオニーは息を飲み込んだ。自分はレオニーではない。ベルキネスの皇女、マルスリーヌだ。自分は、どうしてこんな名前を答えてしまったのだろう。

レオニーは、すぐさまアスガルに言いつくろった。

「いまのは……子どものときの呼び名です。あなたもご存じのとおり、わたしの名は……」

「レオニー」

彼女が最後まで言う前に、アスガルが口を開いた。

「いいだろう。おまえのことはそう呼ぼう。これから先、おれにしてほしいことがあれば、なんでも言え。すべて叶えてやれるわけではないがな」

アスガルは再度、彼女を抱きしめ、レオニーは不思議な安らぎをおぼえて目を閉じた。

第二章　絢爛ハレムで愉悦を与えられて

レオニーはゆっくりとまぶたを開き、あたりを見回した。アスガルはどこにもいない。窓からは明るい陽光がきらめき、一日の到来を告げていた。どうやらずっと眠りつづけていたようだ。

レオニーはゆっくりと上体を起こした。

自分の体からアスガルの匂いがする。それは決して不快ではなかった。

「殿下、マルスリーヌ皇女殿下」

自分のことだとやっと気づき、すぐさま上体を起こして声のした方向に目を向けると、二十代半ばと思われる美しい侍女が立っていた。

「お食事のご用意が整いました」

侍女は、刺繍を施《ほどこ》した青いズボンと縞《しま》模様のカフタンを着て、頭に小さな帽子《ぼうし》を載せていた。扉の前にいた女たちもそうだったが、ハレムにいるのは選び抜かれた美女ばかりのようだ。その中で自分はどのように見えるのだろう。

アスガルの目に、彼女は美しく映っているだろうか。

マルスリーヌだったら、ハレムにどれだけの美女がいようと一番美しく見えたはずだが、自分のこととなるとよくわからなかった。

ふと、レオニーは考えを止めた。自分が美しく見えようが見えまいが今回の使命には関わりのないことだ。なのに、どうしてこんなことが気にかかるのだろう。

美しくなければマルスリーヌではないと知られてしまうから？

だが、いま自分が考えたことは、そんなこととは違うような気がした。

自分は少しおかしい。ハレムに来てから、――アスガルに会ってから、どうかしてしまったようだ。

彼女を見透かすやいばのような鋭い双眸《そうぼう》。銀色の目はどこまでも澄《す》んでいて、その向こうになにがあるのかわからない。

いままでに何人もの女を魅了した瞳は、彼女に畏怖の念を起こさせた。

けれど……、とレオニーは思った。昨日の甘い交《まじ》わり。優しい指先。熱く、快い抱擁。すべてが彼女の中に刻まれている。

彼のぬくもりを思い出すと官能の余韻がほとばしり、体が震えを帯びていった。

レオニーは、淡い悦楽が秘部を引きつらせたのを感じ、慌てて頭を振り、いらぬ考えを払いのけた。大切なのは帝王の石を手に入れることだ。彼がどんな男だろうと関係ない。

内心でそう言い聞かせ、寝台から立ち上がりかけたとき、自分がなにも着ていないことに気づき、掛け布で胸を隠した。

侍女が壁際に置かれた櫃《ひつ》から衣を取り出し、レオニーのそばにやって来た。

レオニーは少し躊躇したが、皇女にとって侍女に裸身を見せることは恥ずかしくもなんともないのだと思い、彼女の手伝いで豪華な衣装に袖を通した。

衣はあらかじめベルキネスから運んだものだ。黄色いドレスの胸元には肩に届くほどのレースが広がり、袖口にはいくつものリボンがついている。

鏡の前できれいに髪を編み込まれると、自分が本当の皇女になった気がした。

大丈夫だ。自分はマルスリーヌさまに見える。

いや、「見える」ではない。自分はマルスリーヌだ。

「わが国から来た侍女はどこへ行ったのでしょうか」

レオニーが訊くと、侍女がにこりともせず答えた。

「昨日のうちにベルキネスにお戻りになりました」

「そんな……」

彼女が本当にアスガルに追い返されたと知って驚いたが、すぐ思い直した。レオニーに課せられた使命を知っている者はジュストの側近だけだ。船にいるとき、一人で行動する口実を考えていたレオニーは、とりあえず障壁《しょうへき》がひとつなくなりほっとした。

「今日の予定は？」

「まずはごゆっくりお休みください。船旅のお疲れもあると思いますので」

レオニーは、長いドレスの裾をつかんで食事が用意された隣室に行った。そちらも寝室と同じように広く、さまざまな調度品であふれていた。

竜涎香《りゅうぜんこう》の甘い香りが室内を満たし、中央に低い食台がある。その上に銀盆が置かれ、見たことのない料理が並んでいた。

芳《かん》ばしい湯気《ゆげ》の上る岩塩のパン、山羊《やぎ》のチーズ、細かく刻んだ羊の胃のスープ、無花果《いちじく》を砂糖で煮詰めたジャム、オレンジの果汁に香辛料を加えた甘いシェルベット、胡桃《くるみ》と棗《なつめ》椰子《やし》の入った砂糖菓子……。

おいしそうなものから、よくわからないものまでがそろえられ、レオニーは物珍しげに見返したあと食台の前にある低いいすに座った。

ひととおり食事をおえたとき、扉の向こうから男のものとも女のものともつかない声がした。

「マルスリーヌ皇女殿下、スルタン陛下よりお届け物です」

「お入りください」

レオニーが皇女らしい声で言うと扉が開き、金の籠《かご》を持った宦官が入ってきた。その後ろから、さらに三人の宦官が螺鈿《らでん》を施した重そうな箱を抱えてやって来る。

先頭に立った宦官の持つ金の籠には、一羽のカナリアが入っていた。

「まあ……！」

レオニーはカナリアを見て目を開き、すぐにいすから立ち上がった。

先頭に立った宦官がレオニーに鳥籠《とりかご》を渡し、あとの三人が持っていた箱を置く。

レオニーが礼を言う前に、四人は深々と頭を下げて部屋を出て行った。

「これはなにかしら」

扉の前にいる侍女に訊くと、侍女が、

「スルタン陛下からの賜物《ヘディエ》です」

と答えた。レオニーはどうしようか迷ったあと、窓辺に置かれた卓の上に鳥籠を置いた。

カナリアが美しい旋律でさえずり、小さく羽ばたいて鳥籠の中を行き来する。

レオニーはハレムに行けと言われて以来、はじめてこころから顔をほころばせた。

螺鈿の箱のそばに戻り、絨毯に膝をついて中を開くと、ひとつ目にはビロードや繻子のドレス、ふたつ目にはたっぷりの金貨、みっつ目には緑玉と青玉、ダイヤモンドで飾られた大きな時計が入っていた。

アスガルはずいぶん彼女を気に入ってくれたようだ。

「スルタン陛下にくれぐれもお礼を伝えておいてください」

「かしこまりました」

これらは彼女がベルキネスに戻るときすべて持って帰るのだろう。そのとき、帝王の石も手にしているだろうか。

こんな気弱なことではいけない。病床《びょうしょう》に臥している養父のために、なんとしても探し出さなければならないのだ。

「少しお訊きしたいのだけれど……」

「なんでしょう」

「スルタン陛下はどちらで起居《ききょ》なさっているのですか」

大切な宝玉なのだから、あるとすれば、アスガルの私室か、財宝庫《ハズイネ》だ。

セラーリオは広大だが、宝玉を置く場所はかぎられている。

「ハレムの一番西にあるご寝所です。ここからは中庭を隔てたところにあります」

思ったよりもずいぶん近い。アスガルは彼女にいい宮殿を与えたようだ。

「ご寝所にひとりで行ってもかまいませんか」

「それはなりません。あなたさまの行動につきましては特に便宜《べんぎ》を図るようにとベルキネス王宮から申し入れを受けてはおりますが、ここはカッファーンのハレムですので」

侍女がどこか見下したような口調で言い、レオニーは気づかないふりをした。

「それ以外に入ってはいけない部屋はありますか。そちらには行かないようにします」

「この宮殿の北に八角形の広間があり、その奥にスルタン陛下がご利用になる私室がございます。そこには決してお入りにならないようにお願いいたします。スルタン陛下がお一人でおくつろぎになる場所で、ハレムの女はもちろん、侍従《じじゅう》さえお入れになりません」

「わかりました」

本当は地図でもほしいところだが、さすがにそれを言えば妙な疑いを抱かれかねない。

行動には細心の注意を払わねば。

「もうひとつ。あなたにお願いがあるのだけれど、ハレムの女性が着る衣をいただけませんか。わたしもハレムのみなさんが着ているのと同じ衣を身につけたいの」

「すぐにご用意いたします」

侍女はいったん部屋から出て行き、少し経って戻ってきた。その後ろに、五つの櫃を抱えた五人の宦官が従っている。宦官たちは壁際に櫃を置き、一礼して出ていった。

レオニーが櫃を開くと、カッファーンの女が着る衣が入っていた。派手なものから地味なものまでさまざまだ。着かたはここへ来る前、教わった。

「カッファーンの衣はみなきれいね」

レオニーは侍女に目を向けた。

「いろいろとありがとう。申し訳ありませんが、ひとりにしていただけるかしら。船旅でとても疲れているの」

レオニーが優雅にほほえむと、侍女は少しだけ迷ってからレオニーに礼をした。

「では、失礼いたします。なにかあれば、すぐお呼びください」

レオニーは侍女が姿を消すと、ベルキネスから持ち込んだ櫃をひとつずつ確かめた。櫃のほとんどはひと月分の衣装と装飾品《そうしょくひん》だったが、その中に一箱だけ違うものが入っている。

レオニーは、蓮《はす》の花の浮き彫りが施された櫃を見つけて鍵《かぎ》を開いた。

絹の掛け布を取ると、最上級のぶどう酒がぎっしりとつまっていた。

一番奥に、ケシの粉が入った布袋《ぬのぶくろ》が隠してある。

ここに来るように言われたとき、女官長に頼んで用意してもらった品だ。

ぶどう酒は、スルタンはともかく、セラーリオにいる者がめったに飲める代物ではない。酒嫌いだとしても、差し入れだと言われて拒む者はいないだろう。

レオニーは櫃の鍵を閉め、これからなすべきことを考えた。

まずは「決して入ってはいけない」アスガルの私室からだ。いまのうちに、何人の衛兵《えいへい》がいるか確かめて、夜になったらぶどう酒を持っていこう。もしアスガルが部屋にいれば衛兵たちに止められるだろうし、いなければ、衛兵たちは酒を飲むにちがいない。

自分の計画が完璧だとは思わない。帝王の石が隠し部屋にでも保管してあれば、それまでだ。たった一人でどこまでやれるかも心配だった。

自分の目的を知られてはならないし、皇女ではないと気づかれてもならない。

そんなことになれば、どうなるか。

レオニーは、きっとハレムで女が殺されるときのように袋詰めにされて海に放り込まれるだろう。ベルキネス宮廷は、すべてをレオニーの責任にして適当に言いつくろい、ことを収めようとするはずだ。

女官長から今回の使命を下されたとき、レオニーはとうていむりだと思った。いまでも半分は思っている。

女官長ができると確信したのは、レオニーが女で、アスガルが男だからだ。

マルスリーヌに対するアスガルの気持ちが、どの程度のものかわからない。昨日の口ぶりからすると執着《しゅうちゃく》しているのはたしかだったが、「愛している」という言葉は出なかった。

ふと、ハレムに来る前に養父が口にした言葉がよみがえった。

もしこころの底から愛する者ができたら、迷わずその男の胸に飛び込むがいい。わたしのことなど考えるな——。

愛する者……、とレオニーはこころの中でつぶやいた。

同時に、昨日の交わりをまざまざと思い出し、熱く頬を火照らせた。

そんな場合ではないというのに、ざわめきは抑えられない。昨夜、レオニーはみずからの体を使うどころか、彼の腕の中で身悶え、淫らなあえぎ声をもらした。

女官長には、船が出る間際「そもそもスルタンは皇女殿下に夢中なのですから、すぐあなたの体のとりこになりますよ。男とはそういうものです」と言われたが、本当にそういうものなのかどうかレオニーにはわからなかった。

自分は昨日彼をとりこにできたろうか。自分の力で見つけられなかったとき、アスガルから宝玉のありかを訊き出すことができるほど……。

カナリアの声が聞こえ、レオニーは隣室に戻った。

黄色い鳥が、艶《あで》やかな羽根を羽ばたかせながら美しい声で鳴いている。

衣にも金貨にも興味はなかったが、このカナリアはべつだった。

もし殺されることになったら、このカナリアを養父のもとに届けてもらおう。玉のような鳴き声はきっと養父の哀《かな》しみを癒《いや》してくれるにちがいない。

レオニーは唇に寂しい笑みを浮かべたあと、ドレスの裾をつかんで表情を引き締めた。

自分は、ベルキネスの薔薇、マルスリーヌだ。

気高く、誇り高い皇女。

レオニーは自分にそう言い聞かせ、部屋を横切り、静かに扉を開いた。

昨日立っていた女たちはおらず、廻廊はひっそりしていた。

レオニーはあたりを見回し、アスガルの私室に向かった。

ガラス窓から、ぎらつく太陽が照りつけた。まだ春になったばかりだというのにずいぶん暑い。広い廻廊のところどころに護衛《ごえい》の宦官が立ち、レオニーを見ると恭しく黙礼した。

廻廊がとぎれると、広い中庭に出た。中央に大理石作りの泉水盤があり、庭木はきれいに剪定《せんてい》されている。

中庭に面した廻廊を進むと八角形の広間があり、左手にいくつもの部屋が連なっていた。

その部屋に、女たちの姿が見えた。宝石で飾られた水煙管《みずぎせる》をくゆらせる者、カードゲームに興じる者、シェルベットを飲む者などさまざまだ。

女たちが、レオニーに気づいて視線を向けた。みなすばらしい美女ばかりだ。レオニーはふだんなら控えめに目を伏せるところだが、優美な礼をして女たちの前を通り過ぎた。

マルスリーヌならこうするだろうと思いながら。

女たちの姿が見えなくなると、とたんにいつものレオニーに戻った。

彼女の中に浮かんだのは、アスガルがハレムにいるすべての女たちにふれているのだろうかということだった。

レオニーはふいに息苦しさを感じた。

アスガルが三〇〇人の美女を相手にしていたとして、どうだというのだろう。自分が考えるべきは、帝王の石のことであってそれ以外はどうでもいい。

なのに、レオニーの中にやってきた焦りは彼女を惑わせてやまず、何度も頭を振って思考を払いのけねばならなかった。

きっと彼にふれられたせいだ、とレオニーは思った。それで、彼がどんな女に興味を持つのか気になっているのだ。それだけだ。

広間を通りぬけると狭い庭が広がっていた。その向こうにべつの建物がそびえ、正面に四人の宦官が立っている。宦官の後ろに真珠貝をちりばめた白檀《びゃくだん》製とおぼしき扉があった。

あそこが、アスガルの私室だろう。

四人の宦官となれば、ぶどう酒は二本。

ハレム内にいる女たちは、夜には自分の部屋に引き上げるはずだ。帝王の石がそんなに簡単に見つかるはずはないと思うが、ひとつひとつつぶしていかねば。

レオニーが頭の中で今夜の計画を練っていた、そのとき。

「なにをしている」

背後から声が聞こえ、すぐさま振り返った。

廻廊の角に、アスガルが立っていた。

レオニーは、内心の動揺を気取られまいとして、ドレスの裾を持ち上げ低く腰を折りまげた。

「あの部屋が気になるか？」

「いえ……。スルタン陛下にお会いしたくて、お姿を探していたのです」

「アスガルだ」

「アスガルさ……、アスガル……。あなたが、あそこにいらっしゃるかもしれないとお聞きしたので」

アスガルは、頭を下げたたままでいるレオニーをしばらくの間眺めていた。

彼はレオニーの嘘に気づいたろうか。自分はどこまで彼を騙《だま》し通すことができるだろう。

また、胸がうずいた。細い針が刺さったようなこの痛み。自分はどうしてしまったのか。

アスガルのことを考えると、なにかがおかしくなってしまう。なにかがおかしくなるのに、気がつけば彼のことばかり考えている。こんな自分ははじめてだ。

長い沈黙がつづき、レオニーの鼓動が高鳴った。

アスガルがふいに言った。

「今日は暑いと思わんか」

レオニーは、彼の言葉の意味がわからず、顔を上げた。昨日と同じ美麗な容貌に気《け》おされ、息を飲む。

いや、昨日とは違う。昨日よりさらに輝いている。

「はい……」

レオニーが小さな声で答えると、アスガルが彼女の手首を強くつかんだ。

「なら、おまえも来るがいい」

レオニーは反対の手でスカートをつかみ、駆け足で彼に従った。

「どこへいらっしゃるのですか」

「来ればわかる」

アスガルに強引に引っぱられるが、昨日ほど痛みを感じないのは彼に慣れたせいなのか。

だが、こんなのは皇女に対する扱いではないし、女に対する扱いでもない。

アスガルは、手入れの行きとどいた広い庭を横切った。その間に何人かの女たちに会ったが、彼女たちはアスガルを見るとすぐその場にひざまずき、顔を伏せた。

どこからか女たちの軽やかな笑い声が響いた。

その中に水しぶきと、弦楽器《げんがっき》の音色《ねいろ》が混ざっている。

アスガルに連れられ進んで行くと、楕円形《だえんけい》の入口が横並びになった大きな建物がそびえていた。天井のない矩形《くけい》の建物はすべて大理石作りで、入口の上部には乳濁釉《にゅうだくゆう》のかかった装飾陶器のタイルが張られている。女たちの声が次第に大きくなり、冷風が吹きよせた。

建物に足を踏み入れると、中央に広いプールがあった。

十人近い女たちが空を映した紺碧の水の中で戯《たわむ》れ、さらに十人ほどがプールのまわりに敷かれた絨毯の上で砂糖菓子を食べ、サズと呼ばれる弦楽器をつま弾き、談笑《だんしょう》にふけっている。

絨毯にいる女たちはかろうじて衣を着ていたが、水に入っている女たちは半裸か全裸だ。衣をまとっている者もいたが、薄絹が体に張りついて胸の先端から脚のつけ根までが透けて見えた。

「来い」

アスガルが鋭い声で言い、レオニーの手を強く引いた。

女たちがすぐさまアスガルに気づき、ひざまずいてこうべを垂れた。

プールにいた女たちも、こちらを向いて可能なかぎり深く礼をする。

アスガルが軽く指を上げると、女たちはもとの遊びに戻った。

水に濡れた女たちの裸身は太陽を浴びてまばゆく光り、豊かな胸や引き締まった腰はレオニーさえ目を奪われるほどだった。

アスガルがプールの近くに備えられた長いすに腰をおろした。彼に手をつかまれたままでいたレオニーは、彼にしたがって隣に座った。

すぐに侍女が、雪をかけたメロン、白チーズ、山羊の乳を醗酵《はっこう》させて作ったヨウルトの載った真鍮《しんちゅう》の盆を頭に載せてやって来た。

侍女は真鍮の盆をアスガルのそばにある丸い卓に置き、後ろにいたべつの侍女がアスガルには金杯を、レオニーには銀杯を差しだした。

レオニーは「ありがとう」と言って銀杯を受け取った。

銀杯は、薔薇のシェルベットで満たされていた。砂糖がたっぷり入っていたが、慣れない地で気を張りつめている上に、命を賭けた使命のことで疲れ切っていたため、甘くて冷たいシェルベットは特においしく感じられ、レオニーはすぐ飲みほしてしまった。

そばにいた侍女がそれを見て盆を差しだした。レオニーが空になった銀杯を置くと、侍女がその場から立ち去り、ほどなくガラス製のカップを載せてやってきた。

今度は柘榴《ざくろ》のシェルベットだった。まだ喉は渇いていたが、マルスリーヌはここまで人前で飲み食いしないだろうと思い、少し口をつけただけで低い卓にカップを戻した。

絨毯の上で寝ころんでいる女たちが、レオニーを見て冷笑を浮かべ、なにか言い合っている。アスガルに聞こえては困るため、女たちの声は届かなかったが、言っていることはよくわかった。——あれがベルキネスの薔薇ですって？　ベルキネスに咲く薔薇はずいぶん貧相ですこと。まるで雑草のようですわ……。

レオニーは、皇女らしくと言い聞かせながら、彼女たちに向かって艶然《えんぜん》とほほえんだ。女たちが噂話をやめ、わずかにひるんだ。しばしレオニーに見とれたあと、慌てて目をそらし、はじめの会話に戻っていった。

レオニーは安堵のため息をつき、クッションに背を預けた。長いすにもたれかかったアスガルが、さっきからずっとこちらを眺めている。

いつのまにか手首を握っていた指が、彼女の指に絡まっていた。

彼の視線から逃れようとすると、プールで遊ぶ女たちの姿が目に入る。あの女たちより自分の方が美しいとはとうてい思えない。

彼に見つめられながら手を握られていると、レオニーの中に不思議な緊張がやってきた。胸が締め付けられ、吐く息が浅くなる。だが、決して不快ではない。

どうしてそんな風に感じるのか。彼は傲慢で冷酷な王だというのに。自分は、病で苦しんでいる養父のために、彼の持つ大切な宝玉を奪わなければいけないのに。

アスガルが指に力を込めて軽く彼女を引きよせると、レオニーの頰が少しだけ上気した。これ以上彼を見ていては、どうなるかわからない。そう思い顔をそむけると、アスガルは、今度は彼女の横顔を愛でるように金杯を仰ぎ、口を開いた。

「楽しくなさそうだな。おれと一緒にいてもつまらんか」

「そんなことはございません。スルタン陛下の……、アスガルのご威光《いこう》に打たれているだけです」

「つまらん追従《ついしょう》など聞きたくもない」

「追従ではありません。……事実ですから」

レオニーが目を伏せると、アスガルの指に力がこもる。そのとたん、昨日の交わりを思い出し、密やかな官能がやってきた。

レオニーは手を引っ込めようとしたが、アスガルの指が絡みついて離れない。

体が淡いときめきに満たされ、レオニーは驚いた。

自分はどうしたというのだろう。自分に起こっていることはなんなのだろう。

彼にふれられた指が不快でないのは、彼の愛撫があまりに巧みだったせいだ。それ以外の理由はない。

自分は淫らな女なのだろうか。そうでもなければ、強引にさわられて心地よく思うなんてことはないだろう。ゲント公爵に接吻されたとき寒気がしたのは、自分に課せられた使命が恐かったからだ。

ふいに、金色のカフタンを着た宦官がアスガルのそばに立ち、銀盆を差しだした。そこには、膨らんだ革袋が載っている。

アスガルは秀麗な眉を面倒くさそうにひそめたあと、持っていた金杯を銀盆に置き、わずらわしそうに革袋をつかんで長いすから立ち上がった。

プールにいた女たちが、悲鳴に似た声をあげてアスガルに向きなおった。

アスガルがレオニーの手を放し、プールに近づいた。レオニーの手が思わずアスガルを追ったが、彼女はすぐ長いすに背中を戻した。

アスガルが革袋を開き、中に入っていた金貨をプールに放り投げた。

女たちが一段と高い声を発した。

きらめく金貨が、太陽を反射しながら次々プールに放り込まれる。プールのまわりにいた女たちがすぐに起きあがって衣を脱ぎ捨て、プールに飛び込んだ。

女たちが水底に沈んだ金貨を求めて深く潜り、われ先に奪い合う。

誰も驚かないところを見ると、よくあることのようだ。

ベルキネスで同じことが行われていたら、さぞ浅ましい光景に見えたはずだが、なぜかここでは典雅《てんが》な楽園の遊びのように感じられた。

アスガルが、空になった革袋を宦官に渡し、女たちの様子に圧倒されているレオニーを見て言った。

「おまえも行くがいい」

レオニーは驚いてアスガルを見上げ、気高さを感じさせる声で言った。

「わたしにはあのようなことはできません」

「おまえがここに来たのは、カッファーンの文化を学ぶためだろう。これも大切な文化だ」

「……わたしは衣を着ていますので」

「なら、脱ぐがいい」

言葉と同時に、アスガルがレオニーの衣に手を伸ばした。彼女の両手首を合わせて片手でつかみ、反対の手で背中のボタンを外していく。昨日のように破ることはなかったが、胴衣《どうい》の紐をむしり取ってドレスをすべて脱がせるのに、ほとんど時間はかからなかった。

「おやめください……、いや……！」

真珠色の肌はこの場にいる誰よりも白く、しなやかな曲線はアスガルの目をも惹きつけた。事実、アスガルはレオニーをまっすぐに見すえていた。

レオニーは、深いクッションの上で仰向けになり、全身をこわばらせた。

自分の顔が真っ青になっているのがわかる。赤い唇は小刻みに震えていたが、レオニーは、自分の中にある勇気を振りしぼって、アスガルの視線を正面から受け止めた。

「わたしはこのようなことをしにここへまいったのではありません」

「おまえのすべきことなど、おれの知ったことではない」

アスガルの手が、ふいに薄い茂みの中に滑り込んだ。

「なにを……！」

レオニーはすぐさま内股《うちもも》を閉じたが、彼の手を退けることはできなかった。中指が閉ざされた秘部をなぞりあげると、鋭い快楽が下腹を突き刺し、レオニーはうろたえた。

ほんの少しふれられただけなのに、敏感な部位ははっきりとした悦びをおぼえ、中心が軽くひくついた。

「このようなところで……いけません」

「おまえはおれのものだと言ったはずだ。どこだろうと関係ない」

指の腹で縦になった秘裂をこすりあげられ、こらえようのない欲望が舞いおりる。

赤く色づいた胸の先端が興奮の兆《きざ》しを示し、体中がざわめいた。

女たちは、こんなことはよくあることだと言うように金貨拾いに夢中で、そこここに立つ宦官もレオニーたちを見ようとはしなかった。

アスガルが指先で花びらをつまみ上げ、溝をえぐり、中心をこじ開けるように押していく。痛いのか気持ちいいのか最初はよくわからなかったが、アスガルが何度も秘裂をなぞると紛れもない官能が彼女の背中を駆けのぼった。

「ふ……ふぅ……」

声をもらすまいとするが、一度刻まれた快感はわずかな刺激でよみがえる。

秘裂がなぶられるたび、胸の先端がじんじんとうずき、肌の表層が粟立った。

「いやです……。いや……！」

一番いやなのは、女たちの前でふれられていることではなく、自分が悦びをおぼえていることだ。そして、その悦びは体から得られる直接的な悦楽だけではなかった。

アスガルがハレムの美女たちではなく、レオニーだけを見て、レオニーだけにふれ、レオニーだけに声をかけていること、――それがこの上なく甘美な愉悦となって彼女のこころを震わせた。

なぜそんな風に感じるのか自分でも理解できない。だが、アスガルがハレムの女ではなく自分だけに視線を向けていると思うと密《ひそ》やかなときめきに満たされた。

このときめきはいったいどこから来るのだろう。偉大なスルタンが自分だけにふれているから、ほかの女に狭量な優越感をおぼえているのだろうか。

自分はそれほどまでにいやな女だったのか。淫らで、高慢《こうまん》で、愛欲に溺れる女。

そう思った瞬間、違う、とレオニーの中のなにかが否定した。

なにが違うのか、いまはよくわからない。だが、昨日の交わりはレオニーに官能だけでなく安らぎをもたらし、アスガルはレオニーを至福《しふく》の園《その》にいざなった。

アスガルは、いつもあんな風に女を抱いているのだろうか。

それとも昨日は特別だったのか。

彼は、レオニーのことをハレムの女とは違うと考えてくれているのだろうか……。

レオニーがよくわからない苦痛と快楽の狭間《はざま》で口を結んだとき、アスガルが言い放った。

「ハレムに来た以上、おまえもあの女たちと同じだ。おれの言葉に刃向かうことは許されない」

レオニーは小さく息を飲み込み、消え入るような声で言った。

「わたしは……あの方たちとはちがいます」

それは、マルスリーヌではなく、レオニーの声だった。

「なにがどうちがう?」

レオニーは言葉をつまらせた。ハレムにいる女たちを見下しているわけでは決してない。彼女たちは美しく、誰もがスルタンの相手をするのにふさわしい。だが、アスガルが自分だけではなく彼女たちにもふれていると考えると、レオニーの胸に痛みが走った。

彼女は、アスガルに、自分がハレムにいる三〇〇人の女とは違う存在だと感じてほしかった。たった一人の存在だと。

なにをばかげたことを、とレオニーは思った。

彼に気に入られている方がことを成し遂げやすいのは事実だ。けれど、いま考えついたのは自分の使命とはまったく関係のないことだった。そのことをレオニーは知っていた。

だが、どうしてそんな風に思うのかまでは知らなかった。

アスガルが、手のひら全体で秘部を包み、前後に揺らした。レオニーは、突き刺さるような快感をおぼえて背中を引きつらせた。

敏感な部位がいやらしくうねり、後方にまで欲望を伝えていく。前がくねると後ろのくぼみがきつくすぼまり、脚のつけ根のすべてに淫情をもたらした。

「ンふぅっ……」

「おまえも同じように濡らし、同じように感じている。女はみんな同じだ。おれにさわられるのを待っている。どこにもちがいなどない」

アスガルの言葉を聞けば聞くほど苦しみが増していく。反面、情欲の荒波がレオニーの中心から押しよせ、こらえることができなくなった。

アスガルの指が秘部にゆっくりと侵入した。

「くぅ……、ンン……！」

押し殺した声と同時に、固く閉じたまぶたの端に透明なしずくがにじんだ。

小さな水滴が頬をすべりおりたとき、ふいに、アスガルが彼女から手を離した。

ふわりと、体になにかが掛けられる。

目を開くと、アスガルの着ていた水色の外衣が彼女の肢体をおおっていた。レオニーが涙に濡れた目を向けると、アスガルが真剣なまなざしで彼女をとらえている。

さきほどまでの冷笑はどこにもない。こころのない彫像が生命の輝きを得たようだ。

アスガルは彼女を外衣で包み込み、横抱きにして抱えあげた。

アスガルに気づいた女たちが遊びを止めてひざまずき、彼はプールをあとにした。

「どこへ行かれるのですか……」

レオニーは恐る恐る口を開いた。今度はいったいどこだろう。また妙なところだろうか。

彼が考えていることはまるでわからず、これから先自分がすべきことのために少しでも彼の行動を理解しておかねばと思うが、冷たい横顔から読み取れるものはなかった。

「おまえが行きたがっているところだ」

アスガルが向かったのは、誰も入ってはならないという彼の私室だった。

四人の宦官がアスガルを見てすぐに扉を開き、アスガルは中に足を踏み入れた。

スルタンの私室というからにはどれほど壮麗かと思ったが、調度品はあまりない。

唯一ほかの部屋と違っているのは、大きな窓から果てのない海原が見えることだ。

ささくれだった波間が太陽を反射させ、鱗《うろこ》のように輝いている。

アスガルは窓辺にある低い長いすにレオニーを横たえた。レオニーはしばしきらめく海にこころを奪われていたが、アスガルの影が自分にかかるとおびえた瞳で彼を見た。

アスガルが節くれ立った指先でレオニーの涙をぬぐい取った。二人の視線がぶつかった。

「これからは自由にここを使うがいい」

まだ表情の晴れないレオニーが口を開いた。

「この部屋には大切なものがあるのではないのですか」

そうしたにちがいない。

「かまわん」

ここは笑みを浮かべて、彼に接吻でもした方がいいのだろう。ハレムの女なら、きっとそうしたにちがいない。

だが、レオニーはほほえむことができなかった。

「うれしくはないのか？」

アスガルが訊き、レオニーは表情をくもらせたまま答えた。

「どうしてあのようなことをなさったんですか。みんなが見ているのに……」

「おまえがほしかったんだ。一瞬でも待てなかった」

アスガルは女たちのなまめかしい裸体を見て、都合よくそばにいたレオニーがほしくなったのだろうか。そうにちがいない。

きっと彼女でなくてもよかったのだ。手に届くところにレオニーがいただけで。

そう思うと、レオニーはなぜか息ができなくなった。アスガルは、あの女たちにもふれている。プールでは違ったけれど、あのときはたまたまだ。

彼はスルタンで、ここにいる三〇〇人の女たちはすべて彼のものなのだから。

こんなこと、いまの自分にはどうだっていいのに、鈍い痛みを消すことはできなかった。

この痛みはいったいどこから来るのだろう。なぜ自分はこんなにも苦しいのだろう。

大切なのは、帝王の石だ。皇家の血を引かないかもしれないジュストの地位を確固《かっこ》たるものにするために、帝王の石を手に入れること。

そして、養父の命を救うこと。

病の床に伏す養父のために、この使命は絶対に果たさねばならない。

それなのに、アスガルのことを考え、やるせない切なさに襲われる。

養父のことに気持ちを切り替えようとするものの、先ほどのアスガルの行為がどうしても頭から離れなかった。

レオニーが苦しみを感じて横合いを向くと、アスガルが彼女のあごに手をそえた。

「勘違いするな。おれがおまえしか見ていなかったことぐらいおまえにだってわかるだろう」

アスガルがまたレオニーのこころのうちを読み取ったように言った。

だが、肝心なことには気づいていない。

レオニーが一番傷ついたのは、彼がレオニーをハレムの女たちと同じだと言ったことだ。

結局、アスガルにとってレオニーはその程度の存在でしかない。

自分はなにを期待しているのだろう。自分が彼にとって特別だとでも考えているのだろうか。見初めたと言ったところで、スルタンはそもそも何人もの女を見初めるものだし、そうでなかったとしても、自分は彼が惹かれた皇女ではない。

彼がなにを口にしたところで、それは彼女に向けられた言葉ではなく、マルスリーヌへの賛辞《さんじ》なのだ。

そうは思うが、彼の目の前にいるのはレオニーなのだと考えると、わずかな夢を抱いてしまう。身代わりであろうとなかろうと、彼に愛してもらえればそれでいい、と。

ふと、レオニーは自分の考えついたことに愕然《がくぜん》とした。

愛してもらうなんて、いったいどういうことだろう。

まだ会って二日目だ。彼のことなどほとんど知らない。

そんな相手に「愛してもらえれば」なんて、おかしいにもほどがある。

いまこころに浮かんだのは、単なる言葉のあやだ。

そうすれば、使命が果たしやすいから。ほかに理由などない。

そう言い聞かせてみたが焦燥は収まらず、レオニーの心臓は不用意に高鳴った。

アスガルの顔がゆっくりと近づき、唇がふれた。

レオニーはまぶたを閉じ、拒むように唇を結んだ。

「おれに抱かれるのはいやか？」

アスガルが上体を起こし、レオニーに訊いた。

レオニーは彼の機嫌を損なうかもしれないと思いながら、ゆっくり声を絞り出した。

「あのようなところではおやめください……」

「わかった」

アスガルが意外なほど容易《ようい》に答え、もう一度接吻した。唇が重なると、レオニーの背中がわななないた。

いやではない、とレオニーは思った。彼に抱かれるのは、決していやではない。

彼の唇も、恐いまなざしも、彼女の中に染みこむ体温も。

ゲント公爵に接吻されたときは「ちがう」と直感したが、アスガルにふれられたいま、自分は逆の直感をおぼえている。

それはいったいなんなのか。自分にどんな変化が起こっているのか。いまのレオニーにはなにひとつわからない。

「あぁ……」

しばらく唇を合わせたあと、アスガルの舌がレオニーの口内に忍び込んできた。

舌先がふれた瞬間レオニーは身をすくめたが、アスガルは器用に彼女の舌を絡め取った。

舌のつけ根をつつき、歯の裏をなめ、歯茎に舌を這わせ、どこもかしこもたっぷりと愛撫する。唇を強く吸い上げられ、舌先を噛まれると、レオニーの体が震えを帯び、淡い悦楽がやってきた。

「ここでするのは、いやではないんだな」

舌を引いたアスガルが、面白そうに訊き返した。レオニーの目はすでに熱く潤み、頬が上気している。秘部のあえぎは止められず、胸の先端はますますこわばり、唇のすきまから荒い息がこぼれた。

「そのような言葉はいやです……」

「では、なんと言えばいい？　愛しているとでも言ってほしいか」

レオニーは声を喉につまらせた。さきほど自分の考えたことがアスガルにわかったはずはない。

それでも、いまのアスガルの言葉はレオニーを混乱させるには充分だった。

アスガルの手が、レオニーを包んでいた外衣をはぎ取った。レオニーは体をよじって自分を隠そうとしたが、すぐに動きを止め、震えながら前を向いた。

どうしてそんなことをしたのだろう。頬は羞恥で火照っているのに。

彼は、ベルキネスを脅かす敵国のスルタンで、交流と言いながらレオニーを弄ぶ残忍な男なのに。

「脚を開け」

レオニーは彼の口にした言葉の意味がしばしの間飲み込めなかった。彼女がぼんやりしていると、アスガルは同じ言葉をゆっくりと繰り返した。

「おれは脚を開けと言ったんだ」

レオニーはその言葉をやっと理解し、彼の命令とは裏腹に内股を固く閉じた。彼がこれからなにをしようとしているのか恐ろしく、彼の言うとおりにすることができない。

アスガルは、長いすのそばに置かれたぶどう酒の瓶をつかみ、中に入った液体を金杯にたっぷり注いだ。

「いやならいやでいいんだぞ」

金杯を手のなかで回しながら、面白そうな声で言う。

レオニーは抵抗をあきらめ、静かに脚を開いていった。

これ以上ないくらい遅々とした動きで内股がほどけていく。レオニーは自分のしていることから目をそらそうとして、アスガルに横顔を向けた。

「もっとだ」

レオニーは羞恥にたえられず、弱々しい声を絞り出した。

「もうむりです……」

「脚を開けばいいだけだ。むりなことはないだろう」

胸の先端が硬直していくのが、自分でもはっきりとわかる。アスガルはぶどう酒を口に含み、彼女の様子を見守った。

レオニーの脚が、彼の要求に従ってふたたび動きはじめた。脚のつけ根に潮を感じると、たまらない愉悦がこみあげる。

気がつけば首をのけぞらせ、体の後方に腕をついて、アスガルに自分をさらしていた。秘めやかな部位が彼の前でいやらしく波打ち、自分でもよくわからない快楽がやってくる。恥ずかしいはずなのに、羞恥で体は火照っているのに、どこからか知らない悦びがこみ上げ、彼女の欲望をあおり立てた。

内股が解き放たれると、淫蕩な熱が下腹を焦がし、レオニーは自分の奥に秘められた新たな官能を見いだしていた。

「もう……いいですか……」

恥じらいを我慢できなくなったレオニーが訊くと、アスガルは金杯を傾けながら口を開いた。

「だめだ」

「ふ……っ」

レオニーは苦しみとも悦びともつかぬ声をあげ、彼の視線に懸命にたえた。

アスガルはいやらしくうねる秘部ではなく、彼女の横顔を眺めていた。含羞《がんしゅう》にたえるレオニーの表情を美術品を見るような目で見つめ、ぶどう酒を飲んでいく。

金杯が空になると、彼女を見たままつぎたたし、決して視線を外さなかった。

妖しい快楽が彼女を苛み、秘部から蜜があふれていく。唇の端から甘いため息がこぼれ、秘裂のうごめきが彼女にいやらしいときめきを与えた。

「それではおまえが見えないな」

もう充分自分をさらけ出しているのに、彼はなにを求めいるのだろう。

これ以上、自分になにをさせる気なのだろう。

レオニーが瞳に不安の色を浮かべると、アスガルは金杯を大きく仰ぎ、酔ったような目を向けた。

「開け」

レオニーは、彼の笑みが意味するものをとらえようとして切なげに眉を寄せた。

「これ以上……どこを……」

「どこかはわかっているはずだ」

レオニーはアスガルから目をそらせ、苦痛をかみ殺すように下唇を結んだ。

彼の言うとおり、どこかはすでにわかっていた。

だが、それはいまのレオニーには到底できないことだった。

アスガルはじっとレオニーを見つめている。銀色のまなざしは美しい曲線を描く肢体を楽しみ、レオニーはその視線の鋭さにたえることができなかった。

レオニーは長い間そのままでいたが、なにかに突き動かされるように秘部に指をあてがった。

二本の指を盛り上がった部位にそえ、秘裂をゆっくりと開いていく。中心がこれ以上ないほどわななき、羞恥が彼女をおおいつくした。

「ふ……、ああ……」

レオニーの唇から、苦しみに似たあえぎがもれた。

隠された部位が大きく開かれ、内部の奥底までがアスガルの目を惹きつける。秘部がむき出しになると、中心がなにかを求めてびくびくとあえぎ、淫らな蜜をあふれさせた。

ふいにアスガルがレオニーの胸元にぶどう酒をたらし、レオニーは小さな悲鳴をあげた。

「くふ……ッ」

紫のしずくが胸の谷間を通って腹をよぎり、秘部にまで到達する。冷たい感覚が、開かれた秘裂を滑ると、レオニーはこらえがたい快感をおぼえ、腰を軽く跳ね上がらせた。

ぶどう酒の流れに全感覚が集中し、彼女から思考を奪っていく。秘裂がぶどう酒を飲もうとするようにうごめき、アスガルの前に悩ましい姿を見せつけた。

「ぶどう酒はうまいか」

アスガルの声を聞き、レオニーは大きく開いた脚をわずかに閉じた。だが、彼の視線がとぎれると、レオニーの意に反し、ふたたび膝が動きはじめた。

見られることがこんなにも気持ちいいとは思わなかった。誰かに見せる部分ではないはずなのに、アスガルの視線を感じると甘やかな悦楽が下腹からこみ上げる。新しい行為が加わるたび、これまで知らなかった自分が目ざめ、淫蕩な悦びを与えていった。

「そんなの……わかりません……」

「おれにはわかっているように見えるがな」

アスガルは金杯を戻すと、今度は瓶ごとレオニーの体に傾けた。

「ふう！」

たっぷりのしずくが体をつたい、ぶどう酒と蜜が混ざり合う。しょせんぶどう酒にすぎないのに、さきほどとは比べものにならない劣情がほとばしり、レオニーを乱れさせた。

大した行為ではないと思えば思うほど欲望は増していき、ぶどう酒の冷たさとは反対に焦熱が体をおおっていく。しずくが体を流れていく感覚は妖美で、全身が濡れそぼると、レオニーは荒い吐息を吐いた。

アスガルはすべてのぶどう酒を彼女に垂らし、瓶を卓に戻して、濡れた体にゆっくりと顔を近づけた。

「はうっ」

アスガルの唇がレオニーの秘部にあてがわれる。ぬめらかな感触は、わずかにふれただけでぶどう酒からは得られない歓喜をもたらし、レオニーは安堵にも似た息を吐いて、こみあげる淫熱に身をゆだねた。

アスガルはそこに長くはとどまらず、舌でぶどう酒をすくいながら彼女の体をなめあげた。

茂みから腹を通り、喉を横切って唇に達すると、レオニーは彼の接吻を従順に受け止めた。

自分でも気づかないうちにアスガルの首に腕を回し、深く舌を絡めている。

アスガルは、彼女の舌を弄びながら、開いたままの脚の間に体を割り込ませ、下腹を秘部に押し当てた。

「あッ……！」

カフタンを隔てているにもかかわらず、彼の興奮がはっきりと伝わり、レオニーは喉をのけぞらせた。そこに根付いた灼熱《しやくねつ》の塊はすでに怒張《どちょう》し、彼女のなかに入るのを待ち望んでいる。

アスガルを感じたとたん、レオニーの秘部が恥ずかしいほどわななき、鋭い悦楽が子宮をまっすぐ貫いた。

あてがわれているだけなのに、壊れるかと思うほど強い欲望が中心を突き上げる。レオニーは体をこわばらせたが、本能的な反応を抑えるすべはなかった。

「どうだ、わかるか。これもすべておまえがそばにいるからだ。これ以上いやだとは言わせない」

アスガルが腰を上下に動かし、自分を彼女になすりつけた。カフタン越しの熱は昨日にもまして硬く、絹を通じて秘裂がこすられると濃い快楽がやってきた。

アスガルがレオニーの脚から手を離し、盛り上がった乳房をつかみ上げた。やわらかい肉を揉み込まれると官能が体いっぱいに広がり、レオニーは悦びをこらえるように唇をかみしめた。

冷静さを保とうとして薄く目を開き、あたりを見る。この部屋のどこかに彼の大切な宝玉があるかもしれない。あるとすれば、どこだろう……。

「あぁっ……！」

アスガルが強い力で両の胸の先端をつまみ、彼女の意識を自分に向けた。

「なにを見ている？」

「あなたを……」

「なら、ちゃんと目を開いてこっちを向け」

レオニーは悩ましい瞳で彼を見た。アスガルがさらに強く自分を押し当てると、レオニーの奥深くにまで歓喜の矢が突き刺さる。いつのまにか細い両脚が彼の体にしっかりと絡みついていたが、レオニーは気づかなかった。

アスガルが下腹を上下に動かすと、閉じた中心が掘り返されるような甘い愉悦が訪れた。凝縮《ぎょうしゅく》された熱の塊が秘部を刺激するたび中心がひくつき、たまらない劣情をもたらした。

「ふ……、ンンぅ……」

こんなことで感じてはいけないと思うのに、体は忠実に反応する。

硬直した部位が律動すると、彼女の秘部は挑発されたように彼を受け入れようとした。

「ずいぶん飲み込みのいい体だな。もうどうすればいいかわかっているじゃないか。二度目とは思えないぞ」

「そのような言葉……恥ずかしい……」

「おまえの体よりましだ」

手のひらとまるで違うカフタンの感触は、秘部全体を摩擦《まさつ》しながら彼女を高みに導いていく。奥底から悦楽のしぶきが上がると、レオニーは自分の中にやってくる淫らな流れに身を任せようとした。

その瞬間、アスガルが動きを止め、淫靡な波がさえぎられた。朦朧としたレオニーは、催促《さいそく》するように内股に力を込めたが、彼は乳房をこね回し、先端を指で弄んでいる。

唇に浮かんだわずかな笑みがなにを意図するのか、レオニーには理解できなかった。

「ほしいなら自分で腰を振ってみろ。うまくできたら入れてやる」

「そんなの、むちゃです……ッ」

「なら、ずっとこのままだ」

そう言って、アスガルが胸の先端に吸い付いた。

「ふぅ……ッ！」

宝石のような尖りが舌で転がされ、歯で軽く挟まれる。その間も、アスガルは手のひらでふくらみの下方を押し上げ、五本の指で揉みしだいた。

両方の胸から快感がこみ上げると、レオニーは秘部の悲鳴をこらえることができず、ゆっくりと腰を揺らめかせた。

はじめのうちは養父のためだと思い、帝王の石を手に入れるのに必要なことだと考えていたのに、いつのまにかそんな気持ちは消えている。

情欲だけがレオニーを支配し、気づくと、官能をおぼえはじめたばかりの秘部をカフタンにこすりつけていた。

自分のしていることが自分でも信じられない。だが、うちからあふれる欲望を止めるすべはなく、レオニーの中心は彼を欲していやらしい蜜をしたたらせた。

「それほどこれが好きか？」

アスガルが胸をいじり回しながら、下腹を中心に突き立てた。先端がレオニーの秘部を刺激し、甘やかな愉悦が広がった。秘裂が彼を欲してわななき、全身がうずく。胴部から胸の先、乳房から指にまで淫猥な波が広がった。

「ンふう……っ！」

灼熱の杭《くい》は、カフタンを隔てているため、レオニーの内部を満たすにはいたらない。それが途方もなくもどかしく、レオニーの腰がさらに強く上下した。

「そんなこと……言えません……」

アスガルが彼女の答えなどわかっていると言いたげに下腹を激しく前後させた。

レオニーの動きとアスガルの律動がひとつになり、下腹が上下に合わさっていく。

秘裂が次第に開いていき、ぬるぬるした感じが、ふれている部位から伝わった。

自分はなんてはしたない女なのだろうと思ったが、快感にあらがうことはできず、体の芯から熱情がこみ上げるとさらに腰はうごめいた。

「自分がいまなにをしているかわかっているか？　もしいまおれがいなくなったら、なにかべつのもので同じことをするんだろう」

「わたしはそんなことはしません……っ。ふ……ぅぅ……」

レオニーがそう言ったとたん、アスガルが動きを止め、彼女は思わず両脚をしっかり組んで彼を放すまいとした。アスガルの含み笑いがレオニーの耳元に届き、レオニーは顔を真っ赤に染めて羞恥にたえた。

「早くつづけろ」

「ン……ふぅン……」

腰が自分のものとは思えないほど淫らに揺らぎ、新たな快楽を求めていく。いやらしい行為をつづけると、レオニーの望むものが姿をあらわし、彼女をまっすぐに導いた。

レオニーが高みにたどりつこうとした瞬間、アスガルが彼女のひざ頭をつかんで大きく開き、下腹を引いた。

「あぁッ……！」

満たされようとした情熱が行き場を失い、レオニーは背中をのけぞらせた。

秘部がうち震え、切ないあえぎをもらしている。

レオニーは、欲望ではちきれそうな体をもてあまし、薄く目を開いてアスガルを見た。

レオニーから離れたアスガルが、彼女に冷たく笑いかけた。

「自分でしろとは言ったが、勝手に達しろとは言ってない」

「やっ……」

レオニーは恥じらいで固く目を閉じたが、彼に接吻されると体は素直に従った。

「はぁ……ン……」

おとついまではこうではなかったはずだ。アスガルに抱かれることはわかっていたが、それは忌避《きひ》すべき行いであって、悦びが得られるなんて考えてもいなかった。

それなのに、唇も、舌も、胸も、胸の先端も、体の中心までが彼を待ち望んでいる。

それは切ない悦びだった。彼を騙していること、彼が想っているのはマルスリーヌだということ、そして、彼がさきほど言ったこと、——レオニーはハレムの女と同じだと……。

そんなことはどうだっていいはずなのに、一度考えると頭から離れない。

自分は使命を果たすため、マルスリーヌの身代わりとなってここへ来た。養父には「自分を犠牲にするな」と言われたが、自分が犠牲になっているとは思わない。

レオニーにとって、養父の命は自分の未来より大切なのだから。

ジュストのこともあった。まだジュストの出自に関する噂はさほど広がっていないとはいえ、六歳の少年が気にかけるほど宮廷には不穏《ふおん》な空気が漂っている。

アスガルをとりこにすること。

自分の体で彼を魅了し、帝王の石を手に入れること。

自分が考えるべきは、それだけだ。

アスガルが、接吻しながらカフタンと下着を脱いでたくましい裸体をさらけだし、レオニーは薄く目を開いた。

アスガルの首に、昨日と同じ紅玉の飾りが下がっている。スルタンともあろうものが、あんな安物をどうして身につけているのだろう……。

ひとしきりレオニーのやわらかさを楽しんでいたアスガルが、手を下方へと進めていった。

脇腹をなでまわしてから蜜で光る茂みに指を絡めていき、濡れそぼった秘部にたどりつく。

アスガルが秘裂をいじりまわすと、レオニーは安堵にも似た吐息をもらした。

「ずいぶん気持ちよかったようだな。おまえのここはいまどうなっていると思う？」

「そんなこと、知りません……」

「さわってみろ」

「あっ……」

アスガルがレオニーの右手をつかんで強引にさわらせようとした。その瞬間、秘部がすぼまり、鋭利な興奮を彼女の中にもたらした。

いやなはずなのに、なぜ体は悦んでいるのか。自分はなんて慎《つつし》みのない女なのだろう。使命だなんだと言いながら、欲望にあらがうことができないなんて。

そう考えてはみるものの、中心から押し迫る妖しい波に逆らうことはできず、レオニーは全身をこわばらせてアスガルの手を振りほどこうとした。

「ちょっとさわるぐらい大したことじゃないだろう」

「いやです……」

レオニーが消え入りそうな声を出すと、アスガルはすぐに手を離した。

「まあ、いい。これ以上自分でやられてあえがれても困る。おまえを感じさせるのはおれだけだ」

そう言って、アスガルが秘部の上端にある秘密の突起にふれた。

「ンンッ！」

わずかに指があてがわれただけなのに、これまでとは違う鮮烈な刺激がレオニーのなかに突き刺さる。腰が大きく跳ね上がり、彼女の熱情を知らしめた。

「そこは……ッ」

「ここが女のもっとも感じるところだ。痛くはないから安心しろ」

アスガルが、充血した突起の先端を軽く押さえ、ゆるやかに揉み込んだ。しびれるような快感がレオニーの背中を駆け上がり、レオニーはわれを忘れて身悶えた。

「はぁン……、あぁン……」

荒波のような悦楽に襲われ、大きく喉をしならせる。こんな小さな部位にこれほどの官能がつまっていることがレオニーには信じられなかった。

アスガルが力を込めると、やわらかな部位のなかでそこだけが硬直しているようだ。ほんの少しふれられているだけで、ほかとはまったく違う甘やかな愉悦がレオニーの体をとろけさせた。

「どうだ？　やめてほしいか」

アスガルが突起の頂上を押して、くるくるとまわした。いったん指を離してから指の腹で叩いていく。また頂上を押さえ、念入りにうごめかせた。

同じ行為が繰り返されると、気の遠くなるような官能がやってくる。アスガルは飽きることなく、秘めやかな粒をいじり回した。

「んんぅ……、あぁン……」

レオニーは唇のすきまから小さなあえぎ声をもらしながら、ぼんやりと考えた。

これはいいことなのだろうか。それとも悪いことなのだろうか。自分を弄んでいるうちは、アスガルは目の前の女が別人であることに気づかないだろう。

それに、ここへ自由に出入りすることも許してくれた。彼が彼女を気に入っていることはまちがいない。

反面、そのことが恐くもあった。彼が優しさを示すたび、違和感は強くなっていく。ここにいるのは、彼が惹かれている女ではない。そう叫びたい気持ちが、どこからかわき上がる。それがどこからなのかはわからなかったけれど……。

アスガルが突起を軽くつまみ、レオニーは背骨を引きつらせた。

「ンはぁッ」

「おれの言葉が聞こえなかったのか?」

「なにが……ですか……」

「やめてほしいかと訊いたんだ」

アスガルがゆるい力で突起の外周をなぞると、果てしない快楽が訪れた。

「あぁ……ン……」

指先が上端から下端にすべりおり、変化をつけながら側面をくすぐっていく。

淡い愛撫は切ない悦びをもたらし、レオニーは苦痛をこらえるような声を出した。

「やめて……ほしくないです……」

アスガルが満足げな笑みをにじませ、包皮《ほうひ》ごと突起をつまみ上げた。

包皮がこすりつけられるように揉み込まれると荒々しい官能がこみ上げ、レオニーは眉を寄せて下腹からあふれかえる歓喜にたえた。

「ンぁぁ……」

アスガルが突起の上で縮こまっていた包皮をつまんでは引き下ろした。

猥雑な衝動がレオニーの内部を駆けめぐり、彼女をどこかへ突き動かしていく。

彼女が到達しそうになるとアスガルは動きをゆるめ、根元をゆるやかになぞっていった。

「ここがずいぶん気に入ったようだな」

アスガルにそう言われ、湿り気を帯びた瞳で彼を見ると、彼のほほえみにぶつかった。

冷酷な男には似つかわしくない微笑だった。

レオニーは苦しくなって目をそらした。

この気持ちはなんだろう。胸が締め付けられ、息ができない。

彼に抱かれるのは使命の一部だ。接吻されるのも、ふれられるのも、使命のためにすぎない。それなのに、余計な感情がわき上がる。

自分でも理解しがたい切なさがやってきて、レオニーを惑わせる。

彼の指が彼女に快楽をもたらすから。たくましい体が温かいから。手のひらがとても優しいから。

「もっと脚を開け。その方が気持ちいいぞ」

彼の言葉に合わせ、恥じらいながらもゆっくり脚を開いていくと、鋭利な快楽が中心から突き上げた。レオニーから徐々に理性が奪われていき、欲望だけに支配される。

指の腹で側面を何度もこすられると、あの感覚がやってきた。

「そろそろだな」

アスガルが彼女のことはなにもかも知っているというように、突起を大きく揉み込みはじめた。レオニーの脚がこわばり、自分から波をとらえようとして腰が軽く浮き上がる。

アスガルは包皮をくにゅくにゅと動かして突起を摩擦し、確実な終焉を目指していった。

アスガルが突起をねじり上げた瞬間、レオニーはたぎるような熱情に満たされ、甲高い声をあげた。

「あぁぁ……ッ！」

背中がしびれ、指先が震えた。心地よい波が小刻みにやって来ては引いていく。胸が上下を繰り返し、胸の先端が小さく揺らめいた。

レオニーは深い息を吐き出したが、まだ体は満足してはいなかった。ざわめきがひとおり背筋を行き交ったあと、べつのざわめきが訪れる。まだだ。もっとほしい。

「もう……おわりですか……」

「自分だけ楽しみたいならおわりだ」

アスガルが意味ありげな口調で言い、レオニーはまた頬を紅潮させた。

「わたしは楽しんでなど……」

「楽しみ足りんか？　たしかにおまえの昨日の様子を見れば、この程度では充分ではないだろうな」

アスガルが蜜を流すレオニーの中心をなぞり、ゆっくり指を沈み込ませた。たっぷり濡れたそこは、昨日とは違いすぐに彼を受け入れた。

指を一本ぐくらせて、しばらく待ったあともう一本入れていく。レオニーの中心がひくひくとあえぎ、彼の到来を悦んだ。

「ッん……」

「昨日よりずっと慣れただろう」

アスガルが、赤い刻印《こくいん》のついたレオニーの首筋に唇を寄せると、レオニーは喉を引きつらせ、小さな声をもらした。

二本の指がレオニーの内壁をこすりあげ、さまざまな箇所を押していく。まだ秘部は硬かったが、彼の指が抜き差しされると、次第にいやらしくとろけはじめた。

「慣れたと言っても、まだ狭い。入口も、奥も。指を動かすたびによく締まる」

アスガルの指がいたるところを押し広げ、奥を突き、浅い部分をえぐっていく。内部を行き来するごとに秘部は行為に慣れていき、彼にあわせて収縮した。

自分の体が彼になじんでいく感じ。それが快ければ快いほど、彼女を惑わせ、不安にさせる。

ハレムに来る前、カッファーンのスルタンがどのような男かさんざん聞かされた。

冷酷で残忍で、非情な王。その噂は事実である気もするし、違う気もする。

だが、どちらであったとしても、彼の体から伝わる熱に不快をおぼえることはなく、ふれられるたび歓喜の炎は高まった。

それが体だけの悦びなのか、もっと違うなにかなのか、いまのレオニーには判断がつかない。彼に抱かれるのは自分に課せられた使命のためだと思っても、そう考えれば考えるほど、その言葉は言い訳に聞こえた。

アスガルが執拗《しつよう》に責めていくと、突起に与えられた興奮の名残か、レオニーはすぐに快楽の波を感じ、心地よい流れに身をゆだねた。

レオニーがのぼりつめようとしたとき、ふいにアスガルが指を抜き、レオニーは切ない声をあげた。

「あぁッ……」

潤んだ瞳でアスガルを見ると、彼は指についた蜜をなめながら口を開いた。

「おまえは本当に物欲しげな目をするな。すぐに入れてやるから、そんな目で見るな」

「物欲しげな目なんてしてません……！」

レオニーは羞恥をこらえながら反論したが、秘部のあえぎを止めることはできなかった。

またなにか言われるかと思ったが、アスガルはすぐ屹立《きつりつ》した自分に手をそえた。

秘部に入れられるのかと思ったが、アスガルは反り返った先端をレオニーの唇にあてがった。

「ンふ……！」

焦がすような熱がレオニーを圧倒する。レオニーは恐怖を感じて目と口を硬く閉じたが、アスガルは下腹を押し進めようとはせず、先端でレオニーの口角をゆっくりとなぞっていった。

ふれるかふれないかの距離で先端が這いつたうと、形容しがたい愉悦が全身を震わせる。目をつぶっているのに、鉄のようにたぎる部位がはっきりと感じられ、形から固さ、息づくすべてがレオニーを圧迫した。

好奇心に打ち勝てず、ゆっくり目を開くと、思い通りの、――それ以上のものが威圧するようにそびえている。

まだ行為は始まったばかりだというのに中心がうずき、淫らな蜜をしたたらせた。早く入れとほしいという気持ちともっとこのままでいたいという気持ちがせめぎあい、レオニーは陶然としたため息をもらした。

妖美な官能に耐えることができず、そろそろと口を開いたが、アスガルはレオニーのはしたない期待には応えず、先端を下方に移動させた。

頬のゆるい曲線を通って敏感な喉をすぎ、やわらかな丸みへとおりていく。アスガルの部位が胸の頂をとらえると、レオニーは甘やかな声を出した。

「ふ……あ……」

この行為に使命が関係ないことはわかっている。自分が快楽におぼえているだけなのも。だが、淫蕩な悦びは彼女をとらえてやまず、アスガルの部位が尖りを揺すぶると、レオニーは彼の視線をいざなうように内股を開いていった。

「気持ちいいか」

レオニーが感じていることを知っているのに、いじわるく訊いてくる。

そして、レオニーは、彼を求めていることを知りながら、静かに首を横に振った。

「わかりません……」

「わからないのにその格好か」

アスガルの視線が、開ききった内股を突き刺し、レオニーは頰を紅潮させた。

先端が、胴部から腹へ、下腹から茂みへと動いていき、とうとう秘密の突起をとらえた。

突起が先端で弄ばれると、うねるような悦びがレオニーの中に押しよせる。

だが、彼を求めているのはこれではない。

アスガルはひととおり突起をいじってから、先端をうち震える中心にあてがった。

焦らされ尽くした体はどこもかしこも鋭敏になり、いまから与えられる悦楽を待ち望んでいる。

アスガルが、まったくちがうものをひとつにするように、秘裂に沿って何度も下腹を上下させるとレオニーの鼓動が次第に静まり、不思議と気持ちが安らいだ。

「体に力を入れるなよ。いくらなんでも指よりは太いからな」

アスガルがレオニーに口づけし、舌を絡ませながら下腹をゆっくりと沈めていった。

今日は噛まれなかった。おそらくあれは、はじめての行為による痛みから意識をそらせるためだったのだろう。

そのことに気づくと、またレオニーは息苦しさをおぼえた。

彼は優しい為政者なのだろうか。それとも、横暴《おうぼう》な王なのだろうか。

ここへ来て二日目なのだから、よく知らなくて当然だ。

それに、たとえ知ったとしても、自分の使命は変わらない。養父はいまも病の床で苦しんでいる。別れ際、養父が見せたまなざしは、レオニーの決意を反射するようだった。

自分は養父の犠牲になっているわけでは決してない。これは自分が望んだことだ。

そして、いま自分は、あのときには考えもつかなかった不思議な感情に戸惑っている。

ハレムに行くように言われたときは、恐怖と不安しか感じなかったのに、いまの自分にあるのは、あのときとは違う、べつの不安だ。

レオニーは胸を締め付ける鈍い痛みを忘れようとするように、秘部に侵入する灼熱の塊に集中した。

「はふ……、ンふぅ……」

秘部がめりめりと押し広げられ、彼がなかに入ってくる。それは空白が満たされるようで、えも言われぬ充足感があった。

おびえがないわけではなかったが、ほしいという気持ちの方が強かった。

下腹が奥に進むたびレオニーは小刻みに声をあげ、最後まで収まると甘やかなため息をもらした。

「ンはあ……、ああ……」

「おれが恐いか」

レオニーが目を開くと、銀色の双眸が真摯《しんし》に彼女をとらえている。その瞳が揺らいでいるように見えたのは、レオニーの気のせいだろうか。

ハレムの女と同じだと言ったアスガルの言葉がよみがえった。自分はハレムの女と同じ、彼にとっては三〇〇人の女たちの一人にすぎない。昨日は、レオニーが三〇一人目になるわけではないと言ったが、あの場かぎりの戯《ざ》れ言《ごと》なのだろう。

「わかりません……」

正直な気持ちだった。

だが、恐くないと答えた方がよかったにちがいない。それが彼の望む答えのはずだ。

「……あなたは恐くないと答えていただきたいのでしょう？」

レオニーがそう言うと、アスガルが鼻を鳴らした。

「おまえはずいぶん生意気な女だな」

「申し訳ありません……」

「まあ、いい。おれの機嫌をうかがう必要はない」

アスガルが下腹をゆっくり引いたあと、鋭く彼女に突き入れた。

「はっ……！」

くらくらするような歓喜が彼女の中に押しよせた。昨日はもっとゆるやかな波だったはずなのに、今日ははじめから奔流のような情熱がやってきた。

灼熱の塊が入口まで引き抜かれ、何度かその場を突いたあと奥底をうがつ。

張り出した部分が内壁をえぐり、先端がさまざまな箇所をとらえると、淫猥な情欲が彼女を押し流し、レオニーは恍惚とした愉悦に満たされた。

「おれのことが恐かろうが恐くなかろうが、やることは昨日と変わらん」

アスガルが、彼女の腰をつかんだまま上体を起こし寝台に座った。

「あッ……！」

彼が腰を抱きよせるとレオニーの上体が持ち上がり、起きあがったアスガルに胸を預ける格好になる。レオニーはアスガルに倒れかかるようにして、彼とつながったまま向かい合った。

突然の行動にレオニーは驚き、倒れまいとして彼の首筋に腕を絡めた。恐怖のため大腿がぴったりと彼の腰を挟み込み、かえって下腹が固定される。

そそり立ったものが下から突き刺さっていると思うと恐怖がやってきたが、彼の硬度を深く感じて安らぎをおぼえていることも事実だった。

「こんなこと、昨日はなさいませんでした……。ンあぁ……」

レオニーがあえぎながら口を開くと、アスガルが心外だというような声を出した。

「なにもかも同じがいいと言うなら昨日と同じことをしてやらんでもないが、これだって気に入っていないわけじゃないだろう」

「はぁンっ……！」

アスガルが下腹を突き上げた瞬間、目がくらむような喜悦が訪れ、レオニーは彼に抱きついた。アスガルにぴったりと張りつくと、またアスガルが下方から貫いた。

胸の先端が彼の体にこすりつけられ、宝玉のような粒に鋭利な劣情が訪れる。

アスガルがレオニーから体を引くとレオニーは思わず彼を追い、自分から腰を沈めていった。そんな自分が恥ずかしかったが、官能を抑えることはできず、アスガルが下腹を上下させるとレオニーは背中をしならせた。

「何度も言いますとおり……、わたしはこんなことをするためにまいったのではありません……、ン……ふうっ」

太い杭で打ち抜かれ、うがたれ、また奥まで刺し通される。中心から指先へと、いたるところに淫蕩な流れが届き、淫らなしずくがつぎつぎにこぼれた。

そのうち、たえまなくつづく快楽で意識がもうろうとしはじめた。

もう自分がどうなっているのかわからない。使命など言い訳だ。

自分は堕ちてしまった。甘い罠に。彼の優しい誘惑に。

「そのわりにずいぶん悦んでいるな。こうなるとわかっていてここに来たんだろう？　なら、素直に腰を振っていろ」

「あぁンっ……！」

アスガルが激しい勢いで下腹を動かし、レオニーを突き上げた。レオニーの腰が浮きあがり、自分の重みで深々と突き刺さる。

すぐアスガルが力を抜き、また責め立てるとレオニーの背中から熱情がこみあげた。

アスガルが下方から突き上げながら、秘部の突起を指先で転がしていく。ふたつの快楽が同時にレオニーを攻め立て、レオニーは二度目とは思えないほどの荒々しい肉欲の渦に飲み込まれた。

「ん……、んん……、んぅ……」

アスガルの動きが激しくなり、官能が一点を目指して走っていく。突起が強く摩擦され、レオニーは彼の腰を挟む脚に力を込めた。

いつのまにか自分の腰が揺らいでいる。彼に抱きつきながら下肢をくねらせると、本当に自分が彼のものになった気がした。

アスガルが奥底まで貫いた瞬間、レオニーの背筋を白熱の輝きが駆け上り、レオニーは燃えるような忘我の境地をさまよった。

「あぁ……っ！」

レオニーは大きく上体をのけぞらせ、淫らな悦楽を一粒も逃すまいとした。体中に炎が行き交い、つま先まで火照っていく。

やがて、崩れ落ちるようにアスガルの肩に顔を埋め、深呼吸を繰り返した。

アスガルが、乱暴に下腹を動かし彼女のなかに精を放ったあと、自分に抱きつくレオニーを見て、彼女を抱く手に力を込めた。

「なにがあろうと、一生おれのそばにいろ、レオニー」

彼の言葉を聞いたとたん、レオニーは目を見開いたが、彼女の表情の変化にアスガルは気づかなかった。

第三章　二人きりの砂漠で交わした恋は

翌日、レオニーはアスガルが公務に出ているときを見計らい、部屋を探しまわった。

昨日は、アスガルの誘惑にとらわれてしまったと思ったが、あれはいっときの快楽がもたらした刹那《せつな》的な感情にすぎない。

自分はまだ大丈夫だ。ちゃんと理性を保っているし、使命を忘れてはいない。

そう考えたとたん、体がざわめき、胸の先端が興奮した。

突然の反応に、レオニーは頬を赤らめ、戸惑った。

アスガルにふれられると荒波に飲まれたような息苦しさに苛まれる。それは決して不快な苦痛ではなく、彼がそばにいるとこれまで感じたことのない熱が体を満たした。

彼女のまぶたにアスガルの鋭利な横顔が浮かんだ。すると、鼓動が早まり、切なさがやって来た。この切なさはなんだろう。すべては彼から与えられた快楽のせいだろうか。

レオニーはすぐ気持ちを切り替え、室内を見わたした。

壁に掛けられた織物《おりもの》をめくり、床を踏みしめ、あらゆるところを確かめる。

だが、隠し部屋がある様子はなく、それらしいものも見あたらない。

どうやらここにはないようだ。

「そんなに簡単には見つからないわ。まだ来たばかりだもの。焦らない、焦らない」

レオニーはそうつぶやき、はやる気持ちを落ち着けた。

すぐにセラーリオを案内してもらえると思ったが、一日目に大宰相《グラン・ヴィジエール》に会った以外、ほかの高官《パシャ》との接見もなく、レオニーはたいていハレムで好きなように過ごした。

もっとも、昼間からベルキネスのドレスを着た女がどこもかしこも歩き回ることはできず、日中は交流にふさわしく、高位の侍女から詩の朗詠《ろうえい》、楽器の演奏、裁縫《さいほう》や刺繍を習い、ハレムやセラーリオのことをさりげなく訊き出した。

ハレムになじむのにさして時間はかからず、宦官長の信頼も勝ち得、たいていのことは聞き入れてもらうことができるようになった。

ぶどう酒は大いに役立ち、いざというとき怪しまれないように、衛兵はもとより、ハレムの女たちにも折あるごとにぶどう酒を贈った。

女たちは最初は警戒していたが、レオニーが優美にほほえみかけ、丁寧《ていねい》に礼を言い、ぶどう酒を贈ると、セラーリオのさまざまな噂を彼女に提供するようになった。

アスガルは毎晩寝所にやってきて、たっぷりと時間をかけレオニーを愛撫するが、目を覚ましたときにはどこにもいない。

ハレムでの行動はいまのところうまくいっていたが、日がすぎるごとにアスガルとの関係はぎこちないものになっていった。

彼に話しかけられてもろくに受け答えできず、すぐ顔を伏せてしまう。

これではいけないと思うが、彼がそばにいると緊張し、胸が不用意に高鳴った。

自分はなにをこんなにかたくなになっているのだろう。

彼のこころを奪い、夢中にさせ、帝王の石を手に入れること。それが彼女の使命なのに、アスガルがそばにいると違う自分になってしまう。彼から顔をそむけても、つい彼を見てしまう。彼に会えないときは、ハレムのどこかにいないかと探してしまい、足音を聞くと安心する。

彼の指先はどこまでも優しく、いたわるような手つきは必ず彼女の求めに応じ、焦らす行為も居丈高な言葉も、すべて彼女の官能を高めようとするようだ。

だが、こんなことではいけない。アスガルのことが気にかかるのは、彼の行為があまりに気持ちいいからだ。そして、彼の容貌があまりに美しいせいだ。

そう考えてはみるもの、彼の些細な言動のひとつひとつがレオニーをかき乱し、不安へと駆り立てた。

このまま、まともにしゃべらない状態がつづけば、彼の機嫌を損ねてベルキネスに追い返されるかもしれない。それでは、ハレムに来た意味がなくなる。

「大事なのは帝王の石よ。アスガルのことは考えないようにしましょう。お養父さまのためにも、絶対に手に入れるんだから」

レオニーは、財宝庫の場所を探るため、何度か宦官長にセラーリオを見てまわりたいと頼んでいたが、宦官長はそのたびに「大宰相の意向を確認中です」と言い、レオニーの要望が聞き入れられる気配はない。

代わりにしょっちゅう浴場《ハマム》に足を運び、何気なさを装って女たちに質問した。

「カッファーンの財宝庫はすごいと聞いたけれど、スルタン陛下もご自分の宝物をそちらに預けたりなさるのかしら」

顔見知りになった女が、人なつこい笑顔を浮かべ、レオニーに答えた。

「財宝庫にあるのは、スルタン陛下がおおやけの場で使う宝玉や衣装で、私的な宝玉はスルタン陛下が起居なさるご寝所にございますわ」

「みなさんは、ご寝所にいらっしゃったことがありますの?」

「ご寝所に入れるのは、スルタン陛下の目に留まった者のみです」

レオニーは、疑われないように注意しながら口を開いた。

「スルタン陛下は〈帝王の石〉をお持ちだとうかがいましたが、本当でしょうか……」

「もちろんです。スルタン陛下こそ帝王にふさわしいお方ですもの」

「あなたは帝王の石をごらんになったことがありますか」

「まさか。大切な秘宝ですから、そう簡単にお見せいただくことはできません。きっとご寝所に厳重《げんじゅう》に保管されているんですわ」

ご寝所に保管……とレオニーはこころの中で口ずさんだ。

「ここにいらっしゃるのはお美しい方ばかりですから、きっとみなさんもうご寝所には呼ばれていらっしゃるんでしょうね」

レオニーが無邪気に言うと、女たちが意味ありげに目配せした。

「ここでは、女はスルタン陛下に呼ばれることを内緒にしますの。何度か陛下と寝所をともにし、幸運者《イクバル》と呼ばれるようになってはじめてスルタン陛下との関係がおおやけにされます」

レオニーは息をつめた。よくわからない焦燥感がやってきて自分でも驚いた。

ここはアスガルのハレムで、彼がここにいる女たちを抱くのは当然だ。

だが、目の前の女から事実を聞かされると、これまで感じたことのない痛みに襲われた。

レオニーはうわずった声で訊いた。

「きっと幸運者はたくさんいらっしゃるのでしょうね。いったいどなたなのかしら……」

「実はまだ一人もいませんの。スルタン陛下は一度も同じ女をご寝所に入れたことがないんです」

ハマムから戻ったレオニーは、侍女を下がらせ、薄紅色の室内着を着て鏡の前に座り、まだ濡れた白金の髪に櫛《くし》を入れた。

さきほど女が口にした言葉がよみがえる。

まだ幸運者はいない——。

ここ数日、アスガルはレオニーのもとへ来ていなかった。毎晩彼女にふれると言ったのに、もう彼女に飽きたのだろうか。

プールでのことがあってから、レオニーのどこかにわだかまりがある。そのわだかまりがどうしても消えない。

ふと鏡に目を向けると、首筋にアスガルが残した刻印があった。すでに日が経ち、紫色に変わっている。レオニーは鏡に映るほのかなしるしを指先でなぞった。

鏡の中の自分の目が、いつのまにか熱く潤んでいる。

彼のことを思い出すとこころが騒ぎ、切なさがあふれ出た。

彼の激情はレオニーをとらえてやまず、きつい言葉も、優しい手つきも、レオニーの中にくっきりと刻まれている。

自分が愛せるのは優しい人だと思っていたし、いまでもそう考えている。

そして、自分が愛せるような優しい男はいないのだと。

アスガルのことを愛しているわけでは決してない。けれど、どこにいても、なにをしていても彼のことを考えてしまう。そんな自分がよく理解できない。

レオニーは長い髪を櫛ですきながら、小さなため息をもらした。

養父なら、いまのレオニーになにかいい助言を与えてくれるにちがいない。だが、彼は寝台でレオニーの帰りを待っている。

「早く帝王の石を見つけて、ベルキネスに戻るのよ。それ以外のことはどうだっていいんだから」

レオニーが決意するようにつぶやいたとき、廻廊から甲高い靴音が聞こえた。

誰が来たのかすぐにわかる。アスガルだ。

レオニーの中にわずかな安堵と不思議な喜びがやってきた。足音が近づくと、緊張で体が張りつめる。それがなぜか快い。

つい今し方、養父のことを考えていたばかりなのに、アスガルの足音を聞いただけで彼に気持ちが移ってしまう。

自分がこの数日アスガルに会えなくて寂しさを感じていたことに、やっと気づいた。

いったいどういうことなのか。

彼がそばにいると息苦しくなるのに、いないと余計苦しいなんて。

ただ単に、誰かに求められていることがうれしいだけなのだろうか。相手が誰であれ、好きだと言われると気になるように。

そうかもしれない。いや、きっとそうだ。

レオニーはせわしなく響く鼓動の音を聞きながら、絨毯にひざまずいて頭を下げた。

扉が開き、アスガルが入ってきた。彼が室内に足を踏み入れると、いつもどおり圧倒的な威圧感に押しつぶされそうになる。

彼は真の王だ。

「来い」

アスガルがレオニーの手首をつかんで廻廊に出た。今日は体勢を崩すことなく、彼のあとに従った。久しぶりに見る容貌は、一段と精悍さを増した気がした。

どこへ行くのか訊きたかったが、「来ればわかる」と言われるに決まっている。

アスガルは、迷うことなくハレムを出て、いくつかの門をくぐりぬけた。

アスガルがやって来たのは、厩舎《きゅうしゃ》だった。衛兵が、ひときわ立派な黒馬《こくば》に鞍《くら》をつけて待っている。

アスガルは衛兵から手綱《たづな》を受け取り、馬の背に軽々と飛び乗った。レオニーに手を差しだし、彼女が戸惑っていると手首をつかんで強引に自分の前に座らせた。

「セラーリオの外に行かれるのですか」

レオニーはさすがに気になって訊いてみたが、アスガルはなにも言わず鐙で馬の腹を挟み、目抜き通りを闊歩《かっぽ》した。

広い通りでは牛車《アラバ》がゆっくりと進み、水売りの声が響き、羊肉の串焼き《シシュ・ケバブ》や香辛料の匂いが満ちていた。物語師《メッダーフ》が人々の笑いを誘い、穀物《こくもつ》や野菜、見たことのない果物を並べた露店が軒《のき》を並べ、焼きたてのパンを買う人々が行列を作っている。

通りにいるほとんどが男で、たまにいる女はみな面被《ヤシュマク》をつけていた。

レオニーははじめのうち、アスガルの腕の陰《かげ》から見慣れぬ街並みを眺めていたが、人通りがなくなりアスガルが馬の足を速めると、彼の体にしがみつき目をつぶった。

アスガルはずいぶん長い間走っていた。日が陰り、冷気が押しよせたが、アスガルから伝わる熱が彼女を温め、少しも寒いと思わなかった。

いつのまにか鞍から響く感触がさっきとは異なっていた。蹄《ひづめ》の立てる音も違う。馬の歩みが止まり、静寂《せいじゃく》に満たされた。

レオニーは目を閉じたままでいた。

太い腕が彼女を包み込んでいる。それが途方もなく心地よい。

「目を開けろ」

アスガルがレオニーに声をかけた。レオニーは彼のぬくもりを感じていたくて、しばらく動かなかった。

ふと、まぶたの向こうにまばゆいきらめきが降りかかり、ゆっくりと目を開いた。

「ここは……」

眼前に果てのない砂漠が広がっていた。風が吹くたび黄金の砂が舞い上がり、馬の足もとで渦を巻く。茫漠《ぼうばく》とした砂漠におわりはなく、一度迷い込めば出てこられないのではないかと思われた。

レオニーは、吸いこんだ息を途中で止めた。砂の谷間に太陽がゆっくりと沈んでいく。

深紅の輝きが砂漠一面をおおいつくし、どのような宝玉にも勝る美しさを放った。

伝説の砂漠だ、とレオニーは思った。かつて夢だけを持った若者が歩いた地。

ここには夢が埋まっている。きっとレオニーの夢も……。

「おれが一番好きな場所だ」

アスガルが言った。

「この光景を見ると、自分が王であることなどちっぽけに思えてくる」

「ここへは……、ひとりで来られるんですか」

レオニーが知りたかったのは、ハレムの女を連れてくるのかということだったが、アスガルは特に気づいた様子もなく答えた。

「ああ。セラーリオに嫌気がさしたときや玉座に座りたくなくなったときに来て、日が落ちるのを眺めている」

「あなたでも玉座がいやになるときがあるんですね」

「当たり前だ」

アスガルが、レオニーの表情を探るような目になった。

「もう機嫌は直ったか」

「機嫌……ですか」

「プールでのことをずっと怒っていただろう。もう人前では二度とせん。それでいいか」

レオニーが沈黙すると、アスガルが訊いた。

「まだなにかあるのか」

「……あなたは、あのときハレムの女性とわたしを同じだと言いました」

アスガルはそのときのことを思い出そうとするように眉を寄せた。

「ハレムの女性を見下しているわけではありません。ですが、あなたにとって、わたしは何百人もいる女性と同じ扱いだと思っただけです」

「なにを言ったかおぼえてないが、どっちにしろ、おまえが思ってるような意味ではない。おまえはおれにとって特別だ。ほかの女たちとはちがう」

「同じだとはっきり言いました」

「抱く口実がほしかったんだ。それだけだ」

レオニーはしばし口を閉ざしたあと言った。

「ここ数日は……なにをしていらしたんですか？」

「公務で属州《ぞくしゅう》に行っていた。もっと早く帰るつもりだったが、向こうで引き止められた」

レオニーが答えずにいると、アスガルは怪訝《けげん》そうな顔をした。

「なんだ、今度はそのことか？　なにも言わずに発《た》ったから怒っているのか？　もっと早く帰るつもりだったと、いま……」

「そんなことでは怒りません。お仕事は大切です」

アスガルはレオニーのかたくなな表情を見て彼らしくもない吐息をもらし、手綱を引いて馬首《ばしゅ》の向きを変えた。セラーリオに戻るのかと思ったが、アスガルは違う方向に進んだ。

レオニーがなにか訊く前に、アスガルが口を開いた。

「今日はセラーリオには戻らん。これから行くのは、べつのところだ」

「あなたはわたしの考えを読み取ることができるのですか」

「そんなのはむりだ。ハレムの女が考えていることはひとつだが、おまえの考えはよくわからん」

「ハレムの女性はなにを考えていらっしゃるのでしょう」

「おれの子どもを生むこと」

その瞬間、レオニーは苦しみで胸をつまらせた。

そうだ、ハレムの女たちは彼の子どもを生むためにいる。そのためだけに。

まだ幸運者はいないと言うものの、一度寝所をともにした女が孕《はら》めば、すぐにも幸運者となり、特別扱いを受けるにちがいない。

自分はアスガルにとってなんなのだろう。彼は自分をどう思っているのだろう。

ハレムの女たちも連れてこないような場所に連れてきて、美しい落日《らくじつ》を見せて、いったいなにがしたいのだろう。

もし自分に子どもができたら……。

カッファーンではどのような身分であれ、スルタンの血を引く男子を生み、その子が玉座につけば、皇太后《ヴァリデ・スルタン》として尊《とうと》ばれるという。「どのような身分」というのがどこまでかは知らないが、本当にまったく身分を問わないのなら、もしかして……。

レオニーは自分の考えたことに驚き、慌てて頭を振った。なにをばかげたことを。ここへ来たのは帝王の石を奪うためで、彼の子を生むためではない。それに、自分は皇太后として尊ばれたいわけでもない。

では、なぜこんな不毛なことを考えてしまったのだろう。

レオニーは、思考の向く先を変えようとして周囲に視線を移した。

太陽が砂漠の向こうに消えてなくなり、星々の中心に蒼《あお》い月が照り輝いている。

気づくと、あたりは騒がしい声で満たされていた。

暗闇の中にいくつもの炎が灯され、男たちが行き交っている。

隊商宿《キャラヴァン・サライ》だ。

アスガルは、ひときわ大きな宿に行き、レオニーを鞍からおろして馬を宿屋に預けた。

一階は倉庫と酒場、二階が宿泊施設になっている。

レオニーがアスガルに連れられて中に入った瞬間、酒を飲んでいた男たちが一斉にこちらを向いた。

地味な室内着とはいえ、光沢のあるサテン地のドレスは最高級のもので、酒場に女は一人もいない。アスガルも比較的目立たない格好をしていたが、王の風格を隠すことはできず、なにより彼の容貌は人目を引いた。

すべての視線がアスガルとレオニーに集まったが、アスガルは気にせず、レオニーをうながして一番奥の丸卓に座った。

店の主人がやってきて注文を訊き、アスガルが適当になにかを頼むと厨房《ちゅうぼう》に引っ込んだ。

しばらくしてレオニーの前に、ぶどうの葉に挽肉を巻いて煮たドルマ、羊の肉汁で米を炊いたピラウ、レモンをそえたヒヨコ豆のスープ、りんごの蜂蜜煮《はちみつに》が並び、レオニーにはスモモのシェルベット、アスガルには麦酒《むぎしゅ》が供された。

レオニーは居心地の悪さを感じて小さく身じろぎした。

「みんな見ています」

「気にするな。どこに行っても見られる」

「あなたはそうですけど……」

男たちはすでに自分たちの会話に戻っていたが、こちらを気にしているのは明らかだ。

「ここは女性の来るところではないはずです」

「外国人なのだからかまわん」

レオニーは視線だけで酒場を見回したあと、アスガルに訊いた。

「……なぜわたしをこんなところへ連れていらしたんですか」

「おまえにおれの国を知ってほしいからだ」

どうして……、とレオニーは訊くことができなかった。アスガルはまっすぐにレオニーを見つめている。レオニーも彼を見つめ返したが、すぐに苦しくなり顔をそむけた。

ふと、背後から幼い少年が走ってきてレオニーのそばで足を滑らせ、派手に転んだ。レオニーは慌てて立ち上がり、少年を助け起こした。

外で遊んでいたらしく、外衣が砂まみれだ。

「大丈夫？　けがはない？」

レオニーは外衣の裾を軽く叩いたあと、少年の頭に目を向けた。

「こんなところにも砂がたくさんついてるわ。よっぽど楽しんだのね」

「やめろっ……」

アスガルがそう言ったときには、レオニーは少年の頭に手をかけていた。

その瞬間、酒場が凍り付き、男たちが立ち上がった。

「女、フォルーグさまのご子息になにをする！」

男たちが、腰に帯びた円月刀《クルチ》に手をかけ、レオニーをにらみつけた。

フォルーグ。聞いたことのある名前だ。

フォルーグは、沿岸部全土の小麦粉、羊毛、象牙《ぞうげ》、その他さまざまな商品を一手に取り扱う大商人だ。大きな軍隊を持ち、王でさえ彼に逆らうことはできないと言われている。

レオニーが突然のことに体をこわばらせると、アスガルが表情を変えずに言った。

「頭に手をかけることは、天からおりる恵みをさえぎることになる。ここではしてはならんことだ」

レオニーは男たちからゆっくりと退いた。

何人いるのかわからない。男たちは殺気をみなぎらせ、円月刀の柄《つか》に指をかけている。

「無礼者がっ」

男たちが声を張り上げ、円月刀を抜こうとしたとき。

「その女には手を出すな。その女はおれの妻だ。妻の犯した罪は夫のおれがつぐなう」

レオニーはすぐさまアスガルに目を向けた。彼はいま「妻」と言った。聞きまちがいではないはずだ。

先頭にいた男が、唇に残酷な笑みを浮かべてアスガルを見た。

「なら、きさまの命をもらおうか」

「やめて！　悪いのはすべてわたしです。つぐないなら、わたしがしますっ」

レオニーが男たちに向かって足を踏み出すと、アスガルがレオニーを頭ごなしに怒鳴りつけた。

「黙れ！　女が口出しすることではないっ」

レオニーは、男たちが剣に手をかけたとき以上の恐怖を感じて体をすくめた。

アスガルはすぐ男たちに視線を戻した。

「おれを好きなようにするがいい。だが、この女にはなにもするな」

「よかろう」

男たちがあざけりの笑みを浮かべ、アスガルに近づいた。そのとき——。

「やめよ」

背後から声がかかり、店の奥にたれた織物の向こうから太った男があらわれた。

男は、金銀の刺繍を施した壮麗なカフタンをまとい、ターバンには王とまごう大きな青玉をつけている。中年だという以外、年はよくわからない。鷲《わし》のような双眸に鋭利な光を宿し、ゆっくりと前に進んだ。

「下がるがよい。この男はわたしの古い友だ。おまえたちが手を出していい相手ではない」

太った男はそう言ってから、レオニーのそばにいた少年の背を押した。少年はすぐ二階へ上がって行った。

「久しぶりだな、フォルーグ。最近姿を見かけないから、どこかでのたれ死んだかと思った」

アスガルが平然とした口調で言い放った。アスガルの言葉を聞いて、背後にいた男たちがまた円月刀の柄を握りしめたが、フォルーグが制した。

「おまえは昔からちっとも変わらん。一人の供もつけずにこんなところへ出入りするスルタンはおまえだけだ」

「おれに供など必要ない」

「知っている」

フォルーグが、レオニーに視線を向けた。その瞳に、商人らしい値踏みの色が浮かぶ。

「いい女だな。おまえがベルキネスの皇女を手に入れた話は知っている。これが噂に聞く薔薇か」

フォルーグは、なめ回すようにレオニーを見て言った。

「金一万枚でこの薔薇を買おう。どうだ、おまえにとってはいい商売だろう」

レオニーはにわかに耳を疑った。冗談かと思ったが、フォルーグの表情を見るかぎり冗談ではなさそうだ。

レオニーが言葉を発する前に、アスガルが答えた。

「この女は売らん」

「では、金一万二千枚」

「売らんと言ったろう」

目の前にいるのは皇女だというのに、フォルーグもアスガルも気にしてはいないようだ。だが、カッファーンだけが特別なわけではない。ベルキネスでも似たようなことが行われていることは知っている。レオニーがふだん目にしないだけで。

フォルーグはいったんアスガルに瞳を移した。

「カッファーンのスルタンは商売上手だな。そう言って値をどんどんつり上げていく。金一万三千枚でどうだ。これ以上高くはできんぞ。すでにその女の相場を越えているからな」

「この女は商品ではない。いくら積まれようと誰にも売らん。たとえおまえがおれの命を奪うと言っても、おれがこの女を手放すことは決してない」

「おまえのハレムには三〇〇人も女がいるではないか。ひとりぐらいいなくなったところで大した違いはあるまい。ベルキネスにはおれからたっぷり金を払っておく。あそこは財政難であえいでいるから、喜んでこの女を差しだすさ」

「おれは売らんと言ったんだ」

「わたしを怒らせる気か」

フォルーグのまなざしが突然険しくなった。小動物を狙う蛇《へび》のように冷酷な目に。

「わたしを敵にまわせばどうなるか、おまえとてわかっていよう」

「なにがあろうと、この女は売らん」

二人はしばしにらみ合った。

フォルーグの後ろにいた男たちが、腰に下げていた円月刀にふたたび手をかけた。

レオニーは二人の間にわって入りたかったが、男たちの前で女が口を開いてはならないことはすでにわかっていた。

ふいに、フォルーグが笑い出した。いかにも楽しそうな声だった。

「おまえにはまいったよ。わたしにそんな口をきくのはおまえだけだ。おまえの無謀《むぼう》さを祝して乾杯しよう。こちらに来るがいい。ハレムにもいないような美女が大勢待っている」

フォルーグが織物を開いてアスガルをうながすと、広い室内からかしましい音楽と猥雑な言葉が流れ出した。奥にある舞台では、若い女がみごとな曲線を描く腰をなまめかしく揺らしている。女は、顔は薄布で隠していたが、腹は出していた。

舞台の上以外でも、たくさんの美女が男たちを悦ばせている。

アスガルがレオニーに目を向けた。

「二階に行っていろ」

「でも……」

「いいから行け」

「……はい」

フォルーグが視線を送ると、円月刀を下げた男の一人がレオニーを二階に導いた。レオニーは階段をのぼる間際、背後を振り向いたが、アスガルはすでに織物の奥に消えていた。

＊

レオニーにあてがわれた部屋はさして広くはないものの、きれいに掃除され、壁際の卓には白い百合《ゆり》が飾られていた。すぐそばに燭台《しょくだい》があり、明るい陰影を作っている。

レオニーは、寝台にうつぶせに寝ころんだ。体がけだるく、起きているのが苦痛だった。なにがこんなに苦しいのか判断がつかない。いや、違う。もう気づいている。

自分はアスガルに惹かれている。彼女にふれる優しい手、甘やかな接吻、目のくらむような交わり。

彼の行為のすべては彼女を悦楽の果てに導くためにあり、強引な言葉の裏にあるいたわりや、冷たい双眸にひそんだ温かさは、彼女を魅了するのに充分だった。

まぶたを閉じると、緋色の落日がよみがえった。まるで時間が止まったようだった。

彼がそばにいると、いつも永遠を感じる。彼の体はレオニーのこころの奥底まで温め、彼の姿を見ると快い緊張とおだやかな安堵をおぼえた。

整った容貌が見るたびに輝きを増すのは、きっと彼女の気持ちのせいだ。

自分は、いつのまに彼に惹かれていたのだろう。

気づいたのは、ついさっきだ。砂漠の谷間を緋色の太陽が悠然《ゆうぜん》と沈んでいったとき。

夕陽を見ながら、アスガルのぬくもりを感じたとき。

彼の孤独にふれたとき。

あのとき、自分はアスガルのこころに少しだけ近づくことができた気がした。

ほんのわずかな歩みだったが、自分の気持ちを知るには充分だった。

これまで、アスガルはレオニーにとって常に自信に満ちあふれた偉大なスルタンだった。

彼にはどのような迷いも苦しみもなく、ひたすら自分の信じる道を歩いているのだとばかり思っていた。

だが、すべてはまちがいだった。

彼は玉座に座る者の重圧にたえ、誰にも言うことのできない苦痛を一人で背負っている。

そんな王だからこそ、民人は彼を信じ、彼に従い、彼の言葉に耳を傾けるのだ。

レオニーは、あのとき切実に彼の痛みをわかちあいたいと思った。

もっと彼のことが知りたい。彼がなにに悩み、なにに惑い、なにに傷ついているのか。

なにに喜び、なにを感じ、誰を愛するのか。

彼のすべてが知りたい。

そう考えることが、すでに惹かれているということだ。

「アスガル……」

彼の名を呼ぶと、レオニーの目に透明なしずくが盛り上がった。自分が彼を騙していること、彼に惹かれても意味がないこと、自分が果たすべき使命のこと、すべてがレオニーを惑わせ、苦しめ、漆黒《しっこく》の闇に落とし込んだ。

「彼に惹かれるなんて、どうかしてるわ。お養父さまはいまも病で苦しんでいらっしゃるんだから、こんなことに気を取られていてはだめ」

そう言い聞かせてみたものの、アスガルがいま美女と肌を重ねていると思うと胸が強く締め付けられ、盛り上がった涙が一滴こぼれ落ちた。

これは愛ではない、とレオニーは思った。「愛」と呼べるほど誠実で、深く激しい感情ではない。少なくともまだいまは。

ほんの少しこころが傾《かたむ》いているだけ。それだけだ。

この程度の気持ちなら、いくらだって抑えることができる。

ひとときの感情に溺れる齢ではない。

それに、もし自分のこころに歯止めがきかなくなれば、養父とアスガルのどちらかを選ばなければいけなくなる日が必ず来る。そんなことがあってはならない。

「お養父さまとアスガルのどちらを取るかなんて、いくらなんでもばかげてるわ。そんなこと、決まっているもの。ここへ来たのはそのためなんだから」

レオニーが小さな声でつぶやいた、そのときだった。

扉が開き、アスガルが入ってきた。

レオニーは、驚いて寝台から起きあがった。アスガルが外衣を脱ぎ、ターバンを取って卓に置く。深い息を吐いたあと、レオニーに視線を向けた。

「なんだ、その不思議そうな顔は」

「あなたがいらっしゃるとは思わなくて……」

「どうして」

レオニーは言葉につまった。今夜は女たちのもとで過ごすと思ったのだ。あの女たちは美しかったし、アスガルがここへ来る理由はない。

アスガルが寝台のへりに座り、レオニーの目尻にふれた。

「泣いていたのか？」

慌てて顔をそむけたレオニーに、アスガルが言った。

「さっきは怒鳴って悪かった」

レオニーは涙をぬぐいながら答えた。

「悪いのはわたしです。あのような場で女であるわたしが口出しして、あなたに恥をかかせてしまいました。もう二度とあのようなことはいたしません」

「おまえはおれに恥などかかせてはいない。おれは、おまえを怒鳴りつけることでベルキネスの皇女を服従させていることをあいつらに見せつけることができた。あの男たちは感心こそすれ、ばかにすることは決してない」

そうだ、彼女が本当の皇女なら。だが、自分は皇女でもなんでもない。

アスガルは自分をマルスリーヌだと思っている。美しい薔薇だと。

そのことがレオニーの胸に改めて突き刺さり、レオニーは目を伏せた。

「余計なことを言ったのは事実です」

「大人しいだけの女は飽きた。おまえはおまえのままでいろ」

止まったと思っていた涙が、思いもかけず頰を滑った。

「なぜ泣く！　いま謝っただろうっ」

「ちがいます。そのことではありません」

レオニーがアスガルに背を向けると、アスガルが彼女の腰を抱きよせ、首筋に接吻した。

「あの女たちとはなにもしていない」

アスガルがなにもかもを知りつくしたように言い、レオニーは官能を感じて身震いした。

レオニーがアスガルにもの問いたげな表情を向けると、アスガルが目を細めた。

「うれしくないのか」

「フォルーグさまは大切なお仕事の相手ではないのですか。仕事の上でのおつきあいが大事なのは、わたしでもわかります」

「おまえが気にすることではない」

「でも……」

それ以上言う前に、レオニーの唇をアスガルの口がふさいだ。甘い接吻が長々とつづく。アスガルの舌が入ってくると、レオニーは自然と彼を受け入れた。

「ん……、ふぅ……」

ぬめるようなたくましい舌が、繊細な動きでレオニーの舌を絡め取る。いつになくゆるやかな流れがレオニーをとろけさせ、至福のときに導いた。

これはいけないことなのだ、とレオニーは思った。彼に惹かれるなどあってはならない。もしこの先彼を愛するようなことになったら、さきほど自分が考えたとおりのことが起こってしまう。

帝王の石を奪えば、アスガルがどれほど偉大な王だったとしても、スルタンとしての地位が危機にさらされることはまちがいない。

だが、奪わなければ、養父の病を治すことができなくなる。

アスガルを愛してしまったときに、自分は彼の持つ宝玉を奪うことができるだろうか。

彼が王位から引きずり下ろされるかもしれないと知りながら。

養父は十二年もの間、血のつながらないレオニーを大切に育ててくれた。養父には「わたしのために自分を犠牲にしてはならない」と言われたが、レオニーは養父のためにできるかぎりのことがしたかった。

なのにいま、自分は養父ではなく、アスガルのことを考えている。

彼に接吻され、淫らな悦びを感じている。彼にふれてほしいと願うのも、ふれられることがうれしいのも、彼に惹かれているためだ。

こんな気持ちはいけないのだと理解はしているが、自分のこころは変えられず、レオニーにできるのはこれ以上彼に気持ちを奪われないようにするだけだった。

そんなことができるかどうかはわからなかったが。

アスガルが、たっぷりと舌を味わってからレオニーから離れた。レオニーは彼を追おうとしたが、慌てて自制した。

「おまえは、おれがあそこにいる女たちを抱いていると思ったのか？」

「だって……、みなさん、美しい方ばかりなんですもの」

「おまえが濡らして待っているのに、あいつらを抱くわけがない」

レオニーは、顔を真っ赤に火照らせた。

「そんなことありません……！」

「本当か？」

アスガルが面白そうな笑みを浮かべて手を下方に移動させ、ドレスの中に忍び込ませた。

「あ……っ」

指先がするりと内股に滑り込む。そこは彼の言葉どおりいつのまにか潤っていた。

アスガルの指が、まだ閉ざされた秘裂をなぞっていく。上端から下端まで形を確かめるようにくまなく這い回ると、秘部が引きつり、妖しい歓喜を生じさせた。

「ふ……、ンン……」

指先が後ろに忍び寄ると、その部位が指をはじいて彼を拒み、収縮をくり返した。すぐに指は前に戻り、秘裂にそってゆるく行き来し、中心からいやらしいぬめりを吐き出させる。ぬるぬるした感触が自分にも伝わり、レオニーは頬を紅潮させた。

「おれには濡れているように思えるがな。それとも、おまえはなにもしていないときでもこうなのか？」

「ちがいます……、ふぅンっ」

アスガルが手のひらで秘裂全体を包み込み、小刻みに振動させた。震える中心だけでなく、包皮から顔を出した突起までもが刺激され、その刺激が愉悦となって体中に染みわたる。アスガルが盛り上がった部位をつまみ上げ、突起ごと揉み込むと淫靡な官能がやってきた。

「あぁ……、ン……」

おだやかな快楽が、淡い興奮となって彼女の中を満たしていく。アスガルが指先に力を込めたり抜いたりするたび、突起と秘裂に甘い快感が与えられ、全身にうねりをもたらした。

「さっきのこと……」

レオニーは甘やかな愉悦をおぼえながら、いやらしいため息とともに口にした。

「まだ女たちのことを気にしているのか」

「わたしをかばったことです……。もうわたしのためにあんなことはしないでください」

「おれは、自分のしたかったことをしたまでだ。おまえのためではない」

「ですが、もしあの方たちが斬りかかってきたら、どうなさるおつもりだったんですか」

「そのときはそのときだ」

アスガルが内股をなでさすり、膝まで手を這わせたあと反対の脚をまさぐった。繊細な肌がさざ波を立て、寒気がするような快感が訪れる。

アスガルは、内股のやわらかさを心ゆくまで堪能したあと、秘部に手を戻し、蜜に指をくぐらせた。

「ンン……ああっ……」

「ずいぶん濡れるのが早くなったな。もう入れてもいいくらいだ。もっとも、最初から早かったが」

「そんなこと……、言わないでください」

アスガルが中指で秘裂の輪郭をなぞりながら、親指で突起の上部を押した。すでにレオニーの胸の先端は硬直し、衣にこすれて濃い悦楽をもたらしている。

アスガルが突起の頂を押さえてくねらせると、色づいた花びらがうち震え、レオニーは小さな声をあげた。

「う……ふン……」

アスガルの指が、ゆっくり内部に侵入する。すっかり慣れきったそこは、彼が少し入って来ただけでいやらしくうごめき、彼を奥まで誘い込んだ。

「ここもずいぶん変わったな。自分でわかるか?」

アスガルが、浅い部分に指を行き来させ、官能をあおり立てていく。感度が集中した部分で抜き差しされると、レオニーの奥底に清冽《せいれつ》な愛欲がこみ上げた。

すべての行為がレオニーに淫蕩な歓喜をもたらしていく。アスガルが、なまめかしく踊る女ではなく自分を選んだと思うと、途方もない幸せに満たされた。

「そんなことわかりません……、あぁ……」

アスガルは、どこにふれればレオニーが悦ぶか、どれだけの強さに反応するか、どこを突けばいいか知りつくしている。

自分の体が彼に熟知されていると思うと恥ずかしく、ここへ来てからの短い間に彼はどこまでレオニーを知るようになったのだろうと改めて疑問に思った。

謝肉祭で見たマルスリーヌより、いま目の前にいる彼女にこころを奪われているということはあるだろうか？

「すっかりおれ好みの体になったな。おれにやられて、素直に悦んでいる体に」

「わたしは……、べつに……」

「悦んでいないのか？」

「ッン！」

アスガルが、内壁にあるレオニーにもよくわからない部分をこすりあげると、たまらない喜悦がやってきて、大きく腰を引きつらせた。

アスガルの指が何度もそこを摩擦し、違う部分を押してから、まだ同じ箇所に戻る。レオニーは早くもおわりが近づいてきたのを感じ、波に逆らうように両脚を突っ張らせた。

「素直に悦ぶ体が好きだと言ったろう。これだけではおわらんから心配するな」

「心配など……」

そう言った瞬間、アスガルが内壁をこすりあげながら奥を貫き、レオニーは快楽の園に駆け上がった。

「はぁぁンッ……！」

真っ白な閃光が行き交い、体が炎に包まれる。それは、彼女を燃え上がらせ、もっと激しい情交へと駆り立てた。

アスガルがスカートから手を抜き、背中についたドレスのボタンをひとつずつ外していく。恥じらいはあるはずなのに、どこかで彼に見られることを欲していた。

アスガルの手で衣がすべて取り去られると、純白の裸身が薄闇にほんのりと浮かび上がった。赤い火影《ほかげ》がなめらかな腹の上で揺らめき、淫猥な雰囲気をもたらした。

「美しいな。ハレムにもこれほど美しい女はいない」

「ハレムの方々と比べていらっしゃるのですか……？」

「比べものにならん。おまえはハレムどころか、この世のどの女より美しい」

アスガルは何度見ても見飽きないというようにレオニーを隅から隅まで眺め回した。

こぶしから立てた人差し指を、あごから喉、胸の間からみぞおち、腹から茂みへとまっすぐにおろしていくと、レオニーの中にさまざまな悦びが押しよせた。

「わたしはそんなに美しくありません……、ん、ふっ……」

レオニーは快楽のさざ波に揺すぶられながら、哀しみとともに言った。

ドレスを着ていたときは美しかったかもしれない。最高級のドレスは皇女にふさわしい装いで、そんなものを着れば誰だって美しく見えるだろう。

だが、いまのレオニーは一糸まとわぬ姿で、上質のドレスも宝玉も、彼女を守るものはなにもない。アスガルの前にいるのは、レオニーだ。皇女ではない。

そう考えたとたん、レオニーの胸が勢いよく跳びはねた。唇がわずかに開き、すぐに閉じる。こんなことを口にしてはいけない。それなのに、どうしても抑えられない。

レオニーは自分の中に渦巻く痛切な苦しみをこらえきれず、とうとう言った。

「わたしは……、あなたが最初に惹かれた女性とはちがいます……」

レオニーは、全身をわななかせながらアスガルを見た。

自分はなんてことを口走ってしまったのだろう！　自分が身代わりであることは、絶対に知られてはならないのに。

レオニーはすぐさま理性を取りもどし、慌てて取りつくろった。

「その……、誰でも最初に会った印象とは違うということです。深い意味はありません」

「おんなじだ」

レオニーの言葉が最後までおわらないうちに、アスガルが答えた。

「おまえは最初に会ったときと少しも変わらん。変わったのは体だけだ」

その瞬間、レオニーの中に身を切られるような寂しさがやってきた。

やはり彼は気づいてはいないのだ。目の前の女がマルスリーヌではないことに。彼の惹かれたベルキネスの薔薇とはべつの花だということに。花でさえないということに。

彼の目に映っているのは、レオニーではない。美しく咲きほこる薔薇、マルスリーヌだ。

当然のことなのに、自分はなぜ苦しみをおぼえているのだろう。むしろ、彼がそう思っていてくれないと困る。身代わりだと気づかれたら、戦争にも発展しかねないのだから。

悲しんでいる場合ではない。彼がマルスリーヌを見ているならそれでいい。

その方が、自分もこころを決めやすくなるだろう。

養父とアスガルのどちらを選ぶかなどということに惑わされず、使命を果たすことができる。

そう考えてはみるものの、胸に迫る痛みは収まらず、レオニーはあえぎ声をもらしながら高ぶる気持ちを懸命に制した。

アスガルがレオニーに接吻し、激しく舌を絡ませた。荒々しく唇を奪い取られ、めくるめく官能のうねりにさらわれる。

欲望が体中に染みわたり、レオニーの目に涙がこみ上げ頬を流れた。

身代わりでもいい、とレオニーは思った。彼にふれてもらえるのならかまわない。

彼の目に映っているのがたとえ自分ではなかったとしても、特別だという言葉をかけ、優しく愛撫する相手は、ほかの誰でもない、レオニーだ。それだけで充分ではないか。

自分はただの侍女にすぎない。美しい衣を着せられて、ちやほやされて、自分の分を忘れてしまったのではないだろうか。

つまらない夢は捨てること。愛だの恋だの言うためにここへ来たのではないのだから。

彼に惹かれているのは事実だとしても、自分の使命はただひとつだ。

「今度はなにを泣いている？」

アスガルがレオニーの口内をたっぷりなめつくしたあと、彼女の顔をのぞき込んだ。

「……気持ちいいと思っただけです」

「なら、いい」

アスガルは満足したような笑みを浮かべ、カフタンを脱いだ。引き締まった裸身がレオニーを強く抱きしめる。それだけでレオニーの体は淫らな情欲に支配されたが、こころは悲しみで満ちていた。

アスガルの唇が耳に移動し、繊細な部位を心ゆくまで堪能したあと下方へと動いていく。喉の曲線をなめ、鎖骨に歯を立て、唇で吸い上げられると、切なさと悦びが一体となって押しよせた。

「ベルキネスでおまえを見たときから、どうやっておまえを手に入れるかばかり考えていた。どうすればおまえを抱けるかとな」

「ン……、ふン……」

アスガルの手がレオニーの好きな部分をつつきながら、やわらかなふくらみを目指して移動した。舌が官能のつまった先端の縁を這い回ると、レオニーの喉からいやらしいあえぎがこぼれ、静寂な室内に響いた。

「それで……、わたしがハレムに入ることを承諾なさったのですか……、ン……、はぁ」

「ああ、そうだ」

アスガルが、隆起した胸の先端に軽く口づけした。

「ンふっ」

唇が、ふくらみの下方を吸い上げ、歯を使って揉み込んだ。丸みを確かめるように乳房の周囲に舌を這わせてから、甘噛みする。反対の胸は手でこね上げ、指の間に尖りを挟んで全体を振動させた。

「おまえを見たのは一瞬だけだったが、それでもほかの女とはなにもかも違っていた。だが、なにが違うのかいまだによくわからん」

胸が揺さぶられるとたまらない愉悦がやってきて、体の中心に灯った炎が勢いを増した。レオニーは乳房から得られる快楽に身もだえしながら、わななく唇を開いた。

「あなたの目に映った薔薇は、……よほど美しく見えたのでしょうね」

いまの自分の言葉はよく考えれば失言だと思うが、きっと彼は気づくまい。涙はなんとか封じ込めることができたが、自分の中の失意と苦痛は濃くなっていくばかりだ。

胸が張り裂けてしまいそうな、この痛み。誰かに惹かれるということは、これほどの苦しみをともなうものなのだろうか。

アスガルに、この気持ちを知られてはならない。そして、この気持ちに流されてはならない。どれだけ彼を想おうと、自分に幸せが訪れることはないのだから。

彼は愛してはいけない相手なのだから。

「おれが見たのは、薔薇ではない。――おまえだ」

アスガルは、レオニーを見つめていた。その言葉が意図するものが一瞬わからなかったが、要は本物のマルスリーヌが薔薇とは比べものにならないほど美しいという意味だろう。

レオニーはいったん目を閉ざし、深呼吸したあと口を開いた。

「あなたのおっしゃることはよくわかりました。もう言葉は必要ありません。早く……抱いてください……」

「よかろう」

言葉と同時に、アスガルがレオニーの胸の先端を口内に含んだ。周囲が舌でなぶりつくされ、根元がつつかれ、えぐられると、たまらない劣情がやってくる。

小さな粒をなめつくしてからふくらみとともに吸い上げ、側面を歯でこそぐと、レオニーは官能にたえきれず断続的な声をもらした。

「あはぁ……、んんッ……、ふぅ……」

「早く抱けなんて、おまえが言うとは思わなかった。この体をさわれば、言葉が必要ないのはわかるがな」

そうだ、これ以上言葉は必要ない。彼女の望まない言葉となれば、なおさらだ。

彼の前では、自分はマルスリーヌでいなければならない。彼女が口にしていいのは皇女としての言葉だけだ。まちがってもレオニーの言葉を使うことは許されない。

アスガルがさんざん先端を弄んだあと下方に唇を動かした。両手で乳房をこね回しながら、いたるところをなめ、歯でくすぐり、唇でついばみ、強く吸い上げる。

あらゆる部位が彼に反応し、震え、悦びの蜜をもたらした。

「いい体だ。ほかの男に自慢したいところだが、そうもいかん。おまえが男と話しているだけで腹が立つ。ハレムにいるのは宦官だけだが、ごくたまに余計な男が入ることもあるからな」

「大宰相か、高官の方ですか……？　くふン……」

「まあ、いろいろだ」

アスガルが大きく舌を伸ばして薄い茂みをなめていく。情欲の隠された部分にうねりを感じると、腰が淫らにうごめいた。

秘部がたえまなくひくつき、舌にあわせて収縮を繰り返す。アスガルがへそに向かって下腹をなめると、レオニーは悲鳴に似た嬌声《きょうせい》をもらした。

「あふン……、ンふぅ」

「さわるたびにおまえの体は変わっていく。おれのための体にな。これからもどんどん変えていってやる」

「わたしは……いつまでもあなたのそばにいるわけではありません……」

こうしている間にも、戴冠式は迫ってくる。帝王の石を奪うことができたときはもちろん、できなかったとしても、アスガルとは二度と会えない。

レオニーの中にたまらない切なさがやってきた。

彼に惹かれているだけで、愛してはいないと思うのに、この痛みはなんだろう。

自分はなぜこんな苦しみをおぼえているのだろう。

「ハレムで最初に会ったとき言った言葉を忘れたのか？」

「どんなお言葉ですか……」

「おれは、おまえにずっとそばにいろと言ったんだ」

アスガルがレオニーの膝の後ろに手を入れ、ゆっくりと開いた。

秘密の部位が彼の前で開かれていく。レオニーはわずかに抵抗したが、アスガルが手を止めると自分の中から力が抜けた。さして強くつかまれているわけではないのに、膝が動いてしまうのは自分が望んでいるからだろうか。

レオニーは、奥からこみ上げる欲望をもてあましている自分に気がついた。

そして、自分の中に沈む悲しみにも。

「ずっとはいられません。わたしは……」

皇女ですから、と言おうとした声が止まる。その言葉を口にすることがどうしてもできず、結局、べつのことを言った。

「わたしは、戴冠式までにベルキネスに帰らなければなりません……。交流は戴冠式までです」

「おまえの帰る場所は、おれのいるところだけだ。それにおまえがどこへ行こうと、おれはおまえを奪い返す。おまえはおれのものだ」

激流のような猛々《たけだけ》しい言葉。体だけでなくこころまでが束縛され、逃れることができない。それが途方もなく心地いい。

アスガルはレオニーの脚を大きく開き、秘部を自分の前にさらけだした。赤い花びらはいやらしく色づき、美しくほころんでいる。中心の奥底まで見られている気がして、レオニーは羞恥のあまり身をよじった。

「いや……、見ないでください……」

「いまさら恥ずかしがることじゃないだろう。おれはおまえをなにもかも知っているんだからな」

アスガルの視線が秘部に突き刺さると、それだけで蜜がこぼれていく。秘部のわななきを止めることはできず、妖美なさざ波が下腹から寄せては引いていった。

あなたはなにも知らない、とレオニーは思った。レオニーのことなどなにひとつ。

だが、体のすべては知っていて、わずかな指の動きや耳に吹きかけられる吐息、胸から伝わる鼓動にまでレオニーは反応した。

彼が冷酷なだけのスルタンであればよかったのに。優しくもされず、いたわる言葉もなく、奪われているだけなら、こんな苦しみは感じなかったはずだ。

だが、本当にそうだろうか。彼が非情なスルタンか、それとも正しい統治者なのか、レオニーはいまだに判別できなかった。国内をうまくまとめ上げているのは周知の事実だが、それは有能さを示すものであって、人としての優しさをあらわすものではない。

玉座を得るために五人の兄弟を殺し、弟を牢獄に閉じこめている残忍な男。——なにがどうあったところで、その事実は変えられない。

カナリアを贈られて、美しい砂漠に連れてこられて、こころを奪われている場合ではないのだ。彼は自分が愛するような相手ではないし、また自分も彼にはふさわしくない。

彼は、異国の侍女である自分が抱かれるどころか、姿を見ることさえできない身分の方なのだから。

アスガルが、レオニーの思考をさえぎるように彼女の膝を持ち上げた。

アスガルの手にあわせて腰がゆっくり浮き上がる。彼女の体はどこまでもやわらかく、両の足首は頭の上部にまで簡単に伸びていった。

「なにを……」

レオニーは抵抗しようとしたが、むだだった。気づくと下肢が上体に向かって折れまがり、熟れた秘部が彼の前に突き出されていた。

「だめ……、こんなのだめです……！」

前だけではなく、後ろまでもがむき出しになり、本当にすべてがさらされる。背徳的ともいえる格好はレオニーに恐怖を与えたが、どこかで悦びも感じていた。

「こんな格好、恥ずかしい……っ。お願いですから、やめてください」

「恥ずかしくはないさ。いい眺めだ。おまえのなにもかもが見える。前も、後ろも、物欲しそうな顔も、すべてな」

アスガルは、秘部に顔をつけたあと鼻先をうごめかせて女の匂いを存分にかいだ。軽く接吻してから唇をすぼめ、ふぅ……と息を吹きかける。

「はあ……、ぁぁ……」

温かい息がかかると、レオニーの秘部が淡い愉悦を感じてうごめいた。

レオニーは快楽と羞恥をこらえて、息もたえだえに言った。

「だめです……。もういや……。許してください……、ンふう……」

「こんなに濡らして、とてもいやとは思えんな」

そう言って、アスガルが秘部に長々と接吻した。ぬるついた唇が軽く当たっているだけなのに、秘部がわななき、たゆたうような淫蕩な流れが押しよせる。

レオニーは、たえがたい官能をおぼえて深い息を吐き出した。

「ふぅぅ……」

その瞬間、アスガルが容赦なく秘部に食らいついた。

優しい愛撫が一変し、嵐のような激しさへと変わる。秘部全体が口内に含まれると、鮮烈な衝撃が舞いおり、レオニーは身もだえした。

「あぁン……、だめっ……、はぁッ……！」

長い舌が下方から上方へとくまなく動き、左右の盛り上がった部位を這い、花びらの溝をなぞりあげる。ときおり顔をねじって唇で吸い上げ、花びらに歯を立てた。

秘部をなめられたことは一度もなく、それどころかこんな姿勢があることさえ知らず、体の自由がきかない状態でしゃぶりつくされると、羞恥心が煽《あお》られ情欲が増していく。

中心から体の奥底、さらにはつま先にまで歓喜が行きわたり、レオニーは淫らな熱に焦がされた。

「だめなようには思えんぞ。少なくともおまえのここはいいと言っている」

「だめ……、あぁ……、いや……」

アスガルが、秘部を執拗になめ回し、花びらをかじり、隠れた官能を見つけていった。

アスガルが動きを変えるたび、荒々しい情動がこみ上げ、悦楽が体中を押し上げる。

膝の裏をしっかりと押さえて顔をうずめられると、底なしの欲望がやってきた。

舌でなめられる感覚は、指を入れられたときとまるで違い、あくまで甘く快く、長くつづけられると腰が砕け、体がとろけていきそうだ。

心地よい陶酔《とうすい》がレオニーを満たし、次から次へ蜜がこぼれた。

アスガルの舌が、上端をとらえたと思った瞬間、いやらしくひくつく中心を通って下方へと移動し、後方にまで回り込んだ。

くぼみに舌が滑りこむと、これまでとはまったく違う別種の感覚が訪れた。気持ちいいのかどうかよくわからない。だが、アスガルが後ろから前へ、前から後ろへと舌を這

わせていくと、理性ではとらえられない圧迫が押しよせた。

秘部からあふれ返る蜜が、舌の動きによって後方を湿らせ、レオニーに倒錯した快楽を与えていく。秘められた部位を舌がつたうと、感じたことのない妖しいうねりが見知らぬ世界にレオニーをいざなった。

「ン……、ふぁ……」

「こっちも使えそうだな」

アスガルが、唾液でたっぷり濡らした指を狭い入口にあてがった。背後のくぼみがおびえたようにすくみ、アスガルを押しのけようとする。

アスガルは、レオニーの様子を見ながら慎重に指を沈めていった。

「大人しくしていろよ。前とは全然ちがうからな」

「ンああ……、ああ……」

アスガルは、レオニーが息を呑みこむとすぐに動きを止め、静かに息を吐きだすと、また指を沈めていった。中に進みやすいように小刻みに指を回して、彼女に安堵を与えていく。レオニーは慣れない衝撃を受け止めながら、胸を荒々しく上下させた。

「どんな感じだ?」

レオニーは「わからない」と言うように首を横に振った。

「そのうちよくなる」

アスガルが、指をくぐらせたまま、前の秘裂を下方からなめていった。たまらない官能がレオニーを襲い、めまいのするようなときめきがやってくる。

何度舌が行き来しても、快楽が消えることはない。

レオニーが秘裂からの悦びに悶えていると、ひととおり後方をほぐしたアスガルが、ダイヤモンドのついた指輪を抜き、ゆっくり中に沈めていった。さらにもうひとつ大粒の黒真珠がついた指輪が押し込まれると、前からは決して得られない強烈な快感がやってきた。

「あ……、ンあぁッ……！」

アスガルは、くぼみの入口で指を抜き差ししながら、舌先を尖らせて秘部の中心へ差し入れた。

そこは彼の到来を待ち望み、さっきからずっとうごめいている。ぬめった舌が突き刺さると、ほころんだ部位が彼だと勘違いしたように蠕動《ぜんどう》し、彼を引き入れようとした。

「おれ以外の男とやりたいというなら話はべつだが、おまえの体はもうおれじゃないと満足できんぞ」

「ふぅぅん……」

アスガルは意地悪げな口調で言い、また中心に舌を差し込み浅い部分をくすぐった。その間も、後方にまわした指で執拗に内部をえぐっていく。ふたつの指輪が奥でうごめき、秘裂とくぼみの両方がなぶられると、意識が遠のきそうになった。

秘部をくり返しなぞる舌の感触とくぼみを攻め立てる指輪の鋭さは炎のような熱情をもたらし、探られれば探られるほど満たされぬ渇きがやってくる。

その渇きを癒すことができるのは、彼の言葉どおりアスガルだけだ。ほかの誰でもない。

アスガルは、縦になった秘裂を上から下までなめつくしたあと、とうとう充血した突起にふれた。そのとたん、レオニーの手足に甘やかなしびれが走った。

「あふぅ……！」

アスガルが、唇で突起を優しくはさみ、ざらついた舌の表層で頂上をなめあげた。小さな突起は官能そのもので、舌がうごめくと目がくらむような歓喜が訪れた。

「あいかわらずおまえはここが好きだな。今日もたっぷりと可愛がってやる」

突起を舌先で転がしながら、顔を動かして全体に刺激を行きわたらせる。わずかな愛撫にすぎないのに、つま先にまで悦楽が浸透し、レオニーは激しく身もだえた。

「ンン……あぁん……」

アスガルが突起を弄びながら後ろのくみに指を突き入れると、二つの指輪が彼女の理解できない箇所にまで進み、レオニーは、その感覚にたえきれず腰を揺らめかせはじめた。

愛欲に流されまいという気持ちとは裏腹に、いやらしい悦びがあふれかえり、彼女を嘆きの淵に突き落とす。

体だけならかまわない。だがこころまで奪われるわけにはいかないのだ。

秘裂からは甘やかな悦楽が、背後からは鮮烈な快感がやってきて、レオニーをどこまでも狂わせる。これではいけないと思うが、いまのレオニーにはどうしようもない。

「また感じていないふりか？」

アスガルの言葉を聞き、レオニーは薄く目を開いた。

顔をあげたアスガルが、レオニーの切ない表情をとらえている。その間も舌先は蛇《へび》のようにうねって突起の上部をちろちろとなめ、彼女の火が消えないようにした。

「あなたはなにもわかっていらっしゃらないのです……」

レオニーが苦しみをこらえて言うと、アスガルが唇で突起をつまみ、揉み込んだ。すぐに唇をはずし、舌をのばしてまたつまむ。

舌の動きに合わせて、くぼみがうねり、指輪が内部を削っていった。同じ行為が繰り返されると、情欲が鮮やかになっていき、奥底で眠っていた淫蕩な部分が目ざめていった。

レオニーは唇を噛んで声を抑え、全身をこわばらせた。

「おまえのことはわからんと言っただろう」

アスガルが、突起の上端を舌で押さえ、くねくねとうごめかせた。花びらの溝や秘裂をなめあげられるたび、封じられた腰が前後した。

「だが、なにもかも知りたいと思う。おまえがどんな風に育ってきたか。どんなことで泣いたか。なにがうれしかったか。おまえの過去も、未来も、すべて――」

「知ったとしても失望させるだけです……、んふぅ」

「おまえはそうやってすぐ自分を隠す。おれになにも知られまいとするようだ。だが、おまえがなにを考えていようと、してほしいことはひとつだ」

そう言って、アスガルは突起の包皮をむき、直接むしゃぶりついた。

「あぁ……！」

包皮の隔たりがなくなった突起が生温かい口内に含まれると、烈風にさらわれたような快楽が突き抜けた。アスガルが真珠貝のように光る突起を転がし、つつき、なぶりあげるたび、レオニーは強烈な歓喜をおぼえて身じろぎした。

その間も、背後に入れた指が抜き差しされ、次第に速さを増していく。すでにそこは彼に慣れ、レオニーは新たな悦楽を見いだしていた。

「あ……、ふぅ……、んんン……」

唇のすきまから、いやらしいあえぎが絶え間なくもれていく。声を飲み込もうとすると、アスガルが胸の先端をつまみ上げ、レオニーを欲望に導いた。

「……わたしはこんなことしてほしくないです……、はぁッ……！」

アスガルが胸の尖りを上下にしごき、頂をうごめかせた。同時に秘裂に息づく突起を吸いこみ、唇で揉んでいく。情欲が果てしなく彼女を魅了し、皇女の殻をはがしていった。

これ以上されると、アスガルに言われたとおり自分は彼から離れられなくなる。

体だけでなく、こころまで彼にむしりとられてしまう。

それどころか、もうすでに――。

「どうしてそんなことを言うんだ？」

アスガルが突起をしゃぶり、くぼみをいじりながら、いつになくきつい口調で言い放った。

これまでとはどこか違う。いったいなにが違うのだろう。

「おれに二度と抱いてほしくないなら、いまそう言え。これからさきおまえにはなにもしない」

アスガルの言葉を聞いて、切ない悲しみがレオニーの中にやってきた。結局、彼は彼女を求めてはいないのだ。こんなことを簡単に口にするくらいなのだから。

苦痛に苛まれたレオニーがアスガルから顔をそむけると、銀色の双眸がレオニーを突き刺した。

「いまのは、おまえを抱きたくないという意味ではない」

「そうとしか聞こえませんでした……」

「もしそうなら、最初から抱かん」

アスガルが突起に舌を戻し、念入りに愛撫する。あらゆる箇所を舌がはい回ると、体の奥底から淫奔な荒波がやってきた。

「では、どういう意味なのですか……、ンン……、あ……」

レオニーが官能にたえきれず、眉をひそめて体をこわばらせたとき、アスガルが突起を強く吸い上げ、背後に回した指を奥深くに突き入れた。

その瞬間、レオニーは背骨がきしむような激しい歓喜に襲われ全身をわななかせた。

「あぁ……、はぁぁっ！」

瞬くような焦熱が、体中をおおいつくした。熱い塊が行き場を失い、彼女の中で彷徨する。アスガルの舌がふれ、指が入っている間、快楽は長々とつづいた。

アスガルが後ろのくぼみから指を抜き、彼女の膝の裏を押さえたまま上体を起こして、彼女の頬に接吻した。

すると、レオニーの中に快い安堵がやってきた。頬に唇があたっているだけでこんなにも気持ちいいなんて。それどころか、彼の声も、言葉も、吐息も、なにもかもが彼女のこころを震わせる。自分は、彼の体に魅入られてしまったのだろうか。

すぐに頭のなかで、ちがう、という声が響いた。

彼との行為はすばらしい。なにもかも感じたことのないことばかりで、初めての交わりは彼女を見知らぬ世界へといざなっていく。

だが、いまの気持ちは体から与えられる悦びのせいではない。もっと違うなにか。

それがなにか、レオニーはもう知っていた。

「おれを見ろ」

アスガルが言い、レオニーは恐る恐る目を向けた。

光り輝く瞳がまっすぐに彼女を見つめている。自分が惹かれたのは、この美しいまなざしだろうか？

少なくとも最初は恐かったはずだ。彼の美貌も、言葉も、自分を見透かす視線も。

だが、次の瞬間レオニーが思い出すのは、彼の優しい愛撫だった。極上の美酒に似た接吻、繊細な指先、肌をなぞる手のひらは、すべて彼女のためにあるようだ。

そんなはずはないのに――。

彼はハレムのすべての女のもので、自分だけの存在では決してないのに。

彼の唇がわずかに開いた。その唇からもれる言葉が、レオニーにはわかった気がした。

――愛しているから。だから、本当にいやがることはしたくない……。

「おれはおまえの本心が知りたいだけだ。ほかに意味などない」

アスガルはレオニーを見つめながらそう言った。レオニーの胸に痛みが走った。

レオニーは、彼からゆっくりと顔をそむけた。いま自分の中にやったきた感情が、レオニーには理解できなかった。

自分は、愛の言葉を期待していたのだろうか？　自分にかけられる言葉でもないのに？

どちらにせよ、自分には大切な使命がある。養父の命が自分の手にゆだねられている。

だが、そう思えば思うほど、べつの想いが満ちていく。

レオニーが顔をそむけたのを見て、アスガルは堂々とした下腹に手をそえ、先端をレオニーの中心にあてがった。興奮しきった男の部位はレオニーを犯すのをこころまちにするように脈打ち、レオニーはその勇壮さに息を呑んだ。背後に沈んだ指輪がうごめき、秘部の中心が彼を欲して悦びの蜜をあふれさせた。

アスガルはしばらく動かなかった。入れるかどうか迷うように。

ずいぶん長い間そのままでいたあと、腰を引いた。そのとき。

「やめないで……。お願いですから、つづけてください」

レオニーが、弱々しい声で懇願した。彼女の中にあったのは「どんな手段を用いてでも」という女官長の言葉だった。

そして、それが言い訳であることも知っていた。ただ抱いて欲しいだけ――。

使命なんて関係ない。

アスガルはレオニーの嘘を見抜くように彼女を眺めていた。彼の下腹は欲望をもてあますようにうごめいている。

レオニーが恐る恐るアスガルを見ると、きらめく双眸のなかに深い陰りが宿っていた。

それは悲しみの色だった。

「アスガル……」

レオニーは狼狽した。彼がこんな表情をするなんてはじめてだ。

「どうかなさったのですか……？」

「どうもしていない」

「ですが……」

「黙れ」

アスガルが、目の前で伸びる細い脚に体重をかけ、ゆっくり下腹を沈めていった。狭い入口が押し開かれ、彼が中に入ってくる。その感覚は回を重ねるごとに悦びを増していき、彼が奥まで収まるともうすでに自分が彼から離れられなくなっていることを知った。

「くふぅ……、ンはぁぅ……っ」

レオニーは安堵に似たため息をもらし、やわらかな寝具に頭をうずめた。不自然な体勢なのに痛みはなく、自分のなにもかもが彼に捧げられているようだ。

彼を内部に感じると心地よい多幸感に満たされた。自分が幸せをおぼえていることに気づいた瞬間、今度は悲しみに苛まれた。

こんな気持ち、消えてなくなればいい。あまりに苦しすぎる。自分にとって大切なのは養父だけだ。アスガルと養父のどちらを選ぶかは決まっている。

「つづけてほしいと言うわりに、大してよさそうな顔をせんな」

「そんなこと……ありません……、ふあぁ……」

アスガルが、にらむようにレオニーを見すえながら静かに腰を動かしていく。内壁が強くこすられ、奥から入口まで突かれると、いままでとは違う新しい官能がやってきた。

甘美な炎が体中を焼き付くし、自分のなかのあらゆるものが彼に吸いこまれていく感じ。惑わされてはいけないと思うのに、抵抗できない。彼の太い部位で前を、指輪で後ろを攻められると、快楽という快楽が彼女の中に広がった。

「ふ……んん……」

彼が動くたび、悲しみをおぼえるこころとは裏腹に享楽的な快感がこみ上げた。

体がこんなにも悦びをおぼえるのは、ちゃんと理由があるからだ。

その理由がなんなのか、考えなくてもわかる。

いったいいつから？

もしかしてはじめから——。

彼がレオニーに「優しくする」と言ったときから。本当に優しかったときから。

レオニーは、胸の奥からもたらされる激情を抑えることができず、苦しい姿勢のまま震える手をそろそろと伸ばし、彼の頬をなでた。

アスガルが目を閉じてレオニーの手のひらに接吻し、深々とした息を吐いた。

「おれはスルタンだ。国のためにも、民のためにも強い存在でなければならない」

「あなたは強い方です。あなた以上にスルタンにふさわしい方はいらっしゃいません」

レオニーは追従ではなく、本心からそう言った。

「おれもおまえに会うまではそう思っていた」

「どういう意味ですか……?」

「おれは、これまでなにもかもを自分の思い通りにしてきた。思い通りにできなかったものはなにひとつない。だが、おまえのこころだけは別だ。おまえは少しもおれの思い通りにはならん」

アスガルが、レオニーの指に手のひらを重ねた。熱っぽい視線が彼女の瞳を絡め取る。

レオニーはそのまなざしを正面から受け止めた。

アスガルがレオニーを見つめたままゆっくりと腰を引き、勢いよく突き入れた。焦がすような圧迫感が下腹をとらえ、レオニーは高い声をあげた。

「あぁンっ……、あぁぁ……!」

アスガルがゆっくりと腰を抜いて入口を数度突き、鋭く差し入れ、また抜いた。絶妙な動きが繰り返されると、激しい愉悦が高波のようにやってきて、レオニーは知らず知らずのうちにいやらしく腰をくねらせていた。後方に収まった指輪は時間が経つごとに官能を際だたせ、あらゆる部位が歓喜でうねり、全身に微細な泡が立った。

アスガルが、たぎるような力でレオニーを刺し貫きながら言葉をつづけた。

「おれのものだと口では言っても、おまえは少しもおれのものにはならない。どうすればおまえはおれのものになる？　おまえを手に入れるために、おれはなにをすればいい？」

彼の声を聞いたとたん、レオニーのなかにすぐ答えがやってきた。――もうわたしはあなたのものになっています……。

けれど、レオニーの唇からもれるのは切ない嬌声だけだった。

「ふぅン……、んんぅ……」

アスガルがレオニーの脚をもとに戻し、片ひざを持ち上げて彼女の体に交差させ、寝台の反対側に動かした。つながったまま秘部がうごめき、彼を強く締めあげる。狭い内部が獰猛な箇所によって削り取られ、指輪がうごめくと、苦痛なのか快楽なのかよくわからない感覚が訪れた。

「くぅっ……ンはぁっ！」

気づくと片膝が体を挟んで寝台の反対側に押さえこまれていた。腰が大きくよじれ、アスガルに背後がさらされている。

「ンン……、ふうっ……」

アスガルに後ろのくぼみを突かれるかと思い、レオニーは恐怖を感じたが、彼は秘裂に差し込んだまま自分を奥に押し進めた。さきほどとは違う圧迫がレオニーをうがち、背後から秘部を攻められる。いったんゆるい律動を繰り返してから、奥まで激しく差し入れられると、めまいのするような快感がレオニーを襲った。

前から侵入されているのと背中を向けて貫かれるのとではなにもかも異なり、アスガルの腰が下方にあたるとレオニーの全身にいやらしい戦慄が走った。

「おれはずっと自分が強いと思ってきた。誰よりも強く、美しい存在だとな。だが、おまえの前に出ると、おれの築いてきた自信がなにもかも揺らいでしまう。自分が美しいかどうかもわからない」

そう言って、アスガルがレオニーの手を握る指に力を込めた。

下腹からの刺激は甘美だったが、それ以上に指先から伝わる熱は快く、彼が指を絡めると自分も指を絡め返した。

「おれはおまえの前ではただの男になってしまう。おれはどうしたらいい？　このままではおれはスルタンではいられない」

アスガルがレオニーの指先を口に含んだ。レオニーは手を引っ込めようとしたが、すぐ力を抜いた。彼が指の間に舌を這わせながら秘部の奥深くを貫くと、夢ともまごう悦楽がやってきた。背後から突き上げられるたび指輪が未知の場所をこすり、レオニーは乱れに乱れた。

「あなたの言葉とは思えません……、ンはぁ……」

「おれもそう思う。だが、おまえの前ではおれはいつもの自分ではなくなってしまう。おまえがほかの男に笑いかけているのを見ると、いてもたってもいられなくなる。女をほかの男に盗《と》られるなど、これまで考えてもみなかったのに」

アスガルがレオニーの中心をうがちながら、彼女の表情をのぞき見た。薄紫色の瞳に情熱的な潤いがあるのを確認して、入口まで退き、また腰を押し進める。

違った力で違った部位を突かれると、レオニーの中にどんどん情欲がこみ上げ、我慢することができなくなった。

「ハレムにいる殿方はあなただけです。ほかに男性はいらっしゃいません……」

「だといいが。前に言ったことをおぼえているか。おまえにさわる男がいれば殺してやる、と。あの言葉を嘘だと思うな」

アスガルが動きを速めていき、内部が激しくこすられる。押され、えぐられ、突かれると、レオニーの官能は次第に高まり、さらに彼を求めていった。

「おまえ一人のこころさえ自由にならない男が、民を率いていくことなどできはしない。なによりこんな風に思い悩む自分の弱さが許せない。おれは誰よりも強い存在でいたいのに」

レオニーは、自分でも気づかないうちに彼の唇に唇を重ねていた。どうしてそんなことをしたのかわからない。けれど、彼の吐息を感じると、心地よさがいっぱいに広がった。

「弱さに気づくたび、人は強くなっていくのです。ただ強いと思っているだけの方より、あなたはずっと強い方です」

アスガルが今度は自分から接吻した。ひととおり舌をなぶり、唇を噛んだあと、レオニーの目を正面からとらえた。光り輝く銀色の双眸には途方もない優しさがあふれていた。

レオニーがもう一度接吻しようとした、そのとき――。

「おまえはおれが思ったとおりの女だ。はじめて見たときに感じたとおりのな。おれの直感はまちがっていなかった」

ふいに、レオニーの体が凍てつき、吐きかけた息が止まった。アスガルは彼女の様子に気づくことなく下腹を律動させている。レオニーのつま先がこわばったが、それでも快楽はつづいていた。忘れかけていた痛みが押しよせ、レオニーはこぶしを握りしめた。

涙が盛り上がったが、泣いてはならない。自分は皇女なのだから。

ここにいる自分はレオニーではないのだから。

アスガルが最奥をうがったと同時に、彼女は熱夢の楽園へとたどりつき、体中をわななかせた。背中が小刻みにけいれんし、悦びと悲しみがいたるところに浸透する。

レオニーはしばらく荒ぶる波に酔っていたが、やがて静かに口を開いた。

「あなたは生まれながらの王です。その証拠に……」

そこまで言って、言葉を止める。開きかけた唇がこわばり、震えを帯びた。

レオニーはまぶたをおろしたあと、ゆっくり声を絞り出した。

「その証拠にあなたは帝王の石を持っていらっしゃるとうかがいました……。本当ですか」

「ああ、本当だ」

レオニーの胸が激しく高鳴り、全身が粟立った。

まだ行為の余韻が体を火照らせているというのに、指先が急激に冷たくなる。

レオニーはふと好奇心を起こしたとでも言うように、慎重《しんちょう》に訊いた。

「それは……いったいどこにあるのでしょう……」

「いまここに」

アスガルの言葉を耳にして、こわごわ首をひねると彼の胸の間で揺らぐ首飾りが目に入った。いつもアスガルが身につけている紅玉だ。

ただの安っぽい石だと思い、いままで気にも止めなかった。まさか――。

レオニーはなにか言おうとした。その瞬間、アスガルが再度腰を押し進め、彼女のなかで到達した。レオニーは彼の一部を奥底に感じると、あきらめと決意で目を閉じた。

「明日から、わたしをご寝所に呼んでいただけますか？」

レオニーは、アスガルの手をしっかりと握りしめた。

「あなたのそばにいたいのです。あなたがわたしのもとへ来るだけでは、さして長くはいられませんから……」

「わかった」

第四章　黄金の鳥籠とベルキネスの薔薇

レオニーは、美しく咲きほこる薔薇を眺めていた。

薔薇園はプラタナスと糸杉《いとすぎ》の木に囲まれ、その向こうにジャスミン、アネモネ、色とりどりのチューリップが植えられている。風が吹くたび潮《しお》の香りが鼻孔をくすぐり、花の芳《ほう》香《こう》とあいまって、彼女を憂鬱の中に誘い込んだ。

砂漠に行った翌日から、レオニーはご寝所で寝起きするようになった。

朝、目が覚めるとアスガルはすでに公務に出ており、レオニーは冷たくなった寝台を見て切なさをおぼえる。

その切なさが、いつから彼女を惑わせるようになったのかはっきりと思い出せない。

ずっと前からというだけだ。そして切なさは、日に日に強くなっていく。

レオニーは、ご寝所で朝食を食べ、寝室以外のところへ行っても止められることはなく、ご寝所を自由に歩き回ることができた。

隊商宿でレオニーにふれたとき、アスガルはいま帝王の石を持っていると言った。あのとき、彼が身につけていたのは胸に下げた首飾りだけだった。あれ以外に帝王の石はありえない。だが、ご寝所を調べるにこしたことはない。もしかしてもっと美しい宝玉が大切に保管されているかもしれないのだから。

そうは思うが、自分が苦しみを先延ばしにしているにすぎないのはわかっていた。彼女が迷っている間にも刻々と時間はすぎていく。戴冠式には各国の王や大使《たいし》をはじめ、近隣諸国の賓客《ひんきゃく》が多く招かれ、アスガルも呼ばれていたから、少なくとも彼がベルキネスに発つ前には帝王の石を手に入れる算段をつけておかねばならない。

そもそもあんな安っぽい石が、本当に世界を制することのできる宝玉なのだろうか。あれを持ち帰ったところで、本物だと信じてもらえるだろうか。――だが、アスガルが持っているのだからまちがいない。彼が帝王の石だと言ったのだから。

ジュストが真の皇帝なら、紅玉をまとえばアスガルのようなきらめきを放つはずだ。ジュストがたとえ皇家の血を引いていなくとも、彼が皇位につくことに反対する者はいないだろう。

レオニーの眼前に、ジュストが民人に向かって紅玉を知らしめ、カッファーンのスルタンから譲り受けたと言い放つ場面がありありと浮かんだ。

アスガルが「奪われた」と言うことはできない。奪われるということは、彼に王としての才覚がなかったと宣言することになる。べつの石を帝王の石に見立てたところで意味はない。それは彼のための宝玉ではないのだから。

レオニーの胸が締め付けられた。

自分はなにを迷っているのか。ここへ来たのは、彼から宝玉を奪うためであってほかの理由はありえない。帝王の石を持って帰らなければ、養父がどうなるかわからず、養父が苦しむ姿を見ることにこれ以上たえることはできなかった。

なのに、自分はアスガルが帝王の石を失ったときのことを考え、こらえがたい痛みに襲われている。

もしそんなことが起これば、彼は玉座から引きずり下ろされ、〈黄金の鳥籠《アルトウン・カフエス》〉に閉じこめられているという弟が王位につくだろう。

レオニーの耳に養父の声がよみがえった。――こころの底から愛する者ができたら、迷わずその男の胸に飛び込むがいい。わたしのことなど考えるな。

だが、その言葉が浮かんだ瞬間、レオニーは自分に憎しみをおぼえた。一時の感情に振りまわされて、ほんの少しでも迷いを生じてしまうなんて恩知らずにもほどがある。

養父の代わりにアスガルを選ぶなど、考えてもいけないことだ。

そうは思うのに、アスガルから大切な宝玉を奪うことに苦しみをおぼえている。

この苦しみはいつからだろう。

あのときだ。砂漠に行き、彼のこころにふれたとき。

あの日を境《さかい》に、自分は変わってしまった。

それ以前からすでに変わっていたのかもしれないが、少なくとも自分の気持ちを意識するようになったのはあのときだ。

そして、いま自分は後戻りできないところまで来てしまった。

熱い涙が胸の奥からこみ上げる。悲しみの涙。苦しみの涙。切ない涙。恋のための涙。

ふいにレオニーは気づいた。

自分は彼に恋をしている。

こころ惹かれているだけではない。彼がそばにいると鼓動が高まるのも、反面、安堵をおぼえるのも、すべて恋をしているせいだ。

彼のことを考えると息がつまり、体が火照って痛みと喜びに満たされる。彼がいないと寂しくなり、そばにいると苦しくなる。彼の姿が見えないときはハレムのどこかにいないかと探してしまい、彼が誰かにふれているのではないかと考えると嫉妬心に苛まれる。

これが恋をしているということだ。これが恋だ。

彼と見た夕陽は息がつまるほど美しく、あのままときが止まってしまえばいいのにと思った。永遠に彼とともに。

だが、恋に溺れている場合ではない。彼と自分は身分が違うのだし、二人に幸せな未来はない。それに、不毛な関係に夢をいだくほど自分はもう幼くはない。現実がどれほど残酷かよく知っているし、なにより大切な養父がいる。養父が自分を待っている。

こんな気持ちは、そのうち消えてなくなるだろう。恋とはそういうものだ。

やがて、おわってしまうもの。恋する気持ちが永遠につづくことはない。

きっと彼のような男に出会ったのがはじめてだから、惹かれてしまったにちがいない。

彼のように激しく、荒々しく、また優しく、強い男に出会ったことがないから、こころがかき乱されてしまったのだ。

恋ははかなく、ときの移ろいに合わせ花のように散っていく。目の前で咲きほこる薔薇よりも早く、色あせてしまう。

そして、年を取ってから、彼のことを思い出すのだ。淡いほのかな恋心を。

そんな日が来ることはないと、すでにわかってはいたが。

戴冠式まで猶予《ゆうよ》は残されていない。もう迷っている場合ではなかった。

ぶどう酒にケシを混ぜて差しだせば、気づかず飲みほすにちがいない。

簡単なことだ。

涙が一滴こぼれ落ちた。小さな涙だったが、止めることはできなかった。

「なにを泣いているの、レオニー。あなたのすべきことはひとつよ。ここへ来たのは、そのためなんだから。ベルキネスに戻れば、お養父さまが待ってるわ……」

ふと、レオニーはゲント公爵のことを思い出した。どうしていま彼のことを考えたのかわからない。

ずっと以前、侍女が誤ってゲント公爵の衣にぶどう酒をこぼしたときのことだ。

あのとき、ゲント公爵は別人のような表情で侍女を殴りつけた。侍女は口から血を流して倒れ、ゲント公爵はそんな侍女を見ることもなく立ち去った。

あれは一度きりの特別なことだと思っていたが、アスガルが女に暴力を振るうことはなく、どのような状況でもレオニーを守ってくれる。

レオニーのまぶたからゲント公爵が消えてなくなり、銀色のまなざしに取って代わった。

目の前で、色とりどりの薔薇が絢爛《けんらん》な美を競い合っている。

そうだ、アスガルが見ているのはこの薔薇だ。ベルキネスの麗しき薔薇。

最初に会ったときから彼の目に映っているのは、マルスリーヌだけだった。

レオニーの胸が苦しみで痛んだ。アスガルに自分を見てほしい、とレオニーは思った。

高貴な血を引く皇女ではなく、ありのままのレオニーを。

だが、寝所をともにしている女が皇女ではないと知ったら、アスガルは怒り狂うだろう。

彼の気性を考えれば、殺されるのはまちがいない。それでも、アスガルの前にいる女が、マルスリーヌではなく、レオニーだと知ってほしかった。

マルスリーヌを見るときとは違う目で、レオニーを映してほしかった。

そして、アスガルの前ではマルスリーヌではなく、レオニーでいたかった。

それが叶わない望みではあると知ってはいたが。

けれど、これまでアスガルといて、自分がレオニーでなかったことがあるだろうか。

彼にふれられているとき、彼の言葉を聞くとき、彼の声に耳を傾けるとき、そこにいるのはレオニーであって、マルスリーヌではない。

自分は神聖な血を引く皇女なのだと言いきかせても、すぐレオニーに戻ってしまう。

だが、こんなことではいけない。アスガルは勘のいい男だ。いまのままの状態がつづけば、本当に自分がマルスリーヌではないと気づかれてしまう。

もたもたしている場合ではない。今夜のうちにも帝王の石を手に入れなければ……。

彼にケシの入ったぶどう酒を飲ませて首飾りを奪い、すぐにセラーリオを出て、港にいるベルキネスの商人を通じ宮廷に送り届けてもらうこと。

彼女がたっぷり金を払えば、夜でも商船は出るはずだ。そのための商人なのだから。

なにもかも女官長に命じられたとおりだが、女官長は、レオニーにその船に乗ってベルキネスに戻るようにとは言わなかった。それがどんな意味かはわかっている。

アスガルへの恋心をベルキネスに持ち帰ることはできない。彼の思い出も。

レオニーが憂いのこもった息を吐いたとき、薔薇の向こうから草を踏む音がした。

視線を向けると、見たことのない男が植え込みの陰からやって来た。

男はレオニーに気づくと唇に親しげな笑みを浮かべ、彼女に近づいた。

「あなたも散歩ですか」

「ええ……」

端整な容貌をした男だった。アスガルほどではないにしろ、全体がむだなく整っている。

髪は薄茶色で、灰色の瞳には人なつこい色がにじみ、身長はアスガルより低く、体つきも細身だった。

年齢は二十三か、四といったところだろう。青鷺《あおさぎ》の羽根を飾った白いターバンをかぶり、薄緑色のカフタンを身につけている。宦官ではなさそうだ。ハレムに入ることを特別に許された高官だろうかと思ってはみたが、それにしては若すぎる。

男は、胸にアスガルのものとよく似た紅玉の飾りを垂らしていた。同じような鎖につながっていて、同じように安っぽい。

「今日は少しばかりくもっていますが、暑すぎるよりこの方がいい。あなたもそう思いませんか」

レオニーは、なんと答えようか迷った。アスガルにはほかの男と話すなと何度も命じられている。だからと言って、この男を無視するわけにはいかず、社交的な返答をした。

「ここへ来たときはもっと暑かったと記憶していますが、日によってずいぶん違いますね。——あなたは薔薇を見にここへいらっしゃったのですか？」

男はしばしレオニーを眺めたあと、薔薇に視線を戻し、手を伸ばした。

「ええ。ですが、わたしが見に来たのは、ベルキネスの薔薇です」

レオニーは、いまだ「薔薇」と呼ばれることに慣れなかったが、表情には皇女らしさを浮かべていた。

「わたしのことを……」

ご存じなのですか、と言いかけて言葉を止める。つぼみのように開いたオレンジ色のドレスを着ているのだから、自分が何者かはすぐわかるだろう。

「噂には聞いていましたが、薔薇の呼び名にふさわしいお美しさです。どうぞ、この薔薇をお持ち帰りください。ここの薔薇に囲まれても、あなたがかすむことはないでしょう」

男が花を折ろうとしたのを見て、レオニーは慌てて言った。

「やめて！」

レオニーは自分の非礼にすぐ気づき、急いで腰を折りまげた。

「申し訳ありません。女のわたしがこんなことを言ってしまって……」

「そんなに恐縮することはありませんよ。あなたはベルキネスの皇女殿下なのですから」

レオニーがゆっくり背を伸ばすと、男はおだやかなまなざしを向けた。

「ここの男はあなたの国の男たちとずいぶんちがうでしょう。戸惑うことも多いのではありませんか」

「最初はそうでした。でも、いまはそれがこの国のよさだと思っています」

男は、澄み切った灰色の目でレオニーをうかがった。

「さきほど噂どおりと言いましたが、噂とは少し違うようです。ベルキネスの皇女殿下は高慢な女性だと聞いていたのですが、あなたはずいぶんお優しい」

「噂は噂にすぎませんから……」

「ですが、美しさは本物ですよ。スルタン陛下を見ていてもわかります。スルタン陛下はハレムの女となると見境なしでしたが、あなたが来てから、ほかの女には目もくれなくなったとか。本当かどうかずっと怪しんでいましたが、あなたを見て納得しました」

レオニーはなにも答えることができず、植え込みに視線を移した。

目の前の男が見ているのも、また薔薇だ。

男は、レオニーの様子にはまったく気づかず言葉をつづけた。

「スルタン陛下のお相手は大変でしょう。あの方は気性が荒いし、相手が誰であろうと容《よう》赦《しゃ》しません」

「スルタン陛下は、わたしには優しくしてくださいます」

レオニーはすかさず言ったが、性急に答えすぎたと思い、話を変えた。

「あなたはスルタン陛下とはお親しいのですか?」

「親しいかどうかはわかりません。そこそこ話はするといった程度です。それに、あのような方ですから、なかなかご自分の本心を見せてくださいません」

本心……とレオニーは内心で口ずさんだ。砂漠での夜、レオニーが聞いたのは、まちがいなくアスガルの本心だった。彼の言葉は誠実で、声は寂しさを孕んでいた。

あのとき、自分は決定的に彼に恋をしてしまったのだ。

彼の真実にふれたときに。彼のうちに秘められた影に気づいたときに。

「わたしにはいろいろとお話してくださいます」

「スルタン陛下は、ずいぶんあなたにこころを許していらっしゃるようですね」

「そんなことはありません」

レオニーは即座に否定した。少なくとも「レオニー」にはこころを許していない。

「実は、わたしにはひとつ悪い癖があるのですよ」

男が唐突に言い、レオニーは眉を寄せた。

「癖……ですか」

男が何気ない仕草で、レオニーの指を取って口づけした。

レオニーは手を引っ込めようとしたが、ただのあいさつだと思い、動きを止めた。

男は、長々とレオニーの指先に唇を当てていた。そのうちレオニーの体に不快感がやってきた。大したことではないはずなのに。

男が、レオニーの手からやっと顔を上げた。灰色の目が艶やかに光っている。

「わたしはスルタン陛下の持ちものと見れば、なんでもほしくなるのですよ。二つのものをのぞいて、ね。それがわたしの悪い癖です」

「二つ……？」

レオニーがそこまで言ったとき、男が彼女の指先をつかんでゆっくりと引きよせた。なにをされているのかわからないまま顔が近づき、彼の吐息が頬にかかる。

レオニーは、すぐさま男から離れようとした。

「なにをなさるんですか……っ」

「あなたはスルタン陛下の大切な薔薇なのですから、つみ取りたくなるのは当然です」

「こんなこといけません……！　お願いですから放してくださいっ」

「わが国ではスルタンは結婚しない習わしです。そんな方といても、真の意味で幸せになることはできませんよ。ですが、わたしは違います。わたしならあなたに求婚して正式な妻にすることが可能です」

男は魅惑的な笑みを向け、耳元でささやいたが、レオニーを打ちのめしたのは「幸せになることはできない」という言葉だった。

自分は幸せにはなれない。ここへ来ることが決まってから、そのことはわかっていた。なのに、どうしてこんなにも悲しいのだろう。どうしてこんなにも苦しいのだろう。どうしてこんなにも切ないのだろう。

気持ちを抑えようとすればするほど、どうにもならなくなっていく。

胸の奥底からあふれ出すこの気持ちを自分はいつまで隠し通していられるだろうか。

アスガルに恋をしているなんて、絶対に知られてはならない。

彼は、恋をしてはいけない相手だ。

男の唇がレオニーをとらえかけ、レオニーが硬く体をこわばらせた、そのとき――。

「おまえたち、そこでなにをしている！」

居丈高な足音が近づき、レオニーは背後を振り向いた。

猟犬を後ろに従えたアスガルが、瞳に怒りをみなぎらせて彼女のもとへやって来た。細い手首をむりやりつかみ、男から引き離してレオニーを自分の背に隠す。

レオニーの手にいつもとは比べものにならないほどの痛みが走った。

アスガルは男をにらみつけたが、男は燃えるようなアスガルの視線に射抜かれても、まだほほえみを浮かべていた。

「どういうことだ、ミールザー」

ミールザーと呼ばれた男が、アスガルに訊いた。

「やあ、兄さん。もう公務はおわったんですか」

レオニーは目を開いて、そばにいた男、――ミールザーを見た。

彼は、いまたしかに「兄さん」と言った。

では、この男が〈黄金の鳥籠《アルトウン・カフエス》〉と呼ばれる牢獄に幽閉されているアスガルの弟。

年齢は二十三歳だったはず。

「おまえがなぜここにいる」

ミールザーは、アスガルの怒りなどまったく意に介さない様子で言った。

「ベルキネスの薔薇を見に来たんですよ。兄さんがこころを奪われたというから、どれほどの花かと思ってね。噂どおり美しい」

「黙れっ」

アスガルが一喝《いっかつ》し、ミールザーに背を向け、歩き出した。

レオニーの手が引っぱられ、倒れそうになったが、懸命に持ちこたえた。

「おまえは鳥籠に戻れ！　しばらく出てくるなっ」

アスガルが背後にいるミールザーに命じ、中庭を強引に進んで行った。

＊

アスガルはご寝所に行くと、レオニーを寝台に押し倒した。手首を握りしめたまま、彼女の上にのしかかる。

レオニーはこれまでにない威圧感に気おされ、瞳に恐怖をにじませた。寝台の脇に座った猟犬が、主人の怒りを察して落ち着かなげにしっぽを振った。

「あいつとなにをしていた？」

「なにもしていません……」

レオニーは唇をわななかせながら答えた。

「おれは誰ともしゃべるなと言ったはずだ」

アスガルが、大きく開いたドレスの胸元に手をかけた。レオニーの体がびくりと震えた。

「そんなこと、むちゃです……。それに、わたしはあの方を高官だと思いました。そのような方の機嫌を損ねるわけにはまいりません……」

「官吏《かんり》が勝手にハレムに入るかっ」

アスガルがドレスをつかむ指に力を込めて、むりやり引き裂いた。彼の手にかかるとドレスは容易に裾まで破れ、レオニーは背中を向け、彼から逃れようとした。

すると、今度は背後から胴衣と数枚のスカートがはぎ取られた。アスガルは、逃げだそうとしたレオニーの足首をわしづかみにし、容赦なく引きよせた。

「いや……、やめてください！　いやです……っ」

　これまでの優しさが一変し、はじめて会ったときの苛烈さがよみがえる。いや、いまの彼はそれ以上だ。鋭い視線は残忍な光を帯び、彼が見せてきた思いやりの欠片《かけら》もない。

　アスガルは、うつぶせになったレオニーの足首をつかんだまま、片手でカフタンを脱いでターバンを外し、容赦なく彼女を組み敷いた。

　みごとに引き締まった胸元に、ちっぽけな紅玉が光っている。レオニーには、それがなぜか途方もなく寂しく感じられた。

「おまえは、男なら誰でもいいのか？」

　アスガルは、頭を振って拒絶するレオニーのあごに手をかけ、強引に唇を奪った。

　舌が激しく突き入れられ、口内を犯していく。レオニーの舌がおびえて引っ込むと、唇の角度を変えて奥深くまで舌を突き入れ、有無を言わさず絡め取った。

「ンンう……っ」

　嵐のような接吻は、レオニーにおののきだけでなく熱烈な快楽をもたらし、舌が口内で暴れまわると胸の先が簡単に硬直した。

　レオニーはあまりに理不尽なアスガルの質問に答えることができず、ただ接吻に酔いしれた。

　こんな風に乱暴に奪われて、自分はなにを感じているのだろう。こころは苦しみで満ちているのに体は素直に反応し、彼を拒絶することができない。

アスガルが唇を離すと、レオニーの口から切ない吐息がもれた。

「はぁぁ……」

「ミールザーに抱かれたいか？　いまここにあいつを呼んできてやろうか」

「ミールザーさまとは少しお話をしていただけです……。あなたが考えていらっしゃるようなことはありません」

「おれがなにを考えているというんだ？」

「ッ！」

アスガルが、なんの前触れもなく隆起した胸の尖りをつまみ上げた。痛みと快感が同時に押しよせ、背中にしびれるような戦慄が走る。

レオニーが喉を引きつらせると、アスガルはすぐ指の力を抜き、側面をしごいた。

レオニーは、自分の中からこみ上げる情欲をこらえようとして顔をしかめた。

「それは……あなたが一番おわかりのはずです……、ンはぁ……っ」

アスガルの動きがふいに止まり、静寂がやってくる。レオニーがうかがうように目を開くと、アスガルがまっすぐレオニーを見つめていた。

だが、その視線はついさきほどとどこか異なっている。

そこには以前見たときと同じ……、――以前よりもっと深い悲しみがにじんでいた。

レオニーは困惑した。どうして彼はこんな目をしているのだろう。なにが彼を悲しませているのだろう。どうすれば、自分は彼の苦しみを癒すことができるだろう。

彼のためにできることはなんだろう。

こんなことを考えている場合ではないのに、彼の瞳にレオニーの知らない痛みがにじむと、いてもたってもいられなくなった。

「そんな顔をしないでください。お願いですから。わたしは……、ンッ！」

アスガルがまたしても二本の指で胸の尖りをひねり、レオニーは喉に声をつまらせた。

まだ準備の整っていない体が、彼の手で強引にむしばまれていく。

こんな風にしてほしくはないのに、いやらしい悦びの蜜が驚くほど容易に内側からあふれ、寝台へとしたたり落ちた。

アスガルの悲しみはすぐどこかへ消え去り、怒りとなって彼女の体にぶつけられた。

アスガルが、膝を使ってレオニーの脚をこじ開け、膝頭を熱のこもった秘部に押し当てた。

まだほころんではいない秘部はぬめらかな湿り気を帯び、アスガルが軽く脚を動かすといやらしい水音が響いた。

「もうこんなになってるじゃないか。ミールザーといたときから濡らしていたのか？」

アスガルが膝を前後に動かし、レオニーの秘部をこすりあげる。膝が揺れるたび愉悦の波がたえまなく訪れ、レオニーは閉じた唇から小さな声をもらした。

「ふ……、ンぅ……」

アスガルが膝を秘部になすりつけながら、胸をわしづかみにした。気が遠くなるような苦痛がレオニーを襲った瞬間、アスガルが力を弱め、やわらかくこね上げていく。

鋭い痛みのあとにもたらされる官能はたとえようもなく快く、こんな状況で悦びをおぼえる自分がいやでたまらなかった。

「どうなんだ？　いま濡れてきたわけじゃないだろう」

「そんな言葉……、やめてください……。あふぅ……」

「やめてほしいようには聞こえんな」

アスガルが膝を前後させると鋭い快感が下腹を突き刺し、秘部が魚の尾ひれのように跳ね上がる。自分の欲望がアスガルに伝わっていると思うと恥ずかしくてたまらず、体の反応をどうにか抑えようとしたが、すでに慣れきった部位は彼を求めてあえぐだけだ。

「そういえば、最初に抱かれたときからおまえはうれしそうな声で鳴いていたな。おまえは、そうとう淫乱な女のようだ」

アスガルの言葉を聞き、羞恥で耳まで赤く染まる。自分でもひそかに考えていただけに、アスガルに真実を言い当てられた気がして顔をそむけた。

「どうやら事実らしい。もっとほしいんだろう？　自分から腰を動かしてみるがいい」

アスガルが秘部に押し当てていた膝の動きを止め、レオニーをうながすようにいやらしく胸をこね回した。さきほどまで快楽のうねりを感じていた秘部がさざ波を失い、レオニーは悩ましげな息を吐き出した。

「自分でなんて……できません。恥ずかしい……」

「以前はもっと恥ずかしい部位になすりつけていただろう。膝ぐらい大したことはないはずだ」

レオニーがなにもしないままでいると、アスガルが膝を彼女の秘部から離そうとした。

その瞬間、レオニーは大腿を反射的に閉ざし、彼を逃すまいとした。

自分のとったはしたない行為に気づいて、レオニーはさらに頬を火照らせ、アスガルはそんなレオニーを見て冷笑した。

「おれに悦ばせてほしいなら、先に自分からするがいい」

「そんな……」

アスガルが非情な声で言い、レオニーは奥歯をかみしめたが、愛欲にとらわれた自分を救うすべはひとつしかない。

レオニーはこみ上げる羞恥にたえながら、ゆっくりと腰を揺らしていった。

「ンン……、あふ……」

秘部に膝をなすりつけると、消えかけていた火がふたたび灯り、退廃的な悦楽が満ちてくる。自分で求める行為は彼女を欲望の深みに誘い込み、堕落の底へと導いた。

大きく腰を動かすと、突起までもがこすられ、こらえがたい熱風にさらされる。

うっとりするような快感が全身に広がり、レオニーは次第にわれを忘れていった。

「おまえは本当にいやらしい女だな。一人で全部する気か?」

「いや……、ちがいます……、ふぅっ」

アスガルが、膝と秘部の間にするりと指を滑り込ませた。とたんに、レオニーの内部が彼を引き込み、指先を受け入れる。二本の指が簡単にレオニーの奥底に収まった。

レオニーが、まだ腰をうごめかせているのを見て、アスガルが唇を歪めた。

「自分でする方がいいらしいな」

「そんなことありません……！」

「なら、おれにどうしてほしいか言ってみろ。いやならやめる」

「あ……！」

アスガルが指を抜こうとすると、レオニーの秘部がすぼまって彼を強く締め付けた。

自分の反応が自分でも恥ずかしく、レオニーは固くまぶたを閉じたが、体の奥底は彼の動きを待っている。レオニーは情欲に打ち勝つことができず、震える唇を開いた。

「あなたの指で……わたしを悦ばせてください……」

アスガルの乾いた笑いが耳に届き、同時に指が動きはじめた。入口から奥底までさまざまな箇所を突き、押し、こすり、また突いていく。隠された官能が探りあてられると、局部では得られない繊細な歓喜がこみ上げ、レオニーはなまめかしい声をもらした。

「ああン……、ンンン……」

指先が器用に出し入れされ、内部がすべて刺激される。指を小刻みに振動させ、指の腹で内壁が摩擦されると、たまらない悦楽がやってきてレオニーは腰をくねらせた。

使命のためだなんて言い訳だ。こんなのは使命じゃない。自分は欲望に溺れているだけだ。そして、欲望に溺れるのは、彼に恋をしているせいだ。

だが、いまはその気持ちが途方もなく悲しかった。アスガルは自分を愛してはいない。たとえ彼が、目の前にいる女をマルスリーヌだと思っていたとしても、彼と時間を過ごし、寝台をともにしているのはレオニーだ。そんなレオニーを彼は愛してはいない。彼が想っているのはマルスリーヌであってレオニーではない。

愛されないことがこんなにもつらいなんて。恋する気持ちがこんなにも苦しいなんて。それなのに、ふれられてうれしいなんて。

レオニーは涙を懸命にこらえながら、アスガルから与えられる情欲を受け止めた。

「おまえはおれの好みになったと思ったが、少しばかり淫乱すぎるな」

「そんな風におっしゃらないでください……」

「本当のことだ」

アスガルがいまの言葉を証明しようとするように指を引き戻すと、レオニーの中心は彼女の意に反して彼の指を締めあげた。

「これでも淫乱ではないと言う気か？」

レオニーは声をつまらせたが、素直な体を止めることはできない。

アスガルが徐々に指の動きを速めていくと、官能は果てしなく彼女を押し上げ、とらえどころのない圧迫感がやってきた。

「あ、あ、あ……、あぁ……！」

アスガルが幾度か入口を突いてから奥深くを擦りあげた瞬間、レオニーは無上の歓喜にさらわれ背中を大きく反りかえらせた。

青白い火花が体中に瞬き、純白の肌が紅潮する。胸を大きく上下させ、荒い呼吸が静まると、満たされたと思った熱情がまた頭をもたげはじめた。

「次はおれを悦ばせてもらう」

アスガルが上体を起こして寝台に腰をおろし、レオニーの首の後ろをつかんで引きよせた。レオニーがまぶたを開くと、高ぶった下半身が目に入った。

これまで何度も見ているのに、間近で目にするとあまりに大きく、威嚇するように彼女を圧倒する。レオニーは彼を見ないようにして横合いを向いたが、アスガルは彼女の首をしっかり固定し逃れられないようにした。

「くわえろ」

アスガルが冷徹な口調で言い、あらがおうとする彼女を自分に近づけた。雄渾《ゆうこん》な先端が唇の端に当たり、むせるような熱気が押し迫る。

レオニーがしっかり口を閉ざしていると、アスガルが彼女の鼻を指でつまんだ。

レオニーは長い間そのままでいたが、やがてこらえきれなくなり、口を開いて大きく息を吸いこんだ。そのとたん、アスガルが猛々しい自分を彼女の口内に押し込んだ。

「ンンッ！」

灼熱の塊が喉の奥にまで突き刺さり、レオニーは激しく咳き込んだが、アスガルが彼女の頭をしっかりと押さえ、彼女の動きを妨げた。

太い熱杭が彼女のなかでどくどくと息づき、口内が焼けこげてしまいそうだ。

レオニーは許しを請《こ》うように上目づかいでアスガルを見たが、アスガルは鋼鉄のような目で彼女をとらえるだけだった。

「なめろ」

レオニーは顔を振って抵抗し、現実を打ち消そうとするように固く目を閉じた。

だが、喉に差し込まれたものは熱を放ってレオニーを脅かし、まぶたを開くと口内に入りきらない根元がはっきりと見えた。

「おまえがなにもしなければ、いつまで経ってもこのままだぞ。それでもいいのか」

アスガルが低い声で言い、レオニーの目尻に涙がにじんだ。

彼の言うとおり、このままではおわらない。

レオニーはどうしていいかわからなかったが、とりあえず舌先をうごめかせた。

縦に割れた先端をちろちろとなめたあと、熱い坑に丁寧に舌を這わせていく。くまなく舌を動かし彼を愛撫していくと、アスガルがレオニーの頭から手を離した。

レオニーはいったんアスガルを吐き出した。彼の部位はこれ以上ないほど力強く反り返っている。

レオニーは潤んだまなざしで彼の部位をとらえてから、ぱくりと彼をくわえ込んだ。

「かむなよ」

アスガルの言葉を聞き、レオニーは歯を立てないように注意しながら丹念になめていった。くびれた部分をくすぐり、太い幹を唇で挟み、裏側をなぞる。

ぎこちない動きは徐々になめらかになっていき、レオニーが先端を吸い上げるとアスガルがわずかに眉を寄せた。

レオニーはいつのまにかアスガルの根元に手をそえ、懸命に舌を動かしていた。

「ずいぶん上手いじゃないか。いままでどれだけくわえてきたんだ？」

アスガルが無情な言葉をかけ、レオニーは泣きそうな顔になり、彼から口を離した。

「あなたがはじめてです……」

「そうは思えんな。いったい誰に仕込まれた」

「そんな言葉、やめてください……」

「怠けるな。ちゃんと舌を動かせ」

レオニーはふたたび彼を口に含み、舌先をくねらせながら強弱をつけて吸い上げた。先端から裏側にそって舌を這わせ、上から下までなぞっていく。頬ばるように奥深くまで飲み込んでから顔を前後に動かすと、アスガルが彼女の髪をつかんで自分から引きはがした。

「今度は、おまえを気持ちよくしてやろう」

アスガルの目に残忍な光が宿った。レオニーがおびえて体をすくめると、アスガルは彼女の向きを変え、背後から抱きしめた。

「なにをなさるんですか……」

「さあ、なんだろうな」

アスガルが面白そうな口調で言い、寝台のそばにあった卓に手を伸ばした。そこには、サクランボやマルメロが載った金の器が置かれていた。

その中にガラス製のカップがあり、赤い液体が入っている。

苺《いちご》を砂糖で煮詰めたジャムだ。

アスガルは二本の指にジャムをたっぷり絡めて、レオニーの内股に忍ばせた。

「ンっ……！」

すぐに脚を閉じたが、アスガルの指は奥深くにまで入り、丹念にジャムをすり込んでいく。アスガルは何度もジャムをすくい取り、秘裂の縁、花びらの裏、突起から内部、後ろのくぼみに至るまでジャムを塗っていった。

「んっんっ……、ンンン……」

アスガルの指の動きは愛撫と呼べるものではなかったが、それでも快楽はやってきた。

ジャムと愛蜜が混じり合い、粘ついた音がする。

これからなにをされるのか最初はわからなかったが、やがて自分が恐ろしい仕打ちをうけようとしていることに気づいて、レオニーは慄然とした。

充分にジャムを塗り込めたアスガルは、レオニーの膝の裏をつかんで大きく開いた。

「来い、ジャドゥ」

アスガルの言葉と同時に、床で伏せていた猟犬が体を起こし、すぐそばにやってきた。

寝台に前足をかけて身を乗り出し、レオニーの秘部に鼻先を近づける。

まさかと思ったが、そのまさかだった。ジャドゥと呼ばれた猟犬は、女の匂いに紛れた甘い香りをかぎつけて、長い舌を伸ばし、レオニーの秘部をなめはじめた。

「あぁっ……、あぁぁ……！」

ざらついた舌が、秘部にすり込まれたジャムをすくい取っていく。花びらの表層、裏側の溝、秘裂から後部まで水を飲むようになめていき、レオニーは恐怖で身をよじった。

「やめてください……、やめて……っ、いやぁ！」

アスガルはレオニーの下肢を背後からしっかりと封じ込め、彼女の首筋に接吻した。うなじをついばみ、彼女の官能を正確に探りあてる。

ときおり歯を立てて強く吸うと、レオニーの喉から苦痛をかみ殺すような声がもれた。

「ン……ンあ……、くふぅ……」

ジャドゥの舌は人間では入りきらないところにまで忍び込み、確実にレオニーを狂わせていく。ざらついた長い舌が内部の奥底にまで差し入れられ、濡れた鼻が押しつけられると、レオニーは懸命に身もだえし、猟犬からもアスガルからも逃れようとした。

アスガルがレオニーの体を拘束したまま、寝台の隣にある卓の引き出しから、よくわからないものを取り出した。

細い棒に大粒の真珠がすきまなく連なっている。

アスガルはレオニーの唇に真珠の先端を押し当て、冷酷な声を出した。

「なめろ」

「なにを……」

「このままだと痛いぞ」

レオニーはアスガルの意図がわからず瞳におびえをにじませたが、猟犬の舌から意識をそらせるため、真珠を口に含み丹念になめていった。

ひととおりなめおえると、アスガルがレオニーの口から真珠を引き抜き、今度は自分でなめていく。彼の瞳には残忍な色が浮かび、レオニーはこれから起こる恐怖にたえた。

真珠を唾液でたっぷりと濡らしてから、アスガルは、先端を背後のくぼみにあてがった。

レオニーは肩をすくめせたが、アスガルが真珠で後方の縁をほぐしていくと、全身の力を抜いていった。

アスガルは、背後が完全に整ったのを見て、真珠の先端をゆっくり内部に沈めていった。

「く……ふう……！」

真珠にあわせてくぼみがうごめき、慣れないものを奥深くまでいざなっていく。禁断の部位に入っていく感じは、レオニーをこれ以上ないほど淫らにした。

その間も、ジャドゥの舌が秘裂をなめあげ、あらゆる部位をとらえていく。

ジャドゥに前を、真珠に後ろを攻められると、レオニーは身もだえしながら、たえまない声をもらした。

「ふ……、ンン……あ……」

レオニーが慣れた頃を見計らい、アスガルが真珠を動かしていった。後方で抜き差しされると体がきしむような衝撃をおぼえ、レオニーは背中をわななかせた。

これまで得たことのない刺激がレオニーを襲い、アスガルの動きにあわせ、くぼみがゆるんではしまっていく。真珠を拒絶しようとすればするほど、彼女の中にしまい込まれ、アスガルは容赦なく奥を突き、入口まで戻し、また奥を貫いた。

「こっちとジャドゥとどちらがいい？　好きな方を選べ」

ジャドゥがせわしなくジャムをすくいあげ、アスガルが背後で同じ律動を繰り返す。アスガルの問いに答えればなにをされるかわからず、レオニーはなにも言わなかった。

「どうやらどちらもいいらしいな。だったら、このままつづけよう」

アスガルが冷笑とともに言い、連なった真珠で内部をえぐりとっていく。

以前は悦びをおぼえたはずなのに、いまは苦痛だけが彼女を苛み、レオニーは快楽を感じまいとして固く目を閉じた。

「もういやです……。こんなの、ひどすぎます……」

アスガルが、レオニーの横顔をのぞき込み、残酷な声を出した。

「いやがっているようには見えないな」

「そんな……っ」

ジャドゥが前方を懸命になめつづけ、後方からはまったく違う欲望がもたらされる。倒錯的な行為は、疾風に絡め取られるような苦しみを巻き起こし、レオニーは自分が漆黒の闇にとらわれたのを感じた。

ジャドゥが内部をほじり返すように舌先をうごめかせたあと、秘裂全体をなめまわした。密やかなくぼみにまで舌を這わせると、あらゆる官能が掘り起こされた。

ジャドゥの舌がくぼみの縁を這い回り、くぼみそのものには真珠が突き刺さっている。舌のもたらす繊細さと真珠のもたらす激しさが、同時にレオニーを悶えさせ、彼女の腰が知らないうちにいやらしく揺らいでいた。

「ずいぶん気持ちよさそうだぞ。こっちよりジャドゥの方がいいらしい。せっかくだから最後までしてもらうか？」

「いやです……、いやっ……！」

レオニーのなかに絶望がやってきた。彼に対して抱いてきたなにもかもが幻想だと気づかされる。優しさも、心遣いも、思いやりもすべて。

それなのに、彼を憎むことができない。まだこころは彼に惹かれ、体は彼を求めている。

とうとうジャドゥがレオニーの突起を探りあて、無邪気に転がしはじめた。官能のためだけにある部位がなめ回されると、レオニーの中にこらえきれない痛みがやってきた。

奥歯をかみしめてたえようとするが、意志の力ではどうにもならない。

アスガルが背後の動きを早めると、レオニーの目尻から大粒の涙がこぼれ落ちた。

いく粒もいく粒も、頬を滑っては盛り上がり、寝台にしたたっていく。

悲しみの涙。苦しみの涙。そして、決意の涙――。

レオニーはこれまでアスガルが少しでも自分のことを気に入ってくれているのだと思っ

ていた。どこまでの想いかはわからない。

愛と言えるものなのか、女にならば誰にでも感じる欲望にすぎないのか。

だが、彼の指から、声から、言葉からは、愛情に似た温かさが感じられ、それがレオニーの行動の障壁となった。たとえ彼の気持ちがマルスリーヌに対するものだったとしても、彼に優しくふれられるとレオニーは迷い、戸惑い、ときには使命を見失った。

養父のためだと言い聞かせても、ためらいを抑えることはできなかった。

だが、もうやめよう。彼が自分のことを少しでも想ってくれていると考えるのは、大きなまちがいだ。彼は冷酷なスルタンで、彼の中にレオニーの求める優しさはない。たとえわずかにあったとしても、それはマルスリーヌに向けられたもので、レオニーを想うものではないのだ。

帝王の石を手に入れること。もう迷わない。

レオニーが悲しみの中でそう自分に言い聞かせたとき、アスガルがジャドゥに命令した。

「下がれ」

ジャドゥは、すぐ寝台から離れ、床に行儀良く腰を下ろした。アスガルが背後から静かに真珠を抜いていく。ふたつの快楽が同時に奪われると、レオニーの体が小刻みにけいれんした。

アスガルが欲望に溺れた突起に指を伸ばすと、レオニーの腰が跳ね上がる。

やわらかな唇が重なり、しばしふれるだけの接吻がつづいた。

アスガルの舌がレオニーの中に忍び込み、震える舌を絡め取った。それはこれまでにないほど甘い接吻だったが、レオニーは応えようとしなかった。

アスガルが、レオニーの頬に舌を這わせ、苦いしずくをすくった。彼女を暗黒から助け出そうとするように丁寧になめとるが、悲しみまでぬぐい去ることはできず、レオニーは涙を残したまま、彼を拒むように視線をそらした。

「なにもかもおまえが悪い」

アスガルが言った。その声にはつい今し方とはまるで違う優しさがひそんでいたが、もうその優しさはレオニーには届かなかった。

「おれの言葉に逆らうから、こんなことになるんだ」

アスガルが熱を放って息づく突起をゆるくつかみ、淡い力でしごきはじめた。

ジャドゥにさんざんなぶられたそこは、彼を待ち望んでいたように硬直し、包皮から上端をのぞかせている。アスガルは上端を軽く押さえ、前後に揺らした。

「ふぅン……、ンあぁ……」

ジャドゥでは得られなかった愉悦の波が、突起を通じて全身に送り込まれた。甘美な快楽がレオニーの下腹に広がり、恐怖でしかなかったジャドゥの行為が、アスガルの指からもたらされる官能によってすべて洗い流されていく。

「おまえはいつもおれを惑わせる。おれをこんな風に変えるのはおまえだけだ。おまえの前では、おれは冷静ではいられない」

アスガルは慎重な手つきで突起をうごめかせ、側面をつまんでいじり回した。包皮の上から揉み込まれると、快いしびれが爪の先にまで浸透し、淫らな熱情にとらわれる。

アスガルは側面を摩擦して包皮を上下させ、新鮮な快感をもたらした。

突起を強くこすりあげられ、強く弱く揉み込まれるとレオニーの中に確かな情欲が芽生えた。

「ン……、はぁ……、あぁぁっ……」

アスガルが、根元から頂上まで勢いよくなぞりあげた瞬間、レオニーは享楽の果てに到達し、体中を震わせた。蜜で濡れそぼった秘部が、びくびくとけいれんする。

心地よい悦びは悲しみの裏返しだ。体が歓喜をおぼえればおぼえるほど、切なさは増していく。

「まだ泣くのか？　おまえはここに来てから泣いてばかりだな」

アスガルがどこか寂しそうに言い、レオニーは下唇をかみしめた。

アスガルがレオニーの腰をつかんで、ゆっくりと持ち上げた。レオニーは前のめりになり、寝台に両手をついた。顔をクッションにうずめ、うつぶせのまま腰を突き出した格好になる。獣のような姿勢はレオニーに途方もない恥じらいをもたらしたが、いまさら恥ずかしいと言ったところで許してはもらえまい。

それに、もう許してもらう必要もない。あと少しすれば彼とはお別れだ。

自分の恋は破れてしまった。自分は彼に幻影《げんえい》をいだいていた。むなしい幻影を。

彼女が恋した相手は、こんなアスガルではない。

養父とアスガルのどちらかを選ぶなんて、ずいぶんつまらないことを考えていたものだ。

どちらを選ぶかは最初から決まっていたのに。

そこまで考えたとき、美しい旋律が聞こえてきた。

カナリアが鳴いていると思い耳を澄ませたが、それはレオニーの中から響く調べだった。

レオニーのまぶたにアスガルから贈られたカナリアの羽ばたきが浮かんだ。

すると、なぜかこころが凪《な》いできた。

あのカナリアを養父のもとへ届けてもらうのを忘れてはならない。

「これから、なにをするのか訊かないんだな」

ふいにアスガルが言い、レオニーは荒い息とともに口を開いた。

「なにをなさろうとあなたの自由です。わたしは……あなたのものですから」

その言葉が、彼のよく口にする「おれのものだ」という意味とは異なることにアスガルも気づいているはずだ。

その証拠にアスガルはしばしの間動かず、背後からレオニーの白い背中を見返していた。

彼の口から寂しげなため息がもれた気がして、レオニーは背後を見ようとしたが、そのときにはアスガルは勇猛な自分に手をそえ、レオニーの内股にあてがっていた。

「おまえは本当におれの思い通りにはならん」

アスガルがあきらめを含んだような声で言い、先端を秘部になじませた。いやらしい格好をしているだけで快楽は倍増し、ねだるように腰を上げていると、自分の体が行為のためだけにある気がした。

アスガルが、自分に蜜をたっぷり絡ませ、ひくひくとうごめく中心に先端を押し進めた。レオニーの内部は狭く、根元まで収めるだけでアスガルに強い快感をもたらしたが、レオニーはまだ足りないというようにアスガルを締めあげた。

アスガルはレオニーの温かさを楽しんだあと、ゆっくり腰を動かしはじめた。

「おまえはほかの女とまったくちがう」

アスガルが、下腹を律動させながら口を開いた。

「美しさも、言葉も、なにもかも。おれの顔に惹かれることもなければ、おれの権威に目を奪われることもない。おまえはいつもおまえのままでおれに接する。そんな女ははじめてだ」

アスガルの言葉がレオニーのこころに突き刺さった。

自分が自分のままでアスガルに接していたとは思えない。少なくともここにいるのはマルスリーヌのふりをしているレオニーなのだから。

アスガルの腰が強くレオニーの背後にあたり、先端が打ちつけられる。すぐ腰が引き戻され、浅い部分を探られると、悦びがしずくとなってこぼれ落ち、レオニーは甘い息を吐いた。

「ン……ふあぁ……ッ」

アスガルが、腰を動かしながら上部の突起を揉み込み、側面を指の腹でくすぐった。張り出した部位で内壁をこすられ、突起がはじかれると、レオニーはめくるめく恍惚感に満たされ、朦朧と口を開いた。

「わたしは……あなたが思っているような女ではありません……、ンふぅ……」

「おれがどんな女だと思おうと、そんなのは大した問題じゃない。いまおまえはおれの前にいて、おれに抱かれ、おれの言葉を聞いている。それが大切なんだ」

レオニーは、クッションを抱きしめ顔を伏せた。そうしないと、また彼に涙が見られてしまう。さっきまで彼に裏切られたという思いで泣いていたのに、今度は逆の涙だ。

自分は彼を裏切っている。いったいどれだけ泣けば気がすむのだろう。

少なくともベルキネスにいたときは、こんなに泣くことはなかった。寝台の上で苦しむ養父を見ても、涙を抑えていられた。なのに、アスガルの前ではそれができない。

「だが、おまえはおれの言葉に逆らった。おれ以外の男と話し、おれ以外の男に笑いかけた。だから、おれはおまえに罰を与えているんだ」

さきほど自分はミールザーに笑いかけたろうか。不機嫌な表情にはなっていないと思うが、少なくともアスガルが言うようなことはしていない。

それとも、アスガルの中にあるなにかが、レオニーとミールザーの様子を歪めて見せたのだろうか。

レオニーがそこまで考えたとき、アスガルが彼女の注意を引き戻そうとするように勢いよく貫いた。

「あぁン……！」

レオニーは甲高い声をあげ、首を反らせた。アスガルが腰を前後させ内壁をうがつと、突き出された腰を劣情がおおい、レオニーは苦しげに眉を寄せた。

「あなたは……、そんなにわたしを思い通りにしたいのですか……、ふ……う……」

「わからん」

アスガルは、本当にわからないというような口調で答えた。なにかを考えるように、ゆっくりと突き入れ、ゆっくりと引き戻す。

抜き差しされるたび変化する内壁は、それこそが彼の思い通りだと示すようだ。

「それに、思い通りにしたくても、ならんのだから仕方ない」

アスガルが激しく彼女を刺し貫くと、目のくらむような喜悦がやってきた。灼熱の杭が出入りするたび狂おしいほどの快楽に襲われ、次第に意識が遠のいていく。欲望の荒波が彼女に叩きつけられると、真っ白なしぶきが噴《ふ》き上がり、彼女の思考を奪っていった。

「ンふ……、ふあ……、あっ……」

「すべて思い通りになれとは言わん」

アスガルが、下腹を抜き差ししながら、彼女の肩に頰を寄せた。

「だが、いつもおれのことだけを考えているんだ。レオニー、そうすれば、おれはおまえを……」

アスガルが最奥を貫きとおした瞬間、レオニーは目がくらむような快楽の彼方《かなた》に舞い上がり、彼の言葉を最後まで聞くことのないまま静かに気を失った。

第五章　激しく愛されて、囁かれた求婚

夜明けとともに、レオニーは深い眠りから覚めた。

アスガルの気配がすぐそばにある。朝起きたときに彼がいるなんてはじめてだ。

彼は、毎朝、公務がはじまるまでレオニーを見ていたのだろうか。

レオニーは彼に背を向け、目を閉じたままでいた。

永劫《えいごう》とも思えるおだやかな時間がすぎた。

レオニーにとっては、自分の中にあふれる苦しみを刻みつける時間だった。

「スルタン陛下、そろそろお時間です」

扉の向こうから宦官の声が聞こえ、アスガルが答えた。

「すぐ行く」

アスガルが上体を折りまげて、レオニーの頬に唇を優しくあてがった。レオニーはわずかに目を開いたが、すぐにまぶたをおろした。アスガルには気づかれなかったはずだ。

その証拠にアスガルはどんな反応も見せず、長々と接吻したあと部屋を出て行った。

レオニーは、アスガルの足音が廻廊の向こうに遠ざかったのを見計らい、寝台から起きあがった。隣室に行くと、薔薇の造花《ぞうか》が飾られた水色のドレスが用意されている。ベルキネスの薔薇のためにハレムで仕立て上げられたものだろう。

レオニーはしばしその薔薇を眺めたあと、ドレスを着て自分の部屋に戻った。

扉を開いて中に入ると、いつもの侍女がやってきて深々と礼をした。

「ベルキネスからお手紙が届いております」

「ありがとう」

侍女は、レオニーに小さな包みを手渡したあと付け加えた。

「それともうひとつ。最近天候の悪化がつづいているため、戴冠式に向かう日取りが早まることになりました」

レオニーは、驚いて侍女を見返した。

「いったいいつ？」

「天候にもよりますが、数日中に出発するとのことです。皇女殿下には特になにもご準備いただくことはございませんのでご安心ください」

侍女は「なにかあればお呼びください」と言い、その場を辞《じ》した。

レオニーは、硬い紙包みを裏返した。しっかりと封蠟が施されている。侍女は手紙と言ったが、違うようだ。レオニーは丸卓に置かれたナイフで紙包みをほどいた。

同時に、中から重いものが滑り落ち、絨毯の上で鈍い音を響かせた。

短剣だ。

紙包みには、女官長からの手紙も入っていた。レオニーは短剣を拾い上げて卓に置き、手紙を開いた。――帝王の石はどうなっていますか。戴冠式までもう猶予はありません。すでに見つけたのなら使者に手渡し、自害なさい。

簡潔な文章だったが、必要なことはすべて書かれていた。レオニーは手紙を焼き払ってから、卓の上に置いた短剣をつかんだ。鞘《さや》を引き抜くと、白銀の輝きが目を刺した。

ナイフと言ってもいいくらい小さく短い剣だったが、命を絶つには充分だ。

レオニーはやいばを鞘に収め、卓の上に戻した。

玲瓏《れいろう》とした鳴き声が聞こえ、レオニーはカナリアのいる部屋に行った。

金の籠と同じ色をしたカナリアが、せわしなく羽根をばたつかせている。

アスガルにこれを贈られたとき、自分はとても幸せだった。大切な使命があるというのに、叶うはずのない希望をいだいた。

その希望がなんだったのか、いまとなっては思い出せない。

かつてアスガルがレオニーを「おれの妻」と呼んだことが脳裏に浮かんだ。

それが彼女の希望だったのだろうか？

ばかげたことを。ただの妄想にしても、愚かすぎる。

自分は待ちすぎたのだ。もっと早く帝王の石を手に入れておくべきだった。

そうすれば、こんな気持ちになることはなかったのに。

こんな気持ち……、とレオニーは思った。それはいったいどんな気持ちなのだろう。アスガルへの恋心は絶たれたはずなのに、いま自分の胸にはもっと違う感情が渦巻いている。熱くて、苦しくて、切ない想い。恋よりもっと激しいなにか。

胸にこみ上げる想いから目をそらそうとしてまぶたを閉じると、昨日の行為がまざまざと浮かんだ。あれは自分のものを弟に取られそうになったことへの執着心にすぎない。

これ以上、アスガルのことは考えまい。彼がレオニーを愛していないことはまちがいないのない事実なのだから。愛していれば、あんな行為はしないはずだ。

けれど、もしあれが嫉妬なら……。

「こんな考え、ばかげているわ」

レオニーは小声でつぶやいた。

「アスガルが少しでもわたしのことを想ってくれていたとしても、彼が見ているのはマルスリーヌさまで、わたしではないもの」

養父の命かアスガルの玉座かなんて、恩知らずもいいところだ。そもそもレオニーは恩のためにここへ来たわけではない。大好きな養父に少しでも長生きしてほしいだけ。好きな本をたくさん読んでいてほしいだけ。それだけだ。

女官長の手紙に書かれているとおり、もはや一刻の猶予もない。

彼が帝王の石を常に身につけているなら、ベルキネスに行っても奪う機会はあるだろう。

だが、これ以上自分の使命を引きのばす理由は見あたらない。

レオニーは、しばしカナリアの旋律に耳を澄ませたあと、中庭に出て薔薇園に行った。

薔薇は昨日と同じように、――昨日よりさらに美しく咲きほこっていた。

レオニーの耳に、自分を犠牲にするなと言った養父の声がよみがえった。あの言葉は強がりではなく真実だ。そして、真実だからこそ、自分は使命を果たさねばならない。

養父のためではなく、養父に生きていてほしいと願う自分のために。

ふいに、誰かの足音が近づき、視線を向けると、ミールザーが立っていた。

レオニーは体をこわばらせた。今日またアスガルに見られることはないと思うが、彼の唇によって刻まれた赤い刻印は、レオニーをミールザーから遠ざけるのに充分だった。

この刻印は、自分がアスガルのものになったあかしだ。

彼への恋心は封じようと決めたのに、また体が騒いでしまう。

昨日、あんな目に遭わされたばかりなのに。彼はレオニーを愛してはいないのに。

ミールザーはレオニーのおびえた表情にすぐ気づき、歩みを止めた。

「昨日はあなたをつらい目にあわせてしまったようですね」

ミールザーがまぶたの腫れたレオニーを見て、いたわるような声を出した。

レオニーは悲しみを気取られないようにまつげを伏せた。もっとも、すでにミールザーは気づいているにちがいない。

その証拠に、彼はなにも言わず、レオニーを優しい瞳で見返した。

沈黙が広がり、レオニーが先に口を開いた。

「あなたはスルタン陛下の弟君だったのですね。噂ではスルタン陛下に幽閉されたとうかがいました」

「あなたも、玉座を奪われるのを恐れた兄が、五人の兄弟を惨殺《ざんさつ》し、同腹の弟を閉じこめたと吹き込まれた口ですか?」

「ちがうのですか……?」

「五人の兄弟を殺したのは事実です。ですが、兄弟殺しはずっと以前から行われていたこの国の慣習ですよ。驚くようなことではありません。ただ、兄の場合はスルタンの座がほしかったのではなく、わたしと兄の母である皇太后《ヴァリデ・スルタン》の復讐《ふくしゅう》のために殺したんです」

ミールザーはレオニーの反応をうかがったあと、言葉をつづけた。

「母は、新たな赤子を身ごもっていて、五人は玉座を狙って手始めに母を暗殺しました。その後、わたしと兄に手をかけるつもりだったのです」

「でも、そのあとは……」

「もちろん五人の殺し合いです。母を殺したときは誰がスルタンになり、誰がもっとも豊かな領地を治めるか決めていたのでしょう。ですが、そんな約束が守られるはずはありません」

ミールザーはこんなことはどこにでもある話だという口調で言い、レオニーは息を飲んだ。だが、よく考えれば、ベルキネスにおいても帝座をめぐる争いがたえたことはない。

「兄は、即位してからすぐ兄弟殺しを廃止しました。わたしが幽閉されたのは、そうしてほしいとわたしが兄に頼んだからです」

「どうしてそのようなことをおっしゃったんですか？」

「宮廷にはわたしをスルタンに仕立て上げようという輩《やから》が少なからずいます。わたしなら、兄とちがって好きなように操ることができますから。ですが、もしそういった輩が本気でわたしを玉座にすえようとすれば、わたしは兄の統治が揺らぐのを恐れた廷臣《ていしん》にくびり殺されかねません。そうならないよう、幽閉という形をとって兄に守ってもらっているのです」

ミールザーがにっこりとほほえんだ。

「と言っても、本当に閉じこめられたままでは息がつまりますから、牢卒に言って気が向いたときに外に出してもらいます」

「そうだったのですか……」

レオニーは嘆息とともに言い、アスガルの鋭利な横顔を思い出した。

これまでずっと冷酷なスルタンだと聞かされていたのに、そんな事情があったなんて。

だが、昨日自分に起こったことが変えられるわけではない。彼が残忍な男であることに違いはないのだ。

ふと、視線を感じて、レオニーは背後を振り返った。

誰かに見られていると思ったが、気のせいか。誰かに……、――アスガルに。

ばかばかしい。そんなはずはない。

自分はまだなにかを期待しているのだろうか。それとも、おびえているのだろうか。

誰といても、なにをしていても、アスガルのことばかり考えてしまう。恋は破れたと思いながら、どこかでアスガルを求めている。

こんな気持ちにいいかげん決着をつけなければならない。

今夜中に。

レオニーはミールザーに向きなおった。

「昨日、あなたはスルタン陛下の持つものは、二つをのぞいてすべてほしくなるとおっしゃいました。その二つがなんなのか、お訊きしてもよろしいですか？」

「ひとつは玉座です。わたしはスルタンの器ではありません。ハレムはうらやましいですが、スルタンになりたいとは思いません。もうひとつは兄の持つ首飾りです」

彼の言葉を聞いたとたん、レオニーの心臓が跳びはね、表情がこわばった。

「スルタン陛下はいつもあの首飾りを身につけていらっしゃいますが……、それほど大切なものなのでしょうか」

「あれは、兄にとって命と同じくらい大事な宝玉ですよ。生まれたときから肌身離さず持っています。わたしはあの宝玉がうらやましくて、そっくりなものを自分で探してこうして下げているのです。うらやましいと言っても、ほしいという意味ではありませんよ。あれは兄のためにあるものですから」

ミールザーが自分の首飾りをつかんでレオニーに見せた。レオニーは息をつめた。

ミールザーが、切迫したようなレオニーの表情を正面からとらえ、静かに言った。

「あなたはどうやら兄が持っているあの首飾りがほしいようですね」

改めて見てみると、ミールザーの瞳はアスガルにそっくりだ。レオニーのこころをすべて見透かすような輝き。けれど、アスガルとはなにかが決定的にちがっている。

レオニーが求めているのは、ミールザーではない。

レオニーのこころが痛みをおぼえた。

自分はまだアスガルを待ち望んでいる。彼が自分を見てくれる日を願っている。

自分の気持ちに決着をつけねばならないと言い聞かせたばかりなのに。

レオニーが口を開きかけたとき、ミールザーが首飾りを外してレオニーに差しだした。

「これをお使いください」

「どういうことですか……」

「兄が寝ているすきにこっそり取り替えるのですよ。見た目は同じなのですから、兄とて気づかないでしょう」

レオニーは、どうしようか迷ったすえ、震える手で首飾りを受け取った。

「あなたを悲しませたせめてものお詫びです」

レオニーはミールザーを見たが、彼はそれ以上なにも言わなかった。

レオニーはもう一度首飾りに目を向け、赤い石を握りしめた。

*

レオニーは、ミールザーと別れてからすぐハマムに向かった。女たちが彼女の体を勢いよくこすりあげ、薔薇水を振りかける。

レオニーは、香り高いカフヴェを飲んで粟立った気分を落ち着け、部屋に戻った。卓に置かれた短剣が目に入り、悩んだすえドレスの胸元に隠す。

ケシを入れたぶどう酒の瓶をつかみ、宦官長から呼び出されるのを静かに待った。

もしかしてアスガルは、今夜はハレムの誰かをご寝所に呼び入れるかもしれない。

昨日あんなことがあったのだ。レオニーに興味をなくしたということも充分考えられる。

そもそも彼ははじめからさほどレオニーに興味がなかったのかもしれない。ベルキネスに名高い薔薇を抱いてみたかっただけで。

そう考えると、レオニーは胸がつぶれるような苦しみをおぼえた。彼への恋は消えたと思ったのに、まちがいだ。昨日より、一昨日より、想いは強くなっていく。

だが、もはやどうしようもない。

自分の使命を果たすこと。自分が選ぶべきは養父だ。アスガルなら、帝王の石を失っても簡単に臣民の信頼を取りもどすことができるだろう。レオニーが心配することではない。

そう何度も言い聞かせねばならないことが、自分の迷いを如実にあらわしていることをレオニーは知っていた。彼なら臣民の信頼を取りもどせるなんて、ただの慰めにすぎない。

そう思えば、自分の迷いを消すことができるから。だから、そんなことを考えるのだ。

けれど、これは彼女に与えられた運命《クスメット》だ。いっときの感情にかき乱されてはならない。

夕食はほとんど喉を通らず、カミツレで香り付けされたシェルベットだけを飲んだ。

やがて静寂と闇が室内に広がった。カナリアはすでに眠りについている。

どれだけの時間が経ったのか——。

不思議と緊張はなかった。だが、宦官長が来なければいいと思っている自分がいることには気づいていた。永遠にこのままで……。

そのときだった。

「失礼いたします」

言葉と同時に扉が開き、大柄な宦官長があらわれた。宦官長は、輝くような白金の髪を背中に流れるままに任せたレオニーを品定めするように見回した。

純白の薄絹を一枚だけまとった姿はなまめかしく、清楚《せいそ》な色香が立ちのぼっている。

宦官長は、レオニーの持つぶどう酒の瓶をちらりと見たが、特に気にせず、

「こちらへおこしください」

と言い、先に立って歩いて行った。

ご寝所の前に行くと、いつもどおり不寝番《ふしんばん》の女たちが立っていた。彼女たちは、アスガルがハレムの女と同衾《どうきん》した日を記録する役目を負っている。女が懐胎《かいたい》する日を知るためだ。

レオニーはなぜか息苦しさを感じたが、すぐに気持ちを切り替えた。

「スルタン陛下、マルスリーヌ皇女殿下をお連れしました」

レオニーは深呼吸を繰り返した。自分はマルスリーヌだ。レオニーではない。

レオニーはアスガルにケシの入ったぶどう酒を飲ませ、彼を裏切る女。

「お通ししろ」

アスガルの声が聞こえたとたん、レオニーの心臓が高鳴った。女たちが扉を開き、レオニーは室内に足を踏み入れた。宦官長がこうべを垂れて廻廊に消え、扉が閉まった。

豪奢な長いすに、アスガルがこちらを向いて横たわっていた。ターバンはつけておらず、薄黄色のカフタンの胸元に赤い首飾りが垂れていた。

アスガルが昨日のことをなにか言うかと思ったが、なにも言いはしなかった。

レオニーは、胸に光る首飾りを見ないようにしながら口を開いた。

「今日はベルキネスから運んできたぶどう酒を持ってまいりました。もっともおいしいと言われている年のものです。お飲みになりますか？」

「もらおう」

レオニーは卓の上に置かれた金杯をつかんでぶどう酒を注ぎ、アスガルに差しだした。

アスガルが金杯を受け取った。磨き抜かれた鏡のような瞳がレオニーを反射する。

レオニーは表情を変えなかった。沈黙がおりた。

ずいぶん長い間、アスガルはレオニーを見つめていた。レオニーもアスガルを見つめ返した。自分の鼓動が耳まで届き、室内の空気が張りつめる。

銀色の目には、彼女の嘘が映っていた。

アスガルは、レオニーの偽りに気づいている。彼の沈黙がそのあかしだ。

きっとアスガルは金杯を投げつけ、衛兵に命じて彼女を海の底に沈めるだろう。自分は魚のえさとなり、養父の笑顔を見ることもない。

レオニーはそう思った。そして、こころのどこかでそれを望んでいた。

アスガルがレオニーを苦しみから解放してくれることを。

養父とアスガルの間で揺れ動く自分の気持ちを、強引におわらせてくれることを。

やがて、アスガルは、なにも言わず金杯に口をつけた。

彼が金杯を傾けたとき——。

「飲まないで！」

レオニーは金杯を彼の手からはじき落とした。金杯が転がり絨毯に赤いしみが広がった。

アスガルがレオニーに目を向けた。二人の視線が絡まった。

レオニーは唇をわななかせ、なにか言おうとしたがなにも出てこなかった。

熱い気持ちが胸からこみ上げ、息がつまる。この気持ち。

こんなにも激しく、こんなにも苦しく、こんなにも切ない。

この気持ちは恋ではない。この痛みは、やがて消える閃光ではない。

アスガルが、レオニーの胸元に手を伸ばして小さな短剣を探りあて、ゆっくりと取り出した。短剣を見て、レオニーを見る。

「おれを殺して、おまえも死ぬ気だったのか？」

アスガルがおだやかな口調で訊くと、レオニーの目尻に涙が浮いた。

「ちがいます……、わたしは……」

「おれを殺したいと言うなら、そうすればいい。おれは交流のためにやってきたベルキネス皇女の純潔《じゅんけつ》を奪い、いいように弄んだ。いくらスルタンとて許されることではない。それだけで、おまえが赦《しゃ》を得るには充分だろう」

視界がぼやけ、アスガルが見えなくなる。いま彼はどんな表情をしているだろう？　怒りだろうか。憎しみだろうか。それとも……。

だが、見なくてもわかっていた。彼の中にあるのは、彼女が惹かれた寂しさと優しさだ。

「おれが死ねば、次のスルタンはミールザーだ。あいつはおまえのことが気に入っている。ミールザーのところへ行け。おまえにはあいつがお似合いだ」

昼間、ミールザーと話していたときレオニーをとらえた視線。

あれは、やはりアスガルのものだったのだ。

レオニーの中から押し迫るような感情があふれ出た。彼女のこころを焦がすこの気持ち。

もう目をそらすことはできない。

レオニーは震える言葉を絞り出した。

「どうしてそのようなことをおっしゃるのですか……」

すがるような双眸ににじむのは、恋ではなかった。いままで誰に対しても感じたことのない想い。レオニーの中にあるのは、アスガルのことだけだ。

レオニーは苦しみのこもった声で言った。

「わたしはミールザーさまと一緒にいたいわけではありません。あなたといたいのです。あなたを……愛しています！」

大粒の水滴がレオニーの頬をすべりおりた。

それは愛の涙だった。

彼が愛しくてたまらない。彼にカナリアを贈られたときから。優しくふれられたときから。砂漠で彼の吐息を感じたときから。彼のぬくもりに包まれたときから。気づいたときには、もう彼を愛していた。こんなにも深く、激しく――。

許されない気持ちだとわかってはいるが、これ以上自分を騙すことはできなかった。

アスガルは短剣を近くの卓に置くと、レオニーの手を持ち上げ、指先に温かな接吻をした。レオニーが手を引きかけると彼女の指をつかみ、これまでにないほど優しい瞳でレオニーを見返した。

「知っている」

レオニーはつかの間返事を失った。なんと答えていいかわからず、しばらく彼を見ていたが、やがて涙の混ざった声を出した。

「知っているなら、なぜ……」

「おまえからその言葉が聞きたかったんだ」

アスガルが、筋張った指をレオニーに伸ばした。愛を告白した彼女の頬をゆっくりとなでていく。アスガルの顔が近づき、唇が重なった。

レオニーが静かに目を閉じると、涙がちぎれた。

自分に課せられた使命を忘れたわけでは決してない。自分の手に養父の命がかかっているることも、アスガルを選ぶわけにはいかないこともわかっている。

だが、そう考えたとたん、養父の声がはっきりと耳に響きわたった。——愛する者ができたら、迷わずその男の胸に飛び込むがいい。

こころの底から愛する者ができたら……。

お養父さま……、とレオニーはこころの中で呼びかけた。

わたしは、彼を愛してしまいました。これから、どうすればいいのですか？

レオニーが苦痛をこらえきれずにいると、アスガルが唇を重ねたまま、ささやくように言った。

「おれに抱いてほしいか？」

唇の表層が言葉にあわせてくすぐられると、快い官能が訪れた。

レオニーは消え入りそうな声で答えた。

「はい……」

「なら、おまえから舌を入れろ」

レオニーはそろそろと舌を伸ばし、彼の口に忍び込ませた。舌先がふれたとたん、アスガルの舌が奥に引っ込み、レオニーはすぐさまあとを追った。

顔をねじって深く舌を差し入れ、アスガルの舌を絡め取る。

アスガルがレオニーから逃れようとし、レオニーは彼をつかまえようとした。

「ンン……、ふ……」

舌が絡まり合うと快い愉悦が背骨を通じて駆け上がり、小さな声がもれていく。悲しみが深ければ深いほど欲望は増し、涙が一滴こぼれたが、アスガルが舌をうごめかせレオニーに応えると、なにも考えることができなくなった。

濃厚な接吻は長くつづき、レオニーはいずれおわる一瞬に酔いしれた。

「ああ……」

合わさった唇から、ねっとりとしたうねりがもたらされると、心地よいしびれが全身を震わせた。早くも自分が快楽の高まりを得たのかと思うと、たまらない羞恥に襲われた。

それでも、接吻をやめることはできず、アスガルが体を離そうとすると、慌てて彼の首を引きよせた。

アスガルがレオニーの膝の裏に手を入れて軽々と抱えあげ、部屋の中央にある寝台に連れて行った。レオニーの体を慎重に横たえ、仰向けになった彼女にもう一度接吻する。

アスガルが、唇を離してカフタンを脱いだ。引き締まった裸体が灯火のもとにさらされると、レオニーはいまさらながら驚嘆《きょうたん》した。

彼の胸では、鈍い紅玉が、彼女をつらい現実に引き戻そうとするように揺らいでいる。

レオニーは紅玉の光から目をそらした。

「自分で脱げ」

アスガルに命じられ、レオニーは操られるように薄いドレスに手をかけた。自分から衣を取っていくと、これまでにない恥じらいに満たされる。いつもと同じ裸身のはずなのにいつもとは違う気がして頬が紅潮した。

「震えているな。おれが恐いか？」

アスガルがどこか不安げな口調で言い、レオニーはすぐ答えた。

「緊張してしまって……」

「おれもおまえのそばにいると緊張する」

アスガルの言葉を聞き、思わず耳を疑った。

「嘘です……！」

「嘘じゃない」

アスガルがレオニーの手をつかみ、自分の胸にあてがった。

すると、高鳴った鼓動が手のひらを通じて感じ取れた。たしかに彼の言うとおりだ。

彼はいつもこうだったのだろうか？　レオニーが気づかなかっただけで。

アスガルが仰向けになったレオニーにぴったりと体を重ねた。肌がすきまなく合わさると深い愛情がこみ上げ、心地よい熱が体だけでなくこころをも温めた。

レオニーは安らかな安堵をおぼえたが、苦しみも感じていた。いまはなにも考えまいと思い、彼を抱く手に力を込める。

せめてこの一瞬だけは使命を忘れて、自分の思うままに彼を愛していたい。

いまだけは、なににも縛られず彼の愛に溺れていたい。

たとえ彼が「レオニー」を愛していなくても。

彼が見ているのが、マルスリーヌだったとしても——。

こんな時間はたちまちすぎさってしまうのだから。

苦しい現実に立ち戻らねばならないときがすぐにやってくるのだから。

養父かアスガルか、どちらかを選ばなければいけないときが。

アスガルの唇がレオニーの唇を軽くとらえたあと、ふれるかふれないかの距離で頬をなぞりながら耳元に移動した。

温かい息が吹きかかると、くすぐったさがやって来て、レオニーは身をよじった。

「ンふぅ……」

アスガルが舌を尖らせて耳に差し入れ、裏側から耳朶にいたるまで入念になめこんだ。

喉もとから鎖骨、さらに下方にいくと、やわらかなふくらみが彼の到来を待っていた。

アスガルは、ふくらみを包み込むように持ち上げながら丁寧に揉み込んだ。硬くなった先端を口内に含んで吸い上げ、反対の胸は手のひらで絞りながら先端を指先でこすりあげる。

「あぁ……、アスガル……」

レオニーが悩ましい声をあげると、アスガルが尖りから顔を離し、レオニーの目をのぞき込んだ。

「この最中に、おれの名を呼んだのははじめてだな」

「……そうでしょうか」

「ああ」

レオニーは不思議な気がして、胸の尖りをしゃぶっている彼を見返した。

「そんな些細なことをおぼえてらっしゃるんですか？」

「おまえのことならなんだっておぼえている」

アスガルが、レオニーの膝に手をかけて腰を持ち上げた。大腿を極限まで開かせ、秘めやかな部位を調べていく。太陽にさらされることのないそこは、体の中でもっとも白く、赤い紫の刻印が花のように散っていた。淫らな花は秘部に近づくにつれて多さを増し、片脚のつけ根には紫に変じたあとがくっきりと刻み込まれている。

アスガルが見ているのは彼女の内股で、秘部ではなかったが、アスガルの吐息がかかり、彼の気配を下腹に感じると、いやらしい快楽が芽吹き、中心から蜜が流れた。

アスガルは丁寧にレオニーの下腹を調べまわったあと、彼女の脚を寝台に戻した。

「ほかの男にさわられた様子はないようだな」

「当たり前です……！」

レオニーが恥じらいと同時に言うと、寝台に座り込んだアスガルが背後からレオニーを抱きしめて、彼女のしなやかな上体を起こした。

「おれがいやになったか？　いいかげん嫉妬深くてうんざりだろう」

「……嫉妬なさってるんですか」

「ほかになにがある？」

「なにというわけではありませんが……。嫉妬深いのはわたしを少しでも気にかけてくださっている証拠です。言葉をかけていただけないより、ずっと幸せです」

アスガルが、花の香りをにじませたうなじにちろちろと舌を這わせた。

「ミールザーはおまえが抱きたくて仕方ないという顔をしていたぞ。ミールザーだけじゃない。ハレムにいる宦官も女たちも、おまえばかり見つめている」

「わたしを見るのは、外国人だからです。それに……、どれだけ見たところで相手は宦官や女性なのですから、どうなるものでもありません」

アスガルの唇が下方に移り、背骨をとらえた。その瞬間、レオニーの体が跳ね上がった。

「おまえはなにも知らんのだな」

「少なくともミールザーさまはわたしのことなどなんとも思っていらっしゃいません」

ミールザーの名を口にしたとたん、アスガルが繊細な尖りを二本の指でつまみ上げた。

「あンッ！」

「おれの前でミールザーの名は呼ぶな」

「すみません……」

アスガルの指が突如優しいものになり、目のくらむような愛撫へと移り変わる。苦痛のあとの欲望は淫らな部位を焼きつくし、中心に甘美な熱情をもたらした。

レオニーは首をすくめてアスガルの様子をうかがい、そろそろと口を開いた。

「どうしてミールザーさまのこととなると、そうお怒りになるのですか?」

「あいつの悪癖のことはおまえだって知っているだろう」

アスガルがどこかすねたような口調で言い、レオニーは戸惑った。

「それはうかがいましたが……、わたしが愛しているのはあなただけです。相手が誰であろうと、わたしのこころを変えることは不可能です」

アスガルは、レオニーの中にひそむ真実を探りあてたように胸をこねる指に力を込め、背骨に唇を這わせていった。

背中はあまり愛されたことのない場所だ。改めて吸われ、歯を立てられ、舌先でくすぐられると、こらえがたい悦楽が込み上げ腰が何度も引きつった。

「これまで、ここはあまり可愛がってやらなかったな」

アスガルは蜂のようなくびれを味わいつくしたあと、舌先で下方から上方へと一直線になめあげた。指先で胸の尖りをうごめかせながら、また顔をおろしていくと、寝台に座ったところにまで行き着いた。

秘めやかなくぼみは、秘部とは異なる動きですぼまってはひくつき、レオニーはアスガルの舌を感じて甘やかな息を吐いた。

アスガルは、くぼみに指をあてがい縁をひととおりなぞってから、浅い部分で指先を出し入れした。レオニーの秘部が待ちきれないというようにうごめくと、指を前方に滑らせて、透明な蜜で光る秘裂をこすりあげた。指先が弦楽器を奏でるように秘裂の表層ではね回ると、レオニーの情欲が刺激され、秘部が収縮を繰り返した。

「ン……、ふはぁ……」

「あいかわらずもう男を求めているぞ。おれはおまえのここが好きなんだ」

レオニーはわずかに目を開き、鼓動が耳を打った。

「ふだん見せないところだからな。好きなのは当然だ」

レオニーはしばし口を閉ざしたあと、ためらうような声を出した。

「そこだけですか……？」

アスガルはなにも言わなかった。代わりに、彼女に接吻してひととおり口内をなぶりつくした。

レオニーは小さな苦痛をおぼえた。自分は彼を愛していると言ったが、まだ彼からはどんな言葉も聞かされていない。マルスリーヌにこころ惹かれてハレムに受け入れることを承諾したと言うが、それはどれだけの気持ちなのか。

彼は、いまここにいるレオニーをどう思っているのだろう。

たとえマルスリーヌでなかったとしても、レオニーはいま愛の言葉が聞きたかった。

その言葉を聞くことができるのは、レオニーだけなのだから。彼が違う誰かに告白していたとしても、それを受け止めるのは、彼の目の前にいる女なのだから。

アスガルは、レオニーのこころのうちに気づいた様子もなく、接吻をおえると細い腰を持ち上げ、寝台に膝を立てさせた。

「今日はなにを……」

「おまえのここが好きだと言ったろう」

アスガルが仰向けになって、レオニーの脚の間に頭を滑り込ませた。

膝を立てて脚を開いたレオニーの真下に、アスガルの顔がある。

アスガルは、面白そうな笑みを浮かべて、すぐ上にあるレオニーの秘部を眺めた。

「アスガル……！」

アスガルの顔をまたぐ格好になったレオニーは、彼から逃れようとしたが、アスガルはしっかりと彼女の脚を押さえこんでいる。大きく内股を開いているため、ほころんだ内部までもが彼の前にさらされた。

「こんな格好だめですっ」

「やってみれば、だめじゃないことがわかるさ」

アスガルは、レオニーの言葉を聞かず、頭を上げてレオニーの秘部に顔をうずめた。

「うふぅんっ……！」

めまいのするような官能が下腹から浸透した。秘裂全体が唇で愛撫されると、いやらしい音が室内に響きわたる。アスガルは蜜を飲んでいるのかと思うほどの勢いで、熱のこもった部位を吸い上げ、執拗になめていった。

自分のすぐ下にアスガルの顔があると思うとあまりに恥ずかしく、彼の唇がうごめくたびに細い腰が跳ね上がったが、悦楽は果てしなくレオニーを魅了し、淫らな姿勢であればあるほど悦びは増していった。

「こんな……はしたない……、ンぁぁ……ッ」

レオニーが息もたえだえに言うと、アスガルは彼女の中心を指で探りながら答えた。

「そのわりに、いつもよりたっぷり濡れているじゃないか。これはなんだ？」

アスガルが、指にまとわりついた粘液をレオニーに見せつけた。

そこには、これまでとは違う白い蜜がついていた。レオニーが恥じらいで顔を赤く染めると、アスガルは白濁した蜜を彼女の胸の先端にこすりつけた。

「腰をおろせ」

ふいにアスガルが言い、レオニーは驚いた。

「そんなことできません……」

「このままでいいのか？　もっとしてほしいんだろう？」

アスガルが冷たさを帯びた口調になったが、その中に優しさが含まれていることにレオニーは気づいていた。レオニーは下唇を強く噛み、ゆっくり腰をおろしていった。

「ふう……、ンンん……」

遅々とした動きだったが、アスガルの顔に到達するのに時間はかからず、彼の吐息を感じたときにはわずかに腰が浮き上がった。

ふたたび下方におりていくと、うごめく秘部がアスガルの唇に押し当てられる。

アスガルはしばし動かなかったが、やがて口を大きく開いて彼女の秘部を甘噛みした。

「ンッ……、あぁンッ……！」

自分の体重が、アスガルの唇を圧迫する。少しでも気を抜くと、彼の上に座り込んでしまいそうだ。レオニーはたまらない情欲に溺れながら、懸命に下肢に力を込めた。

「ふつうにするより、おまえのここがよく見える。鏡があれば、おまえにも見せてやれるんだがな」

「そんなもの、いりません……」

アスガルが、歯を立てて秘部をこそぐと、快楽のしぶきが高く上がる。レオニーはいつのまにか腰を揺らめかせ、自分から彼を求めていた。

「ンふう……、ンあ……」

彼女の律動にあわせて舌先が秘裂をなぞると、途方もない快感が体中を行き交った。舌が中心をとらえたとたん、熟れた秘部が彼の部位とまちがえたようにゆるまり、彼をいざなおうとした。

レオニーは、何度かその部分で腰を上下させたあと、また前後に揺らめかせた。アスガルが乳房を揉み込み、尖りを指で転がすと、たえることができなくなった。

レオニーはとうとう膝の力を失い、前のめりに倒れ込んだ。

「うぅン……、あぁッ……」

灼熱の圧迫を感じて顔を横合いに向けると、そこには熱くたぎる男の部位が天を貫くようにそそり立っている。レオニーは吸い寄せられるように手をあてがい、太い杭を丹念になめはじめた。

「よほどそれが気に入ったようだな」

アスガルが意地悪げな口調で言ったが、先端を口に含んだレオニーは切なそうに眉を寄せただけで、声を出すことができなかった。

アスガルは、浮き上がったレオニーの腰をつかんで下方におろし、ふたたび秘部をなめはじめた。

「くふぅ……！」

レオニーは下腹からこみ上げる熱情にたえきれず、先端を口にとらえたまま荒い息を繰り返したが、彼女が動きを止めるとアスガルも同じように動きを止め、レオニーが吸い上げると、アスガルの舌もうごめいた。

張り出した部位に舌を這わせ、先端の割れ目をくすぐり、杭の部分をついばんでいく。顔をねじって唇で挟み、強く吸い上げると、アスガルがご褒美だと言うように、強く突起にしゃぶりついた。

「もうだめ……っ。これ以上できません……！　あ……、あぁっ……」

レオニーは熱い愉悦にたえきれなくなって、口から彼を吐き出し激しく身もだえした。

アスガルが淫らに揺らめく腰をしっかりと押さえて突起を転がし、強く弱く吸っていった。

アスガルが、突起を大きくなめおろした瞬間、レオニーの中に光芒《こうぼう》が放たれ、彼女は背中を反り上がらせた。

「あぁぁッ……」

めくるめく光が、体中を行き来する。レオニーはとろけるような余韻に浸り、大きく息を吐き出した。だが、まだこれからだ。自分は、満足していない。

アスガルが、上体を起こしてレオニーのあごを自分に向けた。

「おれがほしいか?」

「はい……、とても……」

そう言った自分の言葉がずいぶんはしたないものだとすぐ気づき、レオニーは羞恥をおぼえたが、アスガルは気にせず寝台の横にある卓に手を伸ばし引き出しを開いた。

レオニーの体がびくりと震えた。

「な……、なにを……」

「大丈夫だ。昨日とはちがう」

アスガルが手にしていたのは、絹でできた紫色の細いリボンだった。アスガルがレオニーに右手を差しだし、レオニーはそろそろと指を乗せた。

「右足もだ」

レオニーは少し悩み、寝台から起きあがって右足を折りまげた。

「痛かったら言えよ」

アスガルは、絹のリボンでレオニーの右手首と右足首をしっかりと結びつけた。痛くはなかったが、縛られた手足はどう動かしても離れず、膝を曲げた足首に右手が固定されているため、ひくついた秘部がはっきりとアスガルの前にさらされた。

アスガルはそれだけでは満足せず、リボンの反対の端を寝台の柱の上部にしっかりとくくりつけた。リボンがぴんと張りつめ、片脚が意思に反して持ち上がる。

秘部が淫らにうごめいているのが、自分でもはっきりとわかった。

アスガルは、いやらしい格好をしたレオニーを細部に至るまで眺めまわした。銀色の視線があらゆる部分を這いつたうと、淫蕩な熱がすみずみにまでしみ渡る。

視線だけでレオニーは到達しそうになり、喉の奥からなまめかしい声をもらした。

「ン……、あぁ……」

アスガルが体を近づけると、下腹が簡単にレオニーの両脚の間に入り込んだ。さきほど恥ずかしい格好をさせられたばかりなのに、新たに違う姿勢になると、べつの恥じらいがやってきた。

「いやか?」

アスガルの言葉を聞き、レオニーはしばし沈黙したが、やがてゆっくり口を開いた。

「いやでは……ありません……」

アスガルが、白い膝に接吻し、つま先から大腿まで手のひらでゆっくりなぞっていった。

妖美な感覚は、歓喜を得たばかりのレオニーをふたたび燃え上がらせ、体が開かれれば開かれるほど、たゆたうような心地よい享楽がもたらされた。

愛に満ちた秘めごとは、どのような行為をも許し、レオニーは安らぎとも言える退廃の中で淫猥な悦びをおぼえた。

「おれを見るんだ、レオニー」

アスガルに名を呼ばれ、レオニーは切ない視線で彼を見た。彼に縛られ、強引に彼のものにされる感じ。それがたとえようもなく快く、切なく、また苦しい——。

もっと名前を呼んでほしい、とレオニーは思った。彼の口から。彼の言葉で。自分に向かって。

だが、そう思った瞬間、苦痛がこころを震わせた。彼に見つめられると、胸がいっぱいになり息ができない。

レオニーは、彼から目をそらし、静かに口を開いた。

「そろそろ戴冠式です」

「それがどうした」

「あなたとは……、お別れです」

アスガルはしばしレオニーを見つめたあと、猛り狂った自分のものをレオニーのなかに突き入れた。激しい衝動が下腹を襲い、秘部が強くすぼまった。脇にあるクッションをつかもうとすると、リボンのついた脚が伸び、内股がいっそう大きく開かれる。

それはさらに行為を容易なものにし、彼女の秘部にいつもとは異なる官能をもたらした。

「おまえは、おれから離れたいのか？　愛していると言ったのは、かりそめか」

アスガルが激しくうがつと焦熱が体を焼き尽くし、腰が砕けそうなほどの快楽が全身に流れ込む。こんな恥ずかしい格好をさせられて、誰にも見せないところをあらわにして、かりそめということがあるだろうか。

「かりそめではありません……。本心です。あなたを愛しています……、ふぅンッ」

これは使命のためについた嘘ではない。自分はアスガルを愛している。

荒々しい言葉も、ときおり見せる冷酷なまなざしも、彼の中にある悲しみも、孤独も、弱さも、すべて愛している。彼がいなければ、もう生きていられない。

だが、どちらにしろ、自分に待ち受けているのは虚無《きょむ》の死だ。そのときのために、この一瞬を刻みつけておこう。彼の接吻を。彼の愛撫を。彼の言葉を。彼のすべてを。

決して消えない永遠のしるしとして――。

「だったら、そんな悲しそうな顔はするな」

アスガルが、レオニーを間近で見て言った。

「おれはこの先おまえを悲しませることはしない。昨日は泣かせてしまったがな」

レオニーは、まっすぐに彼を見返した。偽りのない瞳が彼女をとらえると、胸がつまり息ができなくなってきた。レオニーは、何度か深呼吸し震える声を出した。

「いまわたしはあなたを愛していると言いました……。この言葉に偽りはありません」

こんなことを言ってはならない。口にしてはならない。だが、もうたえられない。

「ですが……、わたしはあなたに嘘をついています」

「女は嘘をつくものだ。それに、おれもおまえに嘘をついている」

アスガルが抜き差ししながら言い、レオニーは苦しげな目で彼をとらえた。

「そういうのとは……、ちがいます。ンあぁ……」

「それ以上言うな。おれのそばにいれば、なにもかもうまくいく」

本当にこのまま永遠に一緒にいられればどんなにいいか。ずっと彼の腕の中で。彼に守られて。彼の言葉だけを聞き、彼の声に耳を傾け、接吻される。

そんな甘美な時間がおわることなくつづけば、どれだけ幸せだろう。

だが、自分にそんな幸せは許されない。愛が叶うことはなく、それどころか使命を果たせば彼を傷つけることになり、果たさなければ養父がどうなるかわからない。

もし彼女がアスガルに、彼の持っている帝王の石をほしいと言ったなら――。

もしかすると彼はレオニーに渡してくれるかもしれない。彼から愛しているという言葉を聞いたことはなかったが、彼女の望みはすべて受け入れてくれる気がする。

だが、彼にねだって帝王の石を手に入れることは、奪う以上の裏切りだ。

レオニーはこれ以上彼の信頼を裏切ることはできなかった。

「なにがあろうと、わたしがここにいるのは戴冠式までです。そのあとは……、あなたに会うこともないでしょう」

「離さないと言ったのが、どういう意味かわからんのか？」

「意味……？」

アスガルが深くうがちながら、レオニーに言った。

「戴冠式がおわってから、おれはおまえと結婚する。おまえはカッファーンの皇妃になるんだ」

レオニーは大きく目を開き、全身をこわばらせた。

「ご冗談を……」

「おれは本気だ。おまえをおれの皇妃にする。ベルキネスでの戴冠式がおわれば詔勅《しょうちょく》を出し、正式な妻としてハレムに迎え入れる」

アスガルが彼女の答えを急かすように奥底に突き入れると、わななくような快感が訪れ、鮮やかな情熱がこみ上げた。細いリボンはアスガルの嫉妬心をあらわすようで、彼女を締め付け、拘束し、自由が奪われると、レオニーはこころの底から深く彼を愛していることを痛切に思い知らされた。

レオニーは息を整え、あえぎ声とともに言った。

「いつからそんなことを考えていらっしゃったのですか……、ンン……」

「おまえがハレムに来たときから。そうでなければ、いくらおれとてこんなことはせん」

「カッファーンのスルタンは、結婚しないと聞きました。ですので、皇妃はむりです」

「むりかどうかはおれが判断する。スルタンに逆らうことができる者などいはしない」

アスガルがレオニーを抱く手に力を込めた。彼の胸に下がった首飾りが、レオニーの前で光っている。手を伸ばせば届く位置に。

「結婚式がおわれば、おまえは本当におれのものだ」

アスガルが荒々しくレオニーを刺し貫いた。淫猥な情熱が、のぼりつめてはおりていく。下腹が激しくうがたれた瞬間、レオニーの背中を真っ白な炎が行き交い、同時にアスガルが彼女の内部に生気を吹き入れた。

レオニーの体がけいれんし、腰が何度も跳ね上がる。体中が火照り、波打った。

ずいぶん経ってから、アスガルがレオニーを縛っていたリボンをほどき、彼女の指先に接吻した。

「おれと結婚してほしい」

レオニーは、偽りのないまなざしを見て、言葉を失い口を閉ざした。自分の表層には悲しみが満ちあふれているが、こころの奥底には喜びがにじんでいる。

そして、喜びを感じている自分に気づくと、途方もない罪悪感に苛まれた。

レオニーは胸にこみ上げる悲しみを抑え、消え入るような声を出した。

「少し……考えさせてください。そう簡単に答えが出せるものではありません」

おまえの答えなど必要ない、――レオニーはてっきりアスガルがそう言うと思った。

だが、アスガルはレオニーの言葉を聞き、

「わかった」

とだけ言った。

第六章　麗しき宮廷で選ばれた花嫁は？

翌日、まだ太陽が昇りきらないころに侍女がやってきて、天候の様子から急遽《きゅうきょ》、ベルキネスに出立することが決まったと告げた。

アスガルの姿はすでになく、レオニーは、すぐさま自分の部屋に戻り、侍女たちの手で簡単に沐浴《もくよく》をすませ、壮麗なドレスを着せられた。

何日も前に出立の準備が整えられていたため、昼過ぎにはもう船上にいた。アスガルとは違う船だ。レオニーは寂しさをおぼえたが、一人で考えるいい機会だった。

だが、なにを考えればいいのだろう。アスガルの求婚のこと。帝王の石のこと。養父のこと。これからのこと――。

まだこの手に宝玉はなかったが、アスガルがいまも首にかけていることはまちがいない。

アスガルの求婚は、考えてもみないことだった。自分がスルタンと結婚するなど、いくらなんでもありえない。だが、彼の言葉に偽りはなかった。

レオニーがハレムに来たときからということは、彼がいまだ目の前にいる女をマルスリーヌだと考えていることを意味している。謝肉祭でマルスリーヌを見初めたときに、アスガルはすでに彼女を手に入れるつもりだったのだ。

わかってはいたが、改めてそのことを実感すると、胸が引き裂かれそうだった。

そのアスガルをいま自分は裏切ろうとしている。

そして、レオニーはまだそのことに迷っていた。

養父に育てられた十二年はレオニーにとってかけがえのない日々で、アスガルのぬくもりに包まれた一瞬は永遠にも等しかった。どちらもレオニーにとっては大切な思い出だ。

海原の果てで陽が昇り、朝が来て、また日が沈み、あたりが闇に包まれる。レオニーは太陽が出ている間ずっと海を見ていたが、どんな結論も導き出すことはできなかった。

このままベルキネスにつかなければいいのにというレオニーの願いとは裏腹に、予定より早く懐かしい港が見えた。

もうずいぶん長い間、故郷を離れていた気がする。

お養父さまに会いたい……、とレオニーは思った。お養父さまに会って、自分がどうすべきか訊いてみたい。お養父さまなら、納得のいく答えを出してくれるはずだ。

だが、養父がどんな言葉を口にするか、レオニーにはすでにわかっていた。

船が港につき錨《いかり》がおろされると、ラッパが吹き鳴らされた。

太鼓《たいこ》、トランペット、角笛《つのぶえ》をはじめ、あらゆる楽器が歓迎の音楽を奏であげる。

港には、宮廷からの出迎えが待ち受け、それ以外にも大勢の民人が集まっていた。

アスガルが姿をあらわすと、熱狂的な歓声があがった。ほとんどは女たちの叫び声だ。

アスガルは、長い船旅で疲れ切っているはずなのにどこにも疲労の色はなく、いつも以上に輝いていた。悠然と船をおろて行くと、端麗な容貌をした若い男が近づいた。

ゲント公爵だ。

レオニーは遠くからゲント公爵を眺めた。彼はあんな顔をしていたろうか。アスガルに会う前は騎士らしい威厳にあふれていた気がするのに、いまはなにもかもかすんで見える。

自分はゲント公爵の信頼を裏切ってしまった。あれほど養父とレオニーのことを気遣ってくれたのに、いまだ彼の期待に応えられないでいる。

戴冠式はすぐそこだ。そして、ここはすでにベルキネスだ。迷っている場合ではない。

そう思うのに、決められない。自分がなにをすべきなのか。

どうすれば、アスガルと養父をともに救うことができるのか。

レオニーが船をおりると、すぐさまベルキネスの近衛兵に囲まれた。

「マルスリーヌ皇女殿下、どうぞこちらへおこしください」

近衛兵たちは、レオニーを馬車に導き、ベルキネス王宮に連れて行った。

＊

ベルキネス王宮は、どこもかしこも大理石で作られていた。壁や天井には狩猟の様子や楽園が描かれ、廻廊には神話に出てくる女神像が飾られている。

久しぶりに王宮の門をくぐったレオニーは、近衛兵のあとについて長い廻廊を渡って行った。船旅の疲れが体中にのしかかる。まだ体が揺れているようだ。

もっとも、憔悴《しょうすい》しきっているのは、慣れない船のせいではない。

近衛兵が足を止め、目の前にある扉に向かって声をかけた。

「マルスリーヌ皇女殿下をお連れしました」

「お通ししなさい」

言葉と同時に近衛兵が扉を開き、レオニーの胸が勢いよく高鳴った。こめかみが締め付けられるように痛んだが、近衛兵が頭を下げると、思いきって室内に足を踏み入れた。

部屋の奥にある窓の前に、女が立っていた。

女はレオニーに背を向けていたが、すでに誰かはわかっていた。女官長だ。

「これはこれは、ずいぶん美しい装いですこと。まるで本当の皇女のようですわ」

女官長は振り返って目を細め、皮肉を含んだ声音で言った。

「お久しぶりでございます」

レオニーが丁寧に会釈すると、女官長が眉をつり上げた。

「豪華な衣装を着せてもらって、贅沢《ぜいたく》な暮らしをして、本当に自分が皇女になった気でいるのではないでしょうね」

「そのようなつもりは……」

「あなたには帝王の石を奪えと命じたはずです。なのに、カッファーンに忍び込ませた間《かん》諜《ちょう》の報告では、ハレムで遊び暮らしているそうではありませんか」

女官長が射抜くような目でレオニーを見すえ、レオニーはまつげを伏せた。

「カッファーンのスルタンは、どのような美女もあらがえない美貌を誇っているそうな。まさかあなたも、スルタンにこころを奪われたわけではないでしょうね」

「そのようなことはございません……。自分の使命は心得ております」

レオニーが消え入りそうな声で言うと、女官長が鼻を鳴らした。

「そのわりにはずいぶんのんきですこと。ジュストさまの帝位が危ぶまれているときに、遊びほうけているなんて」

レオニーは唇をかみしめたが、どんな反論もできなかった。

女官長の言うことはもっともだ。たとえ遊びほうけていなかったとしても、アスガルにこころを奪われたことは事実なのだから。

帝王の石がどこにあるか知りながら、奪うことができないでいるのだから。

レオニーが口を閉ざしていると、女官長がささくれ立った声を出した。

「どうやらあなたは自分の置かれた立場がわかっていないようですね。自分に課せられた使命を娘が忘れ果てたとなれば、あなたの大切なお養父さまがなんとお思いになるかしら」

レオニーは伏し目がちに口を開いた。

「いま養父に会うことはできますか?」

「それは使命を果たしたあとです。不用意に外へ出て、誰かに見られては困りますから」

たえがたい沈黙が広がった。ずいぶん経ってから、女官長が訊いた。

「帝王の石はどこにあるのですか。まだ手に入れていないと言うなら……」

「帝王の石はございます」

レオニーはとうとう言った。苦しみが彼女を責め苛んだが、ほかの言葉を探し出すことはできなかった。

「いったいどこにっ?」

女官長が目を見開き、上体を乗り出した。

「いまここにはありません。ですが、戴冠式までには必ず手に入れますので、もう少しだけお待ちください」

＊＊＊

レオニーが案内されたのは、マルスリーヌがふだん使っている部屋だった。ここに来るのははじめてだったが、思ったとおりどこもかしこも薔薇の意匠《いしょう》であふれていた。

マルスリーヌはこの中のどの華より美しい。どこにいても色あせることはなく、みなのこころをとりこにする。アスガルと彼女が並べば、きっとすばらしい一対になるだろう。

彼にふさわしいのは、真の華だ。偽りの造花ではなく。

本物の皇女を見れば、アスガルはすぐレオニーが謝肉祭で惹かれた女とは違うことに気づくにちがいない。だが、当のマルスリーヌは、ゲント公爵との仲がささやかれている。マルスリーヌがアスガルにこころを奪われることはないはずだ。

それが、いまのレオニーにとってはわずかな救いだった。

レオニーは長いすに腰をおろし、迫り来る痛みをこらえた。

こんな場合にもかかわらず、自分はまだマルスリーヌのことを気に病んでいる。アスガルがマルスリーヌを愛し、マルスリーヌもアスガルを愛した場合のことを。

だが、マルスリーヌがアスガルを拒絶すれば、相手は皇女なのだから、どれだけアスガルが望んだとしても結婚することはできないはずだ。

なにをばかなことを、とレオニーは自分を叱りつけた。いまは、そんなことを考えているときではない。戴冠式は数日後で、それまでになんとしても帝王の石を手に入れなければならないのだから。

女官長にああ言った以上、すぐにも策を講じる必要があった。これからさき、どんな言い訳も許されない。そもそも言い訳をして解決できることではなかった。

さきほど帝王の石は存在しなかったと答えていたとしても、あの女官長のことだ。すぐレオニーの嘘に気づいたろう。それに、ああ言わなければ、レオニーの目の前で養父の命が絶たれることも考えられた。

どちらにせよ、いま養父の命は危機に直面している。

そして、アスガルのスルタンの座も……。

苦しみで胸が押しつぶされそうだ。ハレムに行くことが決まったときは、アスガルにこころを奪われるはずがないと思っていたのに、こんなことになるなんて。

そもそも自分は誰も愛することはないと考えていた。そんな気持ちは自分の中にはないのだと。

だが、これまで誰も愛さなかったのは、出会っていなかったからにすぎない。

そして、出会ってしまった。こんなにも不運な形で。

レオニーは唇を固く結んだ。嘆いていても仕方ない。なにをどうすべきか考えねば。

けれど、なにをどう考えていいかわからなかった。

レオニーが、こころに広がる迷いを整理しようとしたとき、扉の向こうから声がした。

「マルスリーヌ皇女殿下、スルタン陛下がお呼びです」

レオニーは扉に目を向け、いすからゆっくり立ち上がった。

アスガルが、いったいなんの用だろう。まさか自分がマルスリーヌではないことに気づいたとか？　けれど、彼はまだマルスリーヌには会っていないだろうし、ベルキネスに来たからといって、すぐに悟られることはないはずだ。

震える手で扉を開くとカッファーンの近衛兵が立ち、レオニーを見て黙礼した。近衛兵は恭しい動作で彼女に背を向け、レオニーはそのあとにつづいた。

緊張でこめかみがうずき、指先が冷たくなる。薄暗い廻廊に歩を進めるたび、絶望の闇に向かっている気がした。

これからいったいどうすべきか、まだ決心はついていなかった。

養父は、「わたしのことなど考えるな」と言ったが、その言葉があるからこそ、――養父が本当にレオニーのことを思ってくれているからこそ、自分は養父のためになすべきことをしなければならない。

養父の命を救わなければならないと誓うとアスガルへの愛がこぼれ、アスガルにこころが傾くと自分への憎しみがわき上がる。どちらを取っても後悔する。

けれど、どちらかを犠牲にし、どちらかを取らなければならない。

皇妃にすると言ったアスガルの言葉がよみがえった。

あれは夢だ。ひと夜のはかない夢。自分がスルタンと結婚できるはずはない。そんなことは考えたこともない。

たとえアスガルと出会ったのがこんな形ではなかったとしても、ただの侍女が皇妃になれるわけがないのだから。

唯一ひとつはっきりしているのは、自分がアスガルを愛しているということ。

ハレムにいる誰よりも。

この想いは永遠に消えない。そして、どれだけ愛したとしても彼とは決して結ばれない。

幸せな結末は自分には用意されていないのだ。

アスガルを選べば養父が死に、養父を選べばアスガルが玉座から引きずり下ろされる。

どちらを選んでもレオニーは殺されるにちがいないが、自分の命などどうでもよかった。

レオニーの願いは、アスガルがカッファーンを治める偉大な王でありつづけること、養父が大好きな書物をふたたび読めるようになること。

その二つを同時に叶える道を、レオニーは見つけることができなかった。

近衛兵が白亜《はくあ》の宮殿に入り、廻廊の突き当たりにある扉の前で立ち止まる。レオニーも一緒に立ち止まった。

「マルスリーヌ皇女殿下をお連れしました」

「お通ししろ」

大宰相の声が響き、扉が開いた。

レオニーは平静を装って中に入ったが、その顔は驚くほど青ざめていた。

室内は広く、壁には金糸と銀糸で編み込まれた織物が掛かり、その上にヘラジカの頭部の剝製《はくせい》が突き出している。左の壁一面に皿や水差しが並べられ、すぐ前に備えられた長いすにアスガルが腰をおろしていた。

アスガルの向かい側に、大宰相や高官、幾人もの近衛兵が控えている。

大宰相たちはレオニーがアスガルの前でひざまずくと、なにか言いたそうな表情をした。

「いまおまえの話をしていたところだ」

アスガルが言い、レオニーは彼に目を向けた。鼓動が高鳴り、体が震えた。彼は自分がマルスリーヌではないと気づき、彼女を殺すためにここに呼んだのか。

彼に殺されるならそれでもいい。自分の命は、彼のものだ。

そう考えた瞬間、養父のことを思い出した。自分の命は養父のものでもある。

ここで死ぬわけにはいかない。

「わたしの話……、ですか」

レオニーは恐る恐る口を開き、アスガルの言葉を待った。

アスガルは平然とした口調で言った。

「結婚式の日取りのことだ。戴冠式がおわってから、ベルキネス皇帝陛下におまえとの結婚を申し出る」

レオニーは息をつまらせた。皇妃にすると言ったのは本気だったのだ。

冗談だと考えていたわけではないし、こころの奥底で喜びをおぼえていたのは事実だった。叶わぬ夢だと知ってはいたが、夢を見るくらいなら許される、と。

それでも、改めて大宰相たちの前で切り出されると、たえがたい恐怖が舞いおりた。

自分は彼を裏切っている。彼に嘘をついている。こんな女を皇妃にするなんて、あってはならない。

それに、戴冠式がおわれば自分は殺される。使命を果たすことができようと、できまいと。

なぜ自分は最初に求婚されたとき、すぐ断らなかったのだろう。あのとき、結婚などできないと答えていれば、すべて丸く収まったはずだ。アスガルが簡単にあきらめるとは思えなかったが、少なくともこんな状況に追い込まれることはなかった。

だが、自分はそうは言わなかった。それが、彼女の望みだったから。

夢から覚めたくなかったから。

「わたしは……まだあなたの申し出を受けたわけではありません」

レオニーが弱々しい声を出すと、大宰相が不快そうに顔をしかめた。

ベルキネスの皇女とはいえ、カッファーンのスルタンに求婚されてすぐ受け入れないとは、なんと無礼なことだろうと思っているにちがいない。

「おれは待つことが嫌いなんだ」

アスガルはいったんはそう答えたものの、特にいやな表情は見せず、あっさりと口にした。

「だが、おまえがそう言うなら、もう少し待つとしよう。大宰相たちには心づもりをしておくように言っておく」

アスガルが大宰相に視線を投げかけ、大宰相が軽く黙礼した。銀色の双眸がレオニーに戻る。レオニーはアスガルを正面から見つめた。もう後戻りはできない。

アスガルか。養父か。

レオニーがなにか言いたそうな顔をしたのを見て、アスガルが彼女をうながすように沈黙した。レオニーは、決意するように大きく息を吸い、深く吐き出した。

「スルタン陛下、今宵はぜひわたしと……」

そこまで言ったとき、扉の向こうから声がした。

「お飲み物をお持ちいたしました」

大宰相が扉に視線を向け「どうぞ」と言い、レオニーは言葉を止めた。

扉が開き、若い侍女が銀の盆をたずさえてやって来た。侍女が優雅に腰を折る。

レオニーは侍女を見て目を見張った。顔をそらしたが、遅かった。

鼓動が耳にまで鳴り響き、全身が硬直する。体中の血がすべて下方に移動し、思考が止まった。

侍女は頭を上げたのと同時に、レオニーに視線を止めた。

しばし、なにが起こったのかわからないという表情で、戸口に立ったままレオニーを眺めている。レオニーは、懸命に横合いを向き、侍女のまなざしから逃れようとしたが、侍女はレオニーから目を離さなかった。

呆然と立ちすくむ侍女を見て大宰相が眉をひそめ、高官たちが不審そうな顔をした。

ずいぶん長い時間が経ち、大宰相が侍女に言葉をかけようとしたとき。

「まあ、レオニー！　あなたがどうしてここにっ？」

侍女が、驚きを含んだ声を出した。

「あなた、レオニーよね？」

侍女が、自分から顔をそらしたままでいるレオニーをのぞき込み、目をせばめたあと安心したような息を吐いた。

「やっぱりレオニーだわ。もっとも、わたしがあなたを見間違えることはないけどね」

以前、ゲント公爵に殴られた侍女だ。ゲント公爵が立ち去ったあと、レオニーは彼女を中庭に連れて行き、腫れた頬に濡れ布を当て、ジュストからもらった砂糖菓子を渡した。彼女はレオニーの膝で泣き叫び、それ以来、二人は大の仲良しになった。

レオニーは唇を固く結び、ひざまずいたままでいた。

こういうことがあるかもしれないと予想しておくべきだった。知り合いに見つからないように充分気をつけてはいたが、いくらなんでもこんなところでこんなことがあるとは考えてもみなかった。

「まさかあなたがここにいるとは思わなかったわ。この宮殿は賓客がお泊まりするところだし、入れる者は決まっているもの。普通の侍女なんて、すぐ追い出されちゃうからね」

侍女は、スルタンの御前だということも忘れて興奮したような口調で言った。

「ずっと姿が見えないから心配していたのよ。にしても、侍女のあなたが皇女さまのような格好をしてどういうこと？」

大宰相が、いぶかしげに眉を寄せ、レオニーと侍女を交互に見た。

高官たちがざわめき、近衛兵たちも怪訝そうな顔をした。

レオニーの体が震えを帯びた。何度も唾液を飲み込んだが、喉の渇きは癒されない。

「レオニー、だと？」

大宰相が怒気を含んだ声音で言った。

「どういうことだっ？　レオニーとはなんだ。それがこの女の名前か！」

大宰相が、ベルキネスの言葉で侍女を問いただした。侍女に近づき、肩をつかむ。

侍女が瞳に恐怖を浮かべ、銀の盆を絨毯に落とした。いくつもの金杯が転がり、ぶどう酒のしみが広がった。

「この女はマルスリーヌ皇女殿下ではないのかっ？」

大宰相が侍女の肩を揺すぶり、指を肩にめり込ませた。

侍女は大宰相の勢いに押され、わななく唇を開いた。

「ここにいるのは……レオニーという名の侍女です。もとは奴隷で、いまはジュストさまに仕えています。マルスリーヌさまではございません……」

レオニーは侍女が大宰相に答える前に、すでに目を閉じていた。

暗黒が彼女をおおいつくした。なにもかもおわった。もう悩むことも、迷うこともない。

養父の命を助けることもできなくなった。

アスガルはいまどんな表情で彼女を見ているだろう。怒り、憎悪、失望……。

おそらくはそのすべてだ。

レオニーは絨毯に膝をついたまま、アスガルの口から発せられる裁きの言葉を待った。

「この女が侍女だと？」

高官の一人が、驚きのこもった声を出した。

「ベルキネスは、皇女と偽って奴隷をハレムに送り込んだというのか」

「なんのためにこんなことをしたっ。答えろ、女！」

高官たちが口々に言い、アスガルが侍女に向かって静かに言った。

「宰相閣下をお呼びしろ」

侍女が、アスガルを見て息を飲んだ。しばし呆然とし、動けない。

アスガルは美しい。このような状況にあってさえ、侍女の目を奪うほど。

だが、レオニーは彼の美しさも愛していた。それは彼の一部だから。

レオニーが愛したのはアスガルの美しさだけではない。彼のこころだ。彼のぬくもりであり、彼の優しさであり、強さであり、弱さだった。

「宰相閣下をお呼びしろとおっしゃったのが聞こえなかったのか！」

大宰相が苛立たしげに命じると、侍女はすぐわれに返って、

「かしこまりました」

慌ててそう言い、客間から出て行った。

大宰相がレオニーをにらみつけ、なにか言おうとしたが、さきほどはともかく、スルタンの前でみだりに話すことは許されない。結果、神妙に口を閉じていた。

高官たちも、レオニーを射抜くように見すえていた。いくつもの視線がレオニーを突き刺し、体がばらばらに壊れるような苦痛がレオニーを切り裂いた。

いっそ壊れてしまえばいいのに。こんな時間にたえることはできない。

「全員下がれ」

ふいに、アスガルが大宰相たちに命じた。大宰相が驚いてアスガルに目を向け、高官たちがうろたえた。

「で……、ですが……」

　大宰相がうわずった声で言い、一歩足を踏み出した。

「スルタン陛下をこの女とふたりきりにするわけにはまいりません。スルタン陛下に万一のことがあっては困りますので……」

「おれが、女に殺されるとでも言うのか？」

「そのようなことは……」

「二度言わないとわからんようだな。——下がれ」

　大宰相がアスガルに威圧され、前に出した足を戻した。

「……では、失礼いたします。なにかあれば、すぐお呼びください」

「おまえたちもだ」

　アスガルの言葉を聞き、近衛兵たちが大宰相に困惑したような目を向けたが、大宰相がうなずくと一緒に部屋を出て行った。

　レオニーはアスガルと二人になった。

　沈黙がおりた。レオニーにはたえがたい沈黙だった。

　きっとアスガルはレオニーを殴りつけるだろう。当然だ。自分は彼を騙したのだから。

剣を抜くことも考えられる。

それでもよかった。アスガルにならなにをされてもかまわない。

レオニーがこうべを垂れたままでいると、アスガルの気配が近づいた。

レオニーは体をすくめ、ぎゅっとまぶたを閉じた。覚悟はできている。

アスガルがレオニーの手をつかみ、指を絡めた。

レオニーはゆっくりと目を開いた。アスガルが彼女を見つめていた。

その瞳には怒りも憎しみもない。ただ彼女を見つめている。

レオニーは、彼の指を握り返した。温かくて大きな手。これまでずっとこの手に包まれてきた。愛しい手。そんな手を持つ彼を、自分はずっと裏切っていた。

レオニーが苦しみにたえきれず口を開きかけたとき、廻廊から鋭い足音が響きわたった。

レオニーはすぐ手を引っ込め、立ち上がってアスガルから離れた。

「スルタン陛下、失礼いたします」

部屋に入ってきたのは、ベルキネスの宰相ではなくゲント公爵だった。

宰相が来るとばかり思っていたレオニーは、わずかに目を見張った。彼はレオニーの頬に接吻し、自分を送り出した相手だ。

あの接吻は、レオニーの望むものとは違っていた。そのことがいまになってはっきりとわかる。

それでも、ゲント公爵の優しさは常にレオニーを励まし、レオニーはそんなゲント公爵を尊敬していた。それは、決して恋でも、愛でもなかったけれど。

アスガルは、船が到着したとき自分を出迎えた貴族を見て眉間をくもらせた。

ゲント公爵はアスガルの前へやって来て礼をすると、すぐに話を切り出した。

「このたびのこと、スルタン陛下にはずいぶんご不快だったと存じます。さきほど侍女から話をうかがいました。この女が……」

言葉を切って、レオニーに視線を移す。

「マルスリーヌ皇女と偽り、ハレムに忍び込んだとのこと。責任逃れをするわけではありませんが、すべてわれらのあずかり知らぬことです」

レオニーは、驚いてゲント公爵を見返した。彼の放った言葉の意味がしばし理解できなかった。ゲント公爵はなにを口にしているのだろう。

アスガルが、ゲント公爵の真意を探るように彼の瞳をうかがった。

「ほう?」

「この女が、カッファーンに行けば殺されると皇女を脅し、皇女の代わりに勝手にハレムに行ったのです。船に乗るときは顔を薄絹で隠していましたし、なによりこの女は皇女にそっくりですのでわれわれも気づきませんでした。さきほど皇女の側近を問いつめたところ、皇女を助けるためと思い、この女に協力したことを認めました」

レオニーは呆然とした。まさかゲント公爵がこんなことを言うとは思わなかった。彼は騎士を名乗るのにふさわしい誠実な男だと考えていたから。

いまのゲント公爵はこめかみに焦燥の色を浮かべ、ありもしない話でこの場を懸命に取りつくろっている。

けれど、当然と言えば当然だ。ベルキネス王宮の者がマルスリーヌの身代わりを送り込んだと答えることはできず、どうあっても言い逃れをする必要がある。

自分たちのしたことが知られれば、ジュストの皇位を守るどころではない。

彼の言葉ひとつに国の存亡がかかっているのだ。

ゲント公爵もこんなところでアスガルに知られると思ってはいなかったにちがいない。

切実な表情でアスガルに訴えるが、彼が口調を強めれば強めるほど滑稽《こっけい》に感じられた。

アスガルが、ゲント公爵の言葉を聞き、鼻を鳴らして冷笑した。

「この女は、皇女殿下の代わりにハレムに行き、なにをするつもりだったんだ?」

「あなたの子を生むつもりだったのでしょう。貴国では、陛下の子を産み、その子が玉座を継げば、誰であれ母后として尊ばれると聞きました。かりに玉座にのぼらなかったとしても、陛下の子を生みさえすれば確たる地位が与えられるとか」

「一月の間に孕もうとするなど、なかなか無茶をするな。そもそもただの侍女が皇女殿下と偽り、ハレムに行こうとすること自体、不自然な気がするが」

「奴隷は愚かなものです。女となれば特に」

ゲント公爵が息をつめ、アスガルの返答を待った。

アスガルはどう出るか。ゲント公爵の言葉を信じたろうか。それとも——。

アスガルは、しばし沈黙したあと口を開いた。

「皇女殿下はどこだ？」

冷徹な声音は、ゲント公爵の嘘を見抜いたあかしだった。ゲント公爵もそのことに気づいたようだが、まだあきらめなかった。

「さきほど宮殿の隠し部屋で見つかりました。食事の世話やその他はすべて側近に任せ、ずっとおびえて隠れていたとのこと。皇女もわれらも、この女に騙されたのです。この女は死罪にいたしますので、どうかお怒りをお収めください」

ゲント公爵の額から汗がこぼれた。室内の風通しはよく、決して暑くはないのに。

アスガルが、静かな声で言った。

「そんな大がかりなことが、皇女殿下と側近の協力だけで侍女にできるはずがない」

「ですが、こやつは狡猾《こうかつ》で……」

「この女がなにをしようとしていたか、おれが気づいていなかったとでも思うか？」

レオニーは、目を開いてアスガルを見た。いまのはいったいどういう意味だろう。

ゲント公爵はとうとう口を閉ざした。もはや言い返す言葉は持っていない。声を出そうとしたが、なにも出てはこなかった。

「おまえは、この女がおれの持つ帝王の石を狙っていたことを知っているはずだ。だから、宰相を呼んだのに、おまえが来たのだろう。おそらく宰相はこの件にまったく関わってはいまい」

ゲント公爵は唇を固く結び、その場にたたずんだ。

レオニーはアスガルを見たままでいた。

まさか彼がレオニーのしようとしていたことを知っていたなんて。

いったいいつ気づいたのだろう。自分はハレムでそれほど愚かな振る舞いをしていただろうか。アスガルの目にはっきりとわかるほど。

ゲント公爵はずっと沈黙していた。彼の表情から、どう言い訳をすべきか懸命に考えているのがわかる。

釈明が浮かばないゲント公爵に向かって、アスガルがつづけた。

「これはおれにとって大切な宝玉だ。おまえたちもそれはわかっているだろう。だが、マルスリーヌ皇女殿下がほしいと言うなら、くれてやらんこともない」

ゲント公爵は、思いもよらない言葉を聞いて眉を寄せた。レオニーも息を飲み込んだ。

いまなにが起こりつつあるのか、考えが追いつかない。

アスガルが、ゆっくりと言い放った。

「皇女殿下に会わせろ。本物の薔薇が見たい。奴隷あがりの侍女ではなく、真の薔薇がな。それなら渡す」

ゲント公爵はしばしなにも言わず、アスガルを見すえていた。野蛮なスルタンには負けぬというように。

やがて開き直ったような口調で答えた。

「……では、今夜、〈王の間〉に皇女をお連れいたします。王の間は戴冠式の前に新しい皇帝が祈りを捧げる場。夜となれば、誰も来る者はおりません。帝王の石をお譲りくださるなら、そこがもっともふさわしいでしょう。王の間には近衛兵が案内いたします。――お一人で来ていただけますか？」

ゲント公爵がアスガルの様子をうかがい、アスガルがうなずいた。

「もちろんだ。おれに近衛兵など必要ない」

アスガルはレオニーを一瞥《いちべつ》したあと、ゲント公爵に視線を戻した。

「王の間には、その女も連れて来るがいい」

＊＊＊

レオニーは、ゲント公爵が呼んだ近衛兵の手で宮殿の一室に閉じこめられた。

果てのない絶望がレオニーを苛んだ。

これは罰だ。アスガルと養父を天秤《てんびん》にかけたあげく、どちらも選べなかった自分への。

帝王の石を奪うことができなかった以上、これから先、養父に薬が届けられることはないだろう。あげく、アスガルは帝王の石を手放すことになってしまった。

なにもかも自分の責任だ。

自分は養父を選ぶべきだったのだろうか、それとも、アスガルの愛に応えればよかったのか。考えたところで、もう遅い。

自分は斬首《ざんしゅ》だ。恐くはあったが、はじめから覚悟はできていた。

それよりも、養父のことが心配だった。

もしかしてジュストに頼めば、養父に薬を届けるよう特別に取りはからってもらえるかもしれない。幼いジュストにどれほどの権威があるかはわからなかったが、さきほどの様子を見るかぎり、ゲント公爵に申し出るよりは可能性が高いだろう。

だが、最期にジュストに会うことができるだろうか。その前に死を迎えるのではなかろうか。いまになって養父を選べばよかったと思うが、後悔しても仕方ない。

それに、養父を選んでも、自分は後悔したはずだ。

レオニーのまぶたにアスガルの顔が浮かび上がった。「真の薔薇が見たい」という言葉がレオニーの胸をえぐり取る。彼は、レオニーを「奴隷あがりの侍女」とも言った。

彼が求めているのは高貴な血を引くベルキネスの薔薇だ。レオニーではない。

それなのに、自分はアスガルを愛してしまった。愛したにもかかわらず、彼を窮地に立たせてしまった。自分をどれだけ責めてもまだ足りない。

それにしても、アスガルはレオニーが帝王の石を狙っていることにいつ気づいたのだろう。

彼女が、マルスリーヌではないということにも気づいていたのだろうか。気づいていながら、なおかつ彼女を皇妃にしようとしたのだろうか。

そんなことがあるはずはない。気づいたのは、きっとベルキネスに向かう船の上だ。船旅は長く、考え事をするには充分だった。

レオニーはなにも結論を出すことができなかったけれど……。

アスガルがなぜ自分を王の間に連れて来るように命じたのかもわからなかった。

もはや彼にとってなんの価値もない女なのに。

王の間になど行きたくなかった。

アスガルは、いままでふれていた女が薔薇とはまるで違うことを思い知らされるだろう。

そして、レオニーを憎み、マルスリーヌにこころ奪われるにちがいない。

憎まれるのはかまわない。それだけのことをしたのだから。

だが、マルスリーヌと出会った彼がもう二度と自分を見ることはないと思うと、胸が押しつぶされそうだった。そんなときではないというのに。

レオニーの目に小さな涙が盛り上がった。なんのための涙かわからない。養父を救えなかったことの苦しみか。アスガルに不名誉を負わせてしまうことに対する罪悪感か。

それとも――。

苦い涙は、ただ一滴、頬を滑って床に流れ落ちていった。


闇があたりを包み込み、月が輝きを増したとき、廻廊の向こうから靴音が聞こえた。

とうとう断罪のときが来た。レオニーはいすから立ち上がり、深呼吸を繰り返した。

なんの断りもなく扉が開き、武装した六人の近衛兵が入ってきた。レオニーの目にもう涙のあとはなく、恐怖も消えていた。

「こちらへ来い」

近衛兵たちがレオニーを取り囲み、廻廊に連れ出した。レオニー一人にずいぶん大勢の近衛兵が来るものだと思ったが、さして気にはしなかった。

近衛兵が多かろうと少なかろうと、彼女の未来に変化はない。

一歩、歩を進めるたび終焉が近づいていく。レオニーにとっては、すべての終焉だ。養父の命、アスガルの玉座、そして、つづくはずだった自分の未来の。

アスガルを愛さなければよかった。そうすればこんなことにはならなかった。ぶじ使命を果たし、養父を救うことができた。

アスガルは玉座を追われたにちがいないが、レオニーが考えるべきことではなかった。だが、愛してしまった。それがすべての誤《あやま》りのもとだ。

部屋を出ると、燭台の淡い光が闇のこもった廻廊を照らしていた。階段をおりて吹き抜けの広間を通りぬけると、ベルキネス王宮の中でもっとも壮麗な宮殿が待ち受けていた。

近衛兵たちは不寝番の前を通って、さらに暗い廻廊を進んだ。何度か角を曲がると、蓮の浮き彫りが施された樫《かし》材の扉があった。近衛兵は扉を開けて中に入った。

幾本もの蠟燭が、入口の両脇に灯っていた。

揺らめく炎は、縦長の広い室内の奥深くまで届くことはなく、ずっと向こうにはレオニーの運命を暗示するような漆黒が広がっている。

レオニーは寒さを感じた。もうそんな季節ではないというのに。

両側の壁際に、歴代の皇帝の胸像が並び、一番奥に新しい皇帝が祈りを捧げる聖壇《せいだん》が備わっていた。王のための場所。聖壇にのぼることができるのは、王となる者だけだ。

そこに、アスガルが立っていた。

暗闇に紛れ、ぼやけた輪郭しか見えないが、彼の気配はすぐわかる。

アスガルから離れたところに四人の近衛兵が並んでいた。アスガルを案内した兵だろう。

アスガルの視線を感じた。彼がこちらを見つめている。

レオニーは痛みをおぼえた。苦しみに苛まれた。寂しさが胸を締め付け、悲しみに満たされた。

唇のすきまから嗚咽がこぼれそうになり、懸命に奥歯をかみしめた。

愛情があふれて止まらない。自分はこんなにも彼を愛している。

彼を見ただけで涙が出そうなほど深く。息ができないほど激しく——。

背後から、いくつかの足音がした。何人かわからないが、そう多くはない。

レオニーが後方に目を向けると、近衛兵を二人連れたゲント公爵がやってきた。

外衣を閃《ひらめ》かせ、腰に剣を帯びた姿は堂々としていたが、虚勢を張っているようにも見えた。

「少し遅れてしまったようですな」

ゲント公爵が唇を歪めた。そこにいるのは、レオニーの知らない男だった。嘘と虚栄に満ちた男。自分はこんな男を尊敬していたのだろうか。

「お待ちになりましたか？」

「いま来たばかりだ」

ゲント公爵は、暗闇の向こうに揺らぐ影に目を凝らした。アスガルの姿が見えないせいか、ゲント公爵の瞳にはこれまでにない自信があふれている。

レオニーは、奇妙なざわめきをおぼえた。彼はもしかしてなにかを企んでいるのではないだろうか。だから、誰も来ない王の間にアスガルを呼び出したのではないだろうか。

ゲント公爵はレオニーの不安をよそに、どこか見下したような声音で言った。

「あなたが大切な宝玉をわれらに渡してくださるとは思ってもみませんでしたよ。はじめからこんな役立たずなど送り込まず、直接申し出ていればよかった」

「おまえが頼んでも、くれてはやらんさ」

「そうでしたな」

ゲント公爵が、あざ笑うようにアスガルを睥睨《へいげい》した。

「あなたはベルキネスの薔薇が見たかったのでしたっけ。わが国の薔薇ほど麗しい華はどこにも咲いていませんから、スルタンがこころを奪われるのは当然です。ですが、大切な宝玉を失えば、あなたはスルタンではいられなくなるのではないですか？」

「おまえが心配することではない」

「確かにあなたの立場などわれわれには関係ない。われわれにはあなたが宝玉を失ってくれた方がありがたいのですからね。帝王の石を奪われたスルタンに従う者などいないでしょう。そうなれば、カッファーンがベルキネスを脅かすこともなくなります。それに……」

ゲント公爵が深く息を吸いこみ、ゆっくりと吐いた。

「そもそもあなたに帝王の石は不似合いだ。生まれたときから持っていたというのがどこまで真実か知りませんが、かりに本当だったとしても、運がよかっただけですよ。その証拠にあなたはわれらにその石を簡単に渡してしまうのですから」

「いいかげんつまらん話はどうでもいい。ベルキネスの薔薇はどこだ?」

ゲント公爵は、鼻を鳴らして軽く首を傾けた。冷たい視線が廻廊に向けられる。

「マルスリーヌ皇女殿下、どうぞこちらへお入りください」

ゲント公爵がアスガルに顔を戻し、アスガルが扉に目を移した。

「これが、あなたが待ち望んでいた薔薇ですよ。存分にごらんください」

ゲント公爵の言葉に合わせ、扉の陰に薄布が舞い、誰かが室内に足を踏み入れた。

雲の上を歩くような洗練された優美な動き。全身から醸《かも》し出されるきらめきは、灯火さえかすむほどだ。薄暗い室内が突如輝き、時間の流れがゆるやかになる。

麗しきベルキネスの薔薇が、まばゆい光をまといながらゲント公爵の横に並んだ。

マルスリーヌは、白金と言うには濃い髪を複雑に編み込み、レースをたっぷりあしらったサテン地のドレスを身につけていた。指には紅玉と三連の真珠をつけ、ダイヤモンドをちりばめた耳飾りを垂らしていたが、マルスリーヌ以上に美しい宝玉はない。

唇に浮かんだ笑みは妖艶で、青みがかった瞳には、この世のすべての者が自分を愛すると信じて疑わない高慢な自信があふれていた。

彼女こそ真の薔薇だ。

自分のどこがマルスリーヌに似ていると言うのだろう。マルスリーヌは高貴な血を引く者特有の気高さに満ちている。

どれだけ上等なドレスを着ても、自分はマルスリーヌにはなれない。ジュストは、マルスリーヌよりレオニーの方が美しいと言ったが、そんなのは気のせいだ。

「マルスリーヌ皇女殿下のお越しだ」

ゲント公爵が、さきほどとはまるで異なる尊大な声音で言った。

「どうだ、美しいだろう。この女とは比べものにならん。これできさまも満足なはずだ。本物の薔薇を見ることができたのだからな」

アスガルは冷静な瞳でマルスリーヌを眺めた。

「確かに比べようがない。この女とはまったくちがうな」

レオニーの胸が引き裂かれた。けれど、本当のことだ。

ゲント公爵が狡猾そうに目を細めた。

「帝王の石はどこにある?」

「この方たちにお渡しするのはおやめください、スルタン陛下!」

レオニーは思わず叫んだ。前に飛び出そうとしたが、その足を近衛兵が押しとどめた。

「きさまは黙れ!」

ゲント公爵がレオニーを怒鳴りつけた。その言葉は、かつてアスガルがレオニーに放ったものと同じだったが、口調はまったく異なっていた。

「薄汚い奴隷め。きさまが失敗したからこのようなことになったんだ」

ゲント公爵が憎々しげに言い、アスガルに視線を移した。

「早く帝王の石を出せ」

アスガルが、首飾りを外して差しだした。

「ここに」

安っぽい首飾りを見て、ゲント公爵が唇の端を上げ、瞳に欲望をにじませた。

「それが帝王の石か。とても宝玉には見えんな。だが、それを手にした者は、王の威容を得るそうな。きさまごときが王の中の王と呼ばれているのも、すべてその石のおかげだ」

ゲント公爵が近衛兵たちに目配せした。同時に、十二人の近衛兵が、腰に帯びた剣の柄を握った。殺気が満ちた。

レオニーは室内の空気が変わったのを感じ、震える唇を開いた。

「ゲント卿……、まさかスルタン陛下を手にかけるおつもりですか……?」

ゲント公爵の双眸が、レオニーをとらえた。見たこともないほど冷酷なまなざしだ。

「仕方ないんだよ、レオニー」

ゲント公爵が、ゆっくりと口を開いた。レオニーはその声を聞いて、吐き気をおぼえた。

アスガルはこんな目をしない。こんな声は出さない。

ゲント公爵が優しく誠実な騎士だと思っていたなんて、自分はずいぶん愚かだった。

彼の中にはどんな優しさも、誠実さもない。

「ジュストさまが……、あなたにスルタン陛下を殺すようお命じになったのですか」

「あんなガキにそのような知恵はない」

「では、なぜ」

「帝王の石は、わたしが手にすべきもの。皇位にふさわしいのは、このわたしだ」

レオニーは、ゲント公爵が口にした言葉の意味がよくわからず、欲念にまみれた瞳をのぞき込んだ。

「わたしは帝王の石を手に入れ、マルスリーヌと結婚して皇位につく」

アスガルは、ゲント公爵の言葉を聞いても驚きはしなかった。

「帝王の石がほしかったのは、ジュスト殿ではなく、おまえだったということか。宰相が知らなかったぐらいなのだから、ジュスト殿も今回のことはご存じないだろう」

レオニーはアスガルを見て、もう一度ゲント公爵に視線をすえた。

「本当なのですか……？」

レオニーが震える声で訊き、アスガルが射抜くようなまなざしでゲント公爵をとらえた。

「おまえと皇女は、はじめから手を組んでいたのだな」

ゲント公爵が冷笑した。それは肯定の笑みだった。

「こんなところでおれを殺して、どう言い訳をするつもりだ?」

「きさまは、この場で、わたしが世界を制する王にふさわしいと認めて帝王の石を渡し、前皇太子の鐙に細工をしたことを白状するのだ。ゆえに、これからわたしが前皇太子の仇《あだ》を討つ」

前皇太子の仇を……、とレオニーは口内でつぶやいた。ゲント公爵は、アスガルが鐙に細工をしたとも言った。それを、ここで白状するのだと。

いったいどういうことなのだろう?

「前皇太子というのは、落馬したジュスト殿の父上のことだな。その仇討ちか。なるほど、いい理由だ」

アスガルはいかにも納得したような口調でうなずいたあと、目を細めた。

「だが、おれに白状することはなにもない。それはおまえたちが一番よく知っているはずだ」

アスガルがしばしゲント公爵の反応をうかがってから言った。

「前皇太子の鐙に細工をして殺したのは、おまえたちだな」

レオニーは新たな驚きにとらわれた。ゲント公爵は唇に冷笑をにじませたままだ。

「いまの話は本当ですか……」

ゲント公爵は答えない。それがすでに答えだった。

「なぜそのようなことをなさったんですか……、ゲント卿、お教えくださいっ」

「教えなければわからんのか。やはり女は愚かだ」

ゲント公爵が残忍なまなざしでレオニーを見すえ、アスガルが訊いた。

「いくら正当な理由があっても、スルタンが殺されたとあらば、わが国は黙っていまいぞ」

「きさまさえ死ねば、カッファーンなど大した敵ではない。わたしはカッファーンを制圧し、皇帝としての権威を国中に知らしめる。帝王の石は、そのための下準備だ」

「ジュスト殿はどうなる。ジュスト殿がいる以上、おまえは皇帝にはなれないはずだ」

「さきほどおまえからの戴冠の前祝いだと言って、あやつの好きなりんご酒を運んで行った。皇家の血を引かぬとはいえ、厄介な芽は摘んでおくにかぎる」

ゲント公爵が、レオニーにふたたび視線を向けた。

「こういうわけだよ、レオニー。おまえがいつもわたしを物欲しそうに眺めていたのは知っている。せめて一度ぐらいは抱いてやりたかったが、生かしておくわけにはいかん。仕方ないとあきらめてくれ」

近衛兵たちがアスガルに近づいた。

ゲント公爵を数に入れなかったとしても、相手は十二人。アスガルがかなうわけはない。

ゲント公爵がぎらつく瞳を闇の奥に向けた。

アスガルはいまなにを考えているだろう。

彼がおびえているところなど想像もできないが、なすすべはない。

「そのようなところに隠れておらず、こちらに来て帝王の石を渡すがいい」

わずかな沈黙ののち、アスガルがゆっくり姿をあらわした。

大気が揺らぎ、薄闇が近づいた。彼が歩を進めるごとに、ぼやけた輪郭が鮮明になる。

反り返った靴先、緑色のカフタン、そして、白いターバンをつけたアスガル自身に燭台の光が降りかかった。

レオニーの恋いこがれたスルタンが、はっきりと見えた。

レオニーはアスガルを懐かしそうに眺めた。昼間会ったばかりなのに、いまのアスガルはまた違う彼に変わっている。

それはレオニーの愛の深さだった。愛が深まれば深まるほど、レオニーの目に映るアスガルは美しくなっていく。死の間際にいるのに、彼への愛は止まらない。

自分の中に深い愛がこみ上げると、恐怖が静かに引いていった。

「こやつを殺せ！」

ゲント公爵が近衛兵に命じた、そのときだった。

「待ちなさい……」

これまでずっと沈黙を守ってきたマルスリーヌが、突如口を開いた。

ゲント公爵が眉をひそめ、近衛兵が動きを止めた。

マルスリーヌは、いつのまにかまっすぐにアスガルを見つめていた。その視線が彼から離れることはなく、太い釘を打ちつけられたようだ。

ゲント公爵が怪訝そうにマルスリーヌを見返した。

「どうした、マルスリーヌ?」

マルスリーヌは、ゆっくりと息を吸いこみ、深く吐いた。ドレスに包まれた胸が呼吸にあわせて波打った。マルスリーヌは沈黙し、アスガルの容貌を凝視した。

「あなたがカッファーンのスルタン陛下ですの……?」

マルスリーヌが、媚びるような声音で訊き返し、ゲント公爵が不審そうに顔をしかめた。

「それがなんだ」

マルスリーヌの目は、アスガルから離れない。銀色のまなざしから。鋭利な輪郭から。どのような美女でさえあらがうことのできない美貌から——。

マルスリーヌの中に起こった変化に気づいたのは、おそらくレオニーだけだったろう。見下すように細められていた青紫色の瞳に、いつのまにか情欲の輝きがにじんでいる。

それは、アスガルを見るすべての女たちが浮かべる光だった。

レオニーの双眸にも、そのきらめきは宿っている。それは自分が一番よく知っていた。

「マルスリーヌ?」

ゲント公爵が彼女の表情をうかがったが、マルスリーヌは黙っていた。

「いったいどうしたというんだ！」

ゲント公爵が苛立たしそうな声を出した。

ずいぶん長い時間が経ってから、マルスリーヌが口を開いた。

「この方を……、殺してはだめよ」

マルスリーヌの言葉を聞き、ゲント公爵が眉間にしわを寄せた。彼には信じがたい言葉だったにちがいない。近衛兵たちも剣の柄に指をそえながら、瞳に戸惑いをにじませた。

「どういうことだ、マルスリーヌ」

ゲント公爵が身を乗り出したが、マルスリーヌはまだアスガルを見つめていた。

なにが起こったのか、――なにが起こりつつあるのか、レオニーにはわかっていた。

レオニーの胸が痛みをおぼえた。

そんな場合ではないというのに、自分はマルスリーヌに嫉妬している。マルスリーヌがアスガルを見ているから。アスガルがマルスリーヌの視線を受け止めているから。

アスガルを見たマルスリーヌが、なんと言うか知っているから。

アスガルがどう応えるかわかっているから。

アスガルが皇妃に望んだのは、マルスリーヌであって、レオニーではない。

張りつめた沈黙の果てに、マルスリーヌは玲瓏とした声を出した。

「たしかにあなたは帝王にふさわしい方ですわ。そして、わたくしの夫としても」

ゲント公爵はマルスリーヌの意図が理解できないというように眉をひそめた。荒い息を繰り返し、うわずった声を出す。

「夫だと？　ばかげたことを言うにもほどがある。いまは、そんな冗談を口にしているときではないぞ」

「冗談ではありません。本気です」

「これだから女は愚かなのだ。どういう状況かわからんのか」

「わたくしはベルキネスの皇女です。公爵ごときが無礼な口をきける相手ではありません」

ゲント公爵が表情を変え、奥歯をかみしめた。

「こんな女の言葉に耳を傾ける必要はないっ。早くその男を殺せ！」

ゲント公爵が声を荒らげたが、近衛兵はどうすべきか迷った。

マルスリーヌは、輝く双眸をゲント公爵からアスガルに戻した。

「あなたもわたくしを見ればわかるはず。わたくしは美しく、ベルキネス王家の高貴な血を受け継いでいます。わたくしほどカッファーンの皇妃にふさわしい女はいませんわ。それに、あなたがわたくしをここに呼んだのは、わたくしへの愛を確認するためでしょう？」

マルスリーヌは、薔薇の呼び名にふさわしい艶やかな笑みをにじませた。

ゲント公爵が肩を上下させながらマルスリーヌに近づいた。

「なにをつまらんことを……。こちらへ来いっ」

「放しなさい」

マルスリーヌが、自分の肘をつかんだゲント公爵に言い放った。ゲント公爵がわずかにひるんだ。マルスリーヌは、ゲント公爵に侮蔑《ぶべつ》を込めた視線を投げた。

「あなたは帝王の石を持つべき男ではありませんわ」

つい今し方まで彼女はゲント公爵を愛していたはずだ。

いや、きっとこころの底からは愛していなかったにちがいない。彼女にとってゲント公爵は都合のいい相手だったのだろう。これほどまで簡単に気持ちを変えたのはそのためだ。

マルスリーヌは、目の前の男をいやしむように目を細めた。

「あなたは、わたくしの夫になるべき男でもありません。いまそのことがわかりました。帝王の石はスルタン陛下のもの。いいえ、スルタン陛下とわたくしのものです」

「つまらんことを口にするなっ」

「事実です。選ばれたのは、わたくしとスルタン陛下よ。あなたではないわ」

ゲント公爵が顔を蒼白にし、全身に怒りをみなぎらせた。マルスリーヌの言葉が信じられないというようだが、ゲント公爵にかけられた彼女の声は嘲笑に満ちていた。

マルスリーヌは、もう一度ゲント公爵からアスガルに視線を移した。彼女の瞳には、もうアスガルしか映っていなかった。そして、アスガルの目にあるのは――。

「残念だが、勘違いだ」

アスガルが言い、マルスリーヌが眉をひそめた。

「おまえは選ばれてなどいない。おまえをここへ呼んだのは、おまえのことが嫌いなのだと確認するためだ」

マルスリーヌはつかの間口を閉ざしたあと、うわずった声を出した。

「嫌いだなんて……、そんなこと、あるはずがありませんわ……」

マルスリーヌは心底驚いたように唇をわななかせた。

「わたくしは皇家の血を引いた麗しきベルキネスの薔薇です。スルタンともあろう方なら、わたくしがどれだけあなたにふさわしいかわかるはず」

マルスリーヌが自分の美貌を誇示するように背を伸ばし、アスガルが冷静な口調で答えた。

「木にも登れない女を抱く気にはならん」

「木ですって?」

マルスリーヌが訊き返したが、アスガルは笑みをにじませているだけだ。

その笑みは、彼女の誘いを明確に拒絶するものだった。

「あなたは……、自分のおっしゃっていることを理解なさっているのかしら」

「二度言わないとわからんようだな。おれはおまえが嫌いなんだ。おまえは薔薇でもなんでもない」

マルスリーヌはしばしアスガルを見ていたが、やがてスカートをつかむ手を小刻みに震わせた。いつのまにか彼女の顔は、誇りを傷つけられた者の醜い憎悪で歪んでいた。

「わたくしの誘いを断るなんて、無礼にもほどがありますわ……」

マルスリーヌは奥歯をかみしめ、憎しみに満ちた目でアスガルをにらみつけた。

「なら、どうする?」

アスガルが平然と言い、マルスリーヌが近衛兵たちに命令した。

「こやつらを殺しなさい！　この侍女も、あの野蛮な男も。ここで殺して帝王の石を手に入れるのよっ」

戸惑っていた近衛兵たちが一斉に剣を引き抜いた。

いくつものきらめきが大気を揺らし、燭台の炎を横に倒した。

レオニーのそばにいた近衛兵も剣を振りかぶった。やいばが闇を切り裂いた。

レオニーに白刃が振り下ろされ、剣のきらめきが彼女の頭上に舞いおりた。

死の恐怖を感じるより早く、レオニーは大声で叫んだ。

「アスガル、逃げて！」

彼女の体に刀身が叩きつけられる直前、レオニーと近衛兵の間になにかが投げつけられ、剣に当たって、パン！　と砕ける音がした。

近衛兵が背後に退き、レオニーは音のした方向に顔を向けた。

近衛兵のやいばから、赤い粒が幻雨のようにこぼれ落ちていく。

アスガルの首飾りだ。

レオニーの体が、近衛兵の剣を見たときより激しく震え出した。

「帝王の石が……」

レオニーは慌ててその場にひざまずき、粉々になった宝玉を両手でかき集めた。

だが、もはやそれはただの石粒でしかなかった。

「アスガルの大切な宝玉が……」

レオニーは、呆然と手足を震わせた。

「命と同じくらい大事な石が……。こんなこと……」

近衛兵たちの気勢が一瞬そがれたが、彼らはすぐアスガルに向かって剣をかまえ直した。

「帝王の石などもういらんっ。そのような石がなくとも、皇帝はこのわたしだ！　早くその男を殺せっ」

ゲント公爵が狂気を孕んだ声で言い放ち、近衛兵たちが足を踏み出した、そのとき。

アスガルの背後にあった両開きの扉がきしみ、重々しい音を立て、ゆっくり開いていた。

「やめよ」

扉の向こうから誰かが言った。いかめしい声が、王の間に響きわたった。

その場にいた全員が、暗闇に閉ざされた扉の奥をのぞき込んだ。

車いすに乗った男が、護衛兵の手で運ばれてきた。

ゲント公爵が言葉を失い、マルスリーヌが息をつめた。レオニーはまだ粉々になった帝王の石を集めていたが、その場の空気が一変したのを感じ取り、涙の陰から男を見た。

真っ白な髪と、たっぷり蓄えられたひげが目に入る。瞳の色はジュストと同じ紺碧《こんぺき》だ。

車いすに乗ってはいたが、男からは国を治める者だけがまとう威圧感が放たれていた。

レオニーは、目を細めたあと大きく開いた。

この方がここにいるなんてありえない。この方は、一ヶ月以上前に崩御なさったはずだ。

生前の遺言で葬儀が行われることはなかったが、国中が悲しみに包まれた。

ゲント公爵も同じ思いだったのだろう。老人を見て後ずさりし、苦しい声を吐き出した。

「あなたは……前皇太子が馬から落ちて死んだあと、病気で急逝したはず。このようなところにいるはずがない」

ゲント公爵は、そこにいる男の顔を改めて確かめた。

「いったいなぜ……」

「すべては、おまえの悪事を暴くためだ」

老いた前帝が、静かに口を開いた。まちがいなく前帝の声だった。

「わたしは、ずっと以前からおまえが皇位を狙っていたのを知っていた。おまえがずいぶん野心家なこともな」

崩御したと思われていた前帝は、厳しい目でゲント公爵を見すえた。

「わが息子である皇太子が死んだとき、すぐにおまえのことが頭に浮かんだ。だが、どこにも証拠はない。ゆえに、息子の死の真相を暴くため、みずからは死んだことにし、おまえの様子をうかがっていたのだ」

「間諜でもつけていたということですか……」

ゲント公爵がうわずった声で訊き、前帝は軽くうなずいた。

「おまえがマルスリーヌと結婚したところで、皇位につくことを承諾する貴族が何人いるか。となれば、おまえは自分が皇帝にふさわしい存在であることを貴族たちに見せつけようとするだろう。それにはカッファーンのスルタン陛下が持つと言われている帝王の石を手に入れるのが一番いい」

前帝はいったん言葉を切った。車いすに座ってはいるが、彼はまさに皇帝だった。

「間諜は、おまえが帝王の石を手に入れるため、そこにいる侍女をマルスリーヌの代わりにハレムに送り込むつもりだとわたしに報告してきた。そこでわたしはスルタン陛下にすべてを話し、協力を仰いだのだ」

「このスルタンが、そのような話に耳を傾けるはずがない……」

「わたしもはじめはそう思った。だが、その娘がハレムに行くこと、場合によっては命の危険があるかもしれないこと、結局わが息子を殺した犯人はわからないかもしれないこと……、すべてご承知の上で承諾してくださった。おまえたちがここに呼び出したことを教えてくださったのもスルタン陛下に協力……」

「アスガルが、前帝陛下に協力……スルタン陛下だ」

レオニーは、呆然とつぶやいた。

では、アスガルは、自分がマルスリーヌでないとはじめから知っていたというのか。自分が帝王の石を奪うために、ハレムに送り込まれたということをはじめから。

船の上で気づいたのではなく？

はじめから知っていて、なおかつ彼女を皇妃にするつもりだったのか。

前帝は、声を失うゲント公爵に言い放った。

「わたしは、自分が死んだふりをすればおまえたちが必ずどこかでしっぽを出すと思い、ひそかに見張っていたのだ。最後の最後までしっぽがつかめず、もうおわりかと思ったが、スルタン陛下の機知《きち》で救われた。その娘にはハレムでひと月近くつらい思いをさせたが、そのための報奨金はたっぷり弾ませてもらう」

前帝がレオニーに慈愛《じあい》のこもった視線を投げたあと、厳しい表情をゲント公爵に向けた。

「ジュストはぶじだ。いまごろオレンジの果汁でも飲んでいるだろう」

前帝はしばし口を閉ざしたあと、苦しみのこもった目でマルスリーヌを見た。

「ゲントのことはわかっていたが、まさかおまえまで加担していたとはな。おまえを死罪にはせぬ。その代わり、一生修道院で暮らすのだ」

マルスリーヌはしばし声を出すことができなかった。だが、ゲント公爵より早く状況を理解し、何度か深呼吸したあと皇女らしい凛とした口調で言った。

「わたくしは……ベルキネス皇家の血を引くただひとりの直系です。そのわたくしを修道院に閉じこめるなど、いかにおじいさまとて許されることではございませんわ」

「おまえが皇家の血を引いていればな」

「どういうことですの……？」

「おまえの父は厩番《うまやばん》だ。厩番はわが息子が死んだとき、罪の重さにたえきれず、わたしにすべてを告白した。皇家の血を引いていないのは、ジュストではなく、おまえの方だ」

マルスリーヌは今度こそ言葉を失った。ゲント公爵も彼女を見た。

「そんな……、まさかそんなことが……。わたくしが皇家の血を引かないなんてありえません。なにかのまちがいです」

「すべて事実だ、マルスリーヌ。おまえは、生まれたとき厩番にそっくりだった。わが息子は、おまえを見て、妻が不貞《ふてい》を犯したのではないかと疑った。ジュストが生まれたときも、また妻を疑った。ジュストは自分にそっくりだったにもかかわらずな」

マルスリーヌの体が、次第に震えを帯びていく。その瞳には自分の信じてきたものがすべて崩壊したことへの恐怖と絶望が宿っていた。

「マルスリーヌよ、おのが過ちを認め、一生をかけてつぐなうのだ」

前帝の背後から、槍と剣をたずさえた何人もの近衛兵が入ってきた。はじめからいた近衛兵が身がまえようとしたが、あまりに数が違いすぎる。

結局は剣を床に落とし、拘束されるに任せた。

彼らにはきっと赦が与えられるだろう。前帝は慈悲深い為政者だ。

マルスリーヌは、呆然とたたずんだ。その姿からは、すっかり美しさが消えている。大輪の薔薇は、いつのまにか散っていた。もはや彼女は薔薇ではない。華ですらなかった。

やがてマルスリーヌはその場に崩れ落ち、ゲント公爵とともに牢獄へと連れて行かれた。


広い室内に静寂が満ちた。前帝が、アスガルに目を向け沈黙を破った。

「スルタン陛下、このたびはなんとお礼を申し上げてよいやら。最後にはあなたを危険な目にあわせてしまいました」

「大した危険ではありませんでしたよ。あの程度の人数、わたし一人でどうにでもなります。それになかなか楽しかった」

前帝が信頼の笑みを浮かべ、アスガルもそれに応えた。

前帝は、老いているとは思えない声で言った。

「これを機にわが国とカッファーンで真の同盟を結びたいと思いますが、いかがですかな」

「結構。——ですが、ひとつだけ条件がございます」

アスガルがスルタンらしい口調で切り出すと、前帝の瞳が険しさを帯びた。

「条件とは？」

アスガルが、床に座り込んでいたレオニーに視線を移した。

「この娘を皇妃としてわが国に迎えること。この娘のご父君にもあいさつはまだです」

これまでいかめしい表情をしていた前帝の顔に喜びがやってきた。

前帝は、両側にいた衛兵の支えでゆっくりと立ち上がり、アスガルに手を伸ばした。

「わたしが反対する理由はひとつもありません。この娘がうなずけば、もうこの娘はカッファーンの正式な皇妃です」

二人は、互いの手を力強く握りしめた。

「レオニー」

アスガルが答えをうながすようにレオニーを見下ろしたが、レオニーは唇を震わせ、いまにも泣きそうな顔をした。しばらくの間、なにも言うことができなかった。

ずいぶん経ってから、やっと言葉を絞り出した。

「わたしは……、ジュストさまの侍女です。その前は奴隷でした……」

「知っている」

「いったい……どういうことなのですか……」

「おれはおまえをずっと偽っていたんだ。なにも知らないふりをしておまえを苦しめた」

レオニーは、銀色の目をまっすぐに見返した。

彼の瞳には真摯な輝きが宿り、声は痛みを孕んでいた。

レオニーはアスガルを糾弾するように言った。

「嘘をついているとはこういうことだったのですね。あなたはなにもかも知っていて……」

「ああ、そうだ。おまえはなにも知らなかったが、おれはすべてを知っていた。おまえより、おれの方がよほど罪深い。——怒っているか？」

レオニーは首を横に振り、わななく声を絞り出した。

「あなたは……、ベルキネスの安寧を守るために必要なことをなさっただけです……」

「本当に女は嘘をつく。怒っているなら、そう言え」

レオニーはいったん口を閉ざしたあと、ゆっくりと開いた。

「どうしてこんなことを承諾なさったのですか。あなたにはなんの益《えき》もないのに……」

「益はあったさ。おれが今回のことを引き受けたのは、マルスリーヌの身代わりにおまえが来ると聞いたからだ」

レオニーが眉を寄せると、アスガルが彼女に問いかけた。

「謝肉祭でのこと、おぼえてはいないのか?」

「謝肉祭?」

「おまえは、謝肉祭で木の上に登った猫を助けたろう。あのとき、猫に吠えかかったのはおれの犬だ。猫を助けるために木に登る女などはじめて見た。おれが愛しているのはマルスリーヌではない。木に登って猫を助けたおまえだ」

レオニーはアスガルの言葉が理解できず、彼のまなざしをとらえていた。アスガルの双眸は真実の光に満ちている。そこに偽りは見あたらない。

「木に登ったから、わたしを気に入ったとおっしゃるんですか?」

レオニーは涙を含んだ声で訊いた。この涙はなにを意味しているのだろう。

悲しみか。切なさか。痛みか。それとも、愛しさか。そのすべてか――。

「ああ、そうだ」

「木に登る女性など山ほどいます。わたしでなくても……」

「少なくともおれはそんな女を一度も見たことはない。あのときのおまえは光り輝いていた。いまも、おまえは光っている。おまえを愛している。レオニー、おまえだけを」

「愛している」という言葉がレオニーの中に浸透した。

彼から、その言葉を聞かされたのははじめてだ。もしかしてレオニーが皇女ではないと告げたときに、口にすると決めていたのだろうか……。

レオニーの唇に喜びの笑みが浮かんだが、次の瞬間、苦痛が取って代わった。

「……わたしのせいで帝王の石が割れてしまいました。あなたにとって命と同じくらい大切なものなのに……」

「あれは生まれたときに母からもらったガラス玉だ。帝王の石などではない。おまえを助けるために割れたとなれば、母も喜ぶだろう。母の形見は命と同じくらい大切だが、おまえは命より大切だ」

レオニーは戸惑いと悲しみの中で訊き返した。

「では……、本物はどこに……」

「帝王の石なんてものは存在しない。――いや、存在はするな。帝王の石はすべての男を帝王にさせるもの。本当の石のことではない」

「……どういう意味ですか?」

「女だ。男は、愛する女を手に入れたとき誰もが帝王になる。おれにとって帝王の石とはおまえのことだ」

レオニーは今度こそなにを言われているのかわからなかった。帝王の石は本物の宝玉のことではない？　愛する者のこと？　いくらなんでもそんなことが……。

「ですが……、あなたは帝王の石を持って生まれたという噂でした。それでしたら、あなたの愛する方はわたしではありません」

「運命《クスメット》だ」

アスガルが言った。

「おれは生まれたときから、――生まれる前からおまえに出会う運命を背負っていたんだ」

第七章　スルタンと誓い合った永遠の愛

レオニーは、アスガルとともに近衛兵たちの案内で白亜の宮殿に戻った。

昼間、アスガルと会った部屋の隣に寝室がある。

アスガルはレオニーの体を抱いて、すぐ寝室に連れて行き、彼女を寝台に横たえた。

やわらかなクッションが背中ではずみ、心地よさが訪れる。どこかで鳥が鳴いていた。

ふと、レオニーはアスガルから贈られたカナリアのことを思い出した。

あのカナリアは元気にしているだろうか。少なくともほったらかしにされていることはあるまい。

彼女がカッファーンに戻ったとき、また美しい鳴き声を聞かせてくれるはずだ。

レオニーはいま考えたことに驚いた。カッファーンに戻るなんて。

まるであそこが自分の故郷だと言うようではないか。

カッファーンに住むことを想像すると、なぜかこころがわきたった。ハレムには欲望と嫉妬が渦巻いているが、レオニーにはすでにたくさんの友達がいる。それに、養父はずっと以前からカッファーンに住みたいと言っていた。レオニーとともにカッファーンに住むことになったら、きっと養父は喜ぶだろう。病状もいまよりずっとよくなるはずだ。

「なにを考えている?」

「いろいろと……」

「おまえはよくいろいろ考える女だ。こういうときぐらいは、おれのことだけを考えていろ」

「……はい」

レオニーには、いまだ自分に起こっていることが信じられなかった。

アスガルの前に本当の自分をさらけだすことができる日が来るなんて。

しかも、アスガルが最初からレオニーを見ていたなんて。

すべてが夢のようだった。

だが、これは夢ではない。かつていだいた幻影が真実になったのだ。

アスガルがターバンを外してカフタンを脱いだ。ふだんはえり足しか見えない髪がさらされると一人の男に感じられたが、スルタンの威厳が消えることは決してない。

アスガルが、仰向けになったレオニーにうながすような視線を向けた。

レオニーはゆっくり衣を脱いでいった。ボタンを外す指が震えたが、彼に見てほしかった。自分のすべてを。

レオニーの真っ白な肌が灯火のもとにさらされ、アスガルはしばし彼女に見とれていた。

やがて、上体を折りまげ、レオニーの足もとにうずくまる。彼はレオニーの足に手をそえ、白い甲に接吻した。はじめての夜と同じように。

「ンン……」

レオニーが小さな声をもらすと、壊れ物を扱うように彼女の足を寝台に戻し、上体を起こして口づけした。おだやかな接吻はいつにもまして甘美だった。

アスガルの舌が容易に滑り込み、レオニーの舌を絡め取る。レオニーはすぐ彼に応えた。うねるような快楽がレオニーの中にやってきた。舌を絡み合わせているだけなのに、どうしてこれほど淫らな気持ちになるのだろう。

アスガルが以前言ったように自分は淫乱な女なのだろうか。

アスガルが愛してくれるならそれでいい。

たっぷり舌を味わいつくしてから、アスガルはいったん顔を離した。

銀色の双眸がレオニーを見る。レオニーも彼を見返した。

アスガルがもう一度接吻した。今度は烈風のように激しい濃厚な接吻だった。

「ンふ……。あぁ……」

唇が強く押し当てられ、角度を変えて吸い上げられる。顔がねじれるたび、舌先が違った部位をつき、口内から欲望がこみ上げた。

すぐに胸の先端が屹立し、彼女の興奮を知らしめた。舌の裏側、つけ根、口蓋、さらに口角をもなぞると、レオニーの口から甘い吐息がもれた。

「ああ……、あぁン……」

「おまえにふれるのが待ち遠しかった。船は退屈だったからな」

アスガルが、離れていた時間を取りもどそうとするようにレオニーを抱きすくめ、レオニーは背中をわななかせた。しびれるような快感と光のような情欲が体中を駆けぬける。

アスガルが唇を下方に移動させると、レオニーは恍惚とした声を出した。

「わたしもあなたのことを考えていました……。悲しいことばかりでしたけど」

「まだ悲しいか?」

「いいえ……。いまはとても幸せです。これ以上ないくらい。でも、まだいまの幸せが信じられません。いつか覚める夢のようで……」

「永遠に覚めることはないし、夢でもない。そのことをいまからわからせてやる」

アスガルが、蛇のようにちろちろと舌を出しながら、やわらかなふくらみを目指していく。盛り上がった部位にたどりつくと、色づいた尖りにはふれず、顔をねじってさらに下方にいき、ふくらみの周囲に舌を這わせた。

反対のふくらみは、手のひらで入念に愛撫する。下方の丸みを押し上げ、いやらしい手つきでこね回すと、レオニーの腰が淫らにくねりはじめた。

「あの男が好きだったのか?」

ふいにアスガルが言い、レオニーは「え……?」と訊き返した。

「ゲントとかいう男のことだ」

「まさか！　そんな風に感じたことは一度もありません。あの方は、こんなことが起こる前は、お養父さまのことをいろいろと気遣ってくださったんです。結局、すべて偽りでしたけど……。どちらにしろ、それだけの方です」

「おまえは優しい男が好きなのだろう？」

「わたしがこころを奪われたのはあなた一人です」

素直に言ったあと、レオニーはアスガルの双眸に目を向けた。

「わたしを王の間に連れて行かせたのは、わたしとマルスリーヌさまを比べるためだったのですか？」

「ああ。だが、比べようもなかった」

アスガルが唇を歪めて言い、赤い先端に接吻した。

「ン……ふうぅ……」

「おまえは薔薇でも宝玉でもない。どんな輝きもおまえの前では色あせる」

「嘘だとは知っていますが……、それでもうれしいです」

「もう嘘はつかん」

アスガルが刻印のなくなったレオニーののどを軽くなでた。

「ンあ……！」

「おまえの好きなところはみんなわかる。嘘ではないあかしだ」

レオニーの悩ましい声を聞き、アスガルが言った。耳の裏、左の鎖骨、脇の下、脇腹、——あらゆる箇所をなでていく。

そのたびにレオニーの腰が跳ね上がり、鋭い快感が走った。

「すべておれのものだ。こころも、体も、すべて——」

アスガルが絶妙な手つきで胸と先端を弄び、レオニーは首をのけぞらせた。快い官能が蜜となって中心からこぼれ、秘部が大きくひくついた。

アスガルの指先が腹を通って薄い茂みをなぞったあと、もっともやわらかい部位に到達した。彼を待ち受けるように濡れたそこが、ぴくぴくとうち震える。

アスガルは少しの間その感触を楽しんだあと、秘裂を愛撫していった。

「本当に……ずっとわたしのことをご存じだったのですか……、ふぅン……、はぁ……」

「当たり前だ。それに、たとえ知らされていなかったとしても、おれがおまえとほかの女をまちがえることは決してない」

花びらを弄び、秘裂の周囲をなぞった指が、中心へと入っていく。

二本の指が容易に奥までしまい込まれ、抜き差しをはじめると内部が形を変えていった。

レオニーの中に甘い愉悦が広がり、彼女は悶えながら口にした。

「でも、ハレムにいたときは一度もわたしを愛していると言ってはくださいませんでした……、う……ン……」

「そういえば、おまえはもっと苦しんだろう?」

「それは……」

「おまえがどれだけ苦しんでいたかは知っていた。いつも泣いていたことも。だが、今度のことを言うわけにはいかなかった。ゲントの手先がどこにいるかわからなかったからな」

今回のことに加担した女官長も、すでに牢獄の中だろう。彼女にどんな処罰が下されるのかはわからないが、前帝は公正な裁きをなさるはずだ。

「おまえが最初に来たとき、やつらの仲間かもしれないと疑っていたことも事実だ。もっとも、おまえの様子を見て、疑いはすぐに晴れたが」

アスガルが内襞をほぐすように抜き差ししていくと、レオニーの中に灼熱の歓喜が到来した。レオニーが高みに達しかけたとき、アスガルがふいに指を引き抜いた。

「あぁ……！」

レオニーは悲鳴に似た声をあげ、アスガルにねだるような目を向けた。

アスガルは唇に笑みを浮かべ、レオニーに熱い視線を送ったまま、左の手首から小粒の水晶が連なった細い鎖状の腕輪を外した。レオニーが不思議そうに見ている前で、右手の中指全体に腕輪を丁寧に巻きつけていく。

アスガルの笑みは残忍なものではなかったが、なにかを企んでいることはまちがいない。

「なにをなさるんですか……」

「いいことだ」

アスガルがレオニーの膝をつかんで内股を軽く開き、水晶を巻きつけた中指を秘裂にそってなじませたあと、ゆっくり奥に沈めていった。

「あっ……！」

水晶の粒が、削るような勢いで強く内壁をこすりあげ、これまでにない強烈な快感をもたらした。水晶の動きに合わせて内部が形を変え、奥に収まっただけでレオニーの全身にしびれが走り、大きく背中が反り返った。

はじめての感覚はたまらない悦楽をもたらし、レオニーは深い息を繰り返した。

「どうだ、いいことだろう」

「んふ……、ンあ……ッ」

レオニーの内襞が水晶から与えられる刺激で耐えがたいほど妖しくうごめき、アスガルはレオニーが慣れるまで指を動かさないでいた。

レオニーの吐き出す荒い息が、次第に安らぎに変わっていく。アスガルは彼女の変化をすばやく察知し、慎重に指を抜き差ししはじめた。

水晶が内壁をえぐるたび、埋もれていた快感が押しよせては引いていく。

自分の中には、いったいどれだけの悦びが眠っているのだろう。

だがそれも、アスガルが目ざめさせてくれるはずだ。

そのことがレオニーは恥ずかしかったが、うれしくもあった。

水晶があらゆる箇所をつき、押し、摩擦する。アスガルは、入口から奥まで手首をひねりながら回していき、彼女が強く反応すると必ずそこをこすりあげ、レオニーが満足するまでさらめく粒をなすりつけた。

淫猥な官能が、レオニーに浸透する。

これは体だけの悦楽ではない。彼とこころがつながったことの悦びだ。

アスガルが、いくつも連なった透明な粒で狭い内部を押し広げ、もっとも敏感な部位を攻めていく。細やかな起伏がレオニーを快楽の深みに突き落とし、腹の中心を通って指先にまで、荒々しい、それでいて甘美な衝動をもたらした。

アスガルが水晶を巻きつけた指を奥底に突き入れた瞬間、レオニーは高い嬌声をあげて背中をのけぞらせた。

「あぁぁ……！」

体中をまばゆい白光が行き交い、まどろみのような心地よさが体の中心を駆けめぐる。

アスガルが、レオニーの下腹に顔を近づけると、彼女は逃げるように上体を起こした。すぐにアスガルが動きを止め、レオニーを待つ。レオニーは恐る恐る脚を開き、アスガルの前に自分をさらした。それは途方もなく恥ずかしく、また途方もなく甘やかな行為だった。

アスガルがレオニーの両脚を肩に乗せて寝台にうつぶせになり、レオニーの秘部に接吻した。レオニーは寝台の柱に背を預け、上体を立てたまま彼の愛撫を受け止めた。

「あの皇女はおれの見たところ、とうてい薔薇ではなかった。少しは期待したのだがな」

「そんな……」

レオニーがすがるような目をすると、アスガルが笑みをにじませた。

「薔薇はすぐ散るが、おまえはときが経つごとに美しくなる。今朝会ったときより、いまの方がはるかに美しい」

アスガルが味を確認するように舌を這わせ、入念になめていく。顔をねじって、あらゆる部位を堪能すると、レオニーはたえがたい愉悦をおぼえた。

「けれど……、わたしも年を取ります。老いたときに、あなたが若い女性にこころを奪われるのを見ていることはできません……。ンふぅッ……」

「おれはおまえと一緒に年を取っていきたいんだ。老いたおまえと愛を重ねていきたい。若いだけの女に興味はない」

そう言ったアスガルの舌が、とうとう突起をとらえた。レオニーは腰を軽くけいれんさせ内股をこわばらせたが、すぐ力を抜き、大きく開いた。

アスガルは包皮に包まれた突起をしつこいぐらいになめ回し、レオニーを着実に頂点へといざなった。たっぷりなめあげたあとは、指を使って包皮をむく。充血した突起がさらけだされると、レオニーはすべてが見られた気がして頬を赤く火照らせた。

「なにがあろうと、おれにはおまえひとりだ」

そう言って、アスガルが突起を強く吸いこんだ。そのとたん、腰が抜けるような快楽がやってきた。背中がわななき、息ができない。

これもきっと愛のせいだ。そうでなければ、こんなにも心地いいわけがない。

彼の愛を感じると、淫靡で妖しい幸福が、レオニーを悶えさせた。

アスガルは何度も突起を吸い上げたあと、全体を口に含み、舌先で転がした。

「く……、ン……」

「ちゃんと声を出せ。余計な我慢はするな」

「ンふぅ……、あっ、あぁっ……」

アスガルの言葉に合わせ、レオニーの声が高さを増す。アスガルは、官能の突起を舌先で動かし、まわし、左右に揺すぶった。レオニーは、もっと強い快楽を得ようとして内股を極限まで開いた。もう自分がなにをしているのかわからない。

唇で挟まれ、歯でしごかれ、舌で揺らされると、焦げるような熱情がこみ上げた。

隔たりのない突起は強烈な快感をもたらし、アスガルが舌をうごめかせ、唇で引っぱり、歯で甘噛みすると、たえきれなくなってきた。

アスガルがむき出しの突起を口内の奥深くまで吸いこんだ瞬間、レオニーは快楽の大波にさらわれた。

「あぁぁッ……！」

体中が震えを帯び、全身がけいれんする。たえまない官能が背中を揺すぶり、つま先に熱が到達した。

レオニーが唇をわななかせていると、アスガルが仰向けになり、彼女の腰を引きよせた。

レオニーは潤んだ目をアスガルに向け、瞳だけで問いかけた。

「おまえが乗るんだ。おれの上でおまえの好きなことをしろ」

「アスガル……」

レオニーはわずかにおびえ、下腹にそそり立つ灼熱の杭を目に止めた。懇願するように
アスガルを見るが、彼は仰向けになったきり動こうとしない。

「いやな姿勢ではないだろう。犬みたいにやるよりいいんじゃないか」

犬と言われて、真っ赤になる。もう忘れたはずなのに。

アスガルは、彼女の考えにすぐ気づき、小さな含み笑いをもらした。

「ジャドゥには少しばかりいい目を見させすぎた。あんなことは二度とせんから安心しろ。

だが、気持ちよかったろう？」

「……そんな言葉、やめてください」

レオニーは恥じらいをこらえきれず、彼から目をそむけたが、体はすでに彼を欲して限
界まで騒いでいる。渇きが募り、指先までが彼を求めあえいでいた。

レオニーはとうとう彼に近づき、怒張しきった部位にふれた。それは、熱く、硬く、
猛々しく、彼女の中に入るのを待ち望んでいる。

下腹の中心で息づく命を両手で包み込むと、秘部のあえぎが一段と激しさを増した。な
にかをされたわけではないのに激しい情欲をおぼえ、レオニーは小さな声をもらした。

「ん……、ふ……」

レオニーはアスガルの部位をつかみ、しばしそのままでいたあと両手で優しくしごきは

じめた。灼熱の杭に手を滑らせ、張り出した部位を指の腹でくすぐると、アスガルが満足そうな笑みを浮かべた。

「あいかわらずおまえの体はどこもかしこもよくできているな。指の先まで完璧だ」

「や……ッ」

レオニーが彼の言葉を拒むように目を伏せると、アスガルが面白そうな声を出した。

「下手と言われるよりいいだろう」

レオニーは、顔を熱く火照らせたが、自分のなかに甘やかな悦びがあることも知っていた。

手のひらで彼を感じているだけで、快楽が浸透する。

レオニーはしばし彼をなでたあと、恐る恐る腰を上げ、秘部に先端をあてがった。

そのまま内部には沈めず、秘裂に杭を滑らせて下腹をゆっくりおろしていく。

レオニーはアスガルの大腿に座り込み、熱い杭を秘めやかな部位に押しつけ、内股でしっかり挟み込んだ。

硬直した彼の部位が、花びらをほころばせるようにレオニーの秘裂にすきまなくあてがわれる。秘裂全体が彼を求めてうごめくと、内股から快い欲望がこみあげ、レオニーは背中をのけぞらせた。

秘裂のうねりと灼熱の脈がぴったりと混じり、重なり合う。

レオニーは熱を持って息づく部位を長い間楽しんだあと、アスガルに潤んだ目を向けた。

「こんなこと……」

していいんですか……、と訊く前に、アスガルが頬にかかった白金の髪をレオニーの耳の後ろにかけ、その手でやわらかな背後をつかんだ。

「かまわんさ。おまえがおれを愛しているなら」

レオニーの問いを聞いてはいないのに、意地が悪いとも優しいともとれる声で言い、レオニーは少しだけ彼をにらんだが、結局欲望に打ち勝てず、静かに腰を揺らめかせはじめた。

彼の先端が内股のつけ根の間から突き出し、いやらしい蜜が杭になすりつけられていく。

レオニーは背徳的な悦びにわずかな痛みをおぼえたが、すぐに痛みは消え去った。

彼の言うとおり、いまの二人にとっては、なにもかもがいたわりに満ちた愛の行為だ。

恥じらいは官能を高めるためだけにあり、淫らな欲望は彼女を光に導いていく。

この上ない愛情の中で、みずから彼をねだっていると、いやらしい、それでいて快い安らぎが体中に染みわたった。

最初はゆるやかだった動きが徐々に激しさを増していく。あふれかえる蜜のおかげで秘裂は簡単に杭を摩擦し、アスガルにもレオニーにも快楽を与えた。

レオニーはわれを忘れたように荒い息を吐きながら、懸命に腰を揺らしつづけた。

「いままでの中でこれが一番いいらしいな」

レオニーはしばし彼の言葉に気づかず、脚のつけ根とは反対にある部位に手をあてがい、指を丁寧に上下させた。ときおり突きだした先端を摩擦し、割れた箇所を親指でなぞる。

少ししてからようやく彼の言ったことが耳に入ってきて、レオニーは指で彼をしごきながら、薄く目を開いた。

「そんなことは……ありません……」

「では、よくないのか？」

レオニーは顔を真っ赤にして、喉の奥からなまめかしい言葉を絞り出した。

「とても……いいです……」

秘部がこらえきれないほど激しくひくつき、快感が背中を駆け上がる。秘裂が灼熱の杭でこすられ、蜜がなすりつけられると、彼の部位がきらきらと光った。

レオニーが首をのけぞらせて最後の熱情を得ようとしたとき、アスガルが彼女の腰をつかんで自分から引き離した。

「ああっ……！」

愉楽から見放されたレオニーが悲鳴に似た声を挙げると、アスガルが彼女の体を軽く浮かせた。

「もうおわりだ。これよりもっと好きなものがおまえにはあるだろう？」

レオニーは切なそうに彼を見たが、その言葉を否定することはできず、熟れきった中心に先端をあてがった。

入口に彼を感じただけで、とろけるような悦楽が満ちわたる。レオニーは深いため息をもらし、腰を前後させてなじませたあと、彼を内部に沈めていった。

「ン……、あふぅ……、あぁ……」

あふれでた蜜のおかげで、アスガルは容易にレオニーの中に収まった。熱くたぎる杭を自分のなかに感じると、レオニーはこころからの至福に満たされた。

「ン……、あふぅ……、あぁ……」

あふれ出た蜜のおかげで、アスガルは容易にレオニーのなかに収まった。熱くたぎる杭を自分のなかに感じると、レオニーはこころからの至福に満たされた。

アスガルは自分を愛し、自分も彼を愛している。この愛を抑える必要はどこにもない。自分はレオニーだ。ただの侍女で、養父に引き取られなければ、いまも奴隷だったろう。アスガルはそんな自分を愛していると言ってくれた。マルスリーヌではなく自分を。目の前にいるレオニーを。

「アスガル、愛しています」

「おれもだ、レオニー。これまで誰かに愛を告げたことなど一度もない。おれが愛するのは、後にも先にもおまえだけだ」

レオニーはアスガルに顔を近づけ接吻し、静かに腰を揺らめかせた。自分の重みで彼が奥深くにまで突き刺さり、下腹を前後に動かすたび内壁が彼を締め付ける。

張り出した部位が、自分の動きに合わせて途方もない快楽を呼び起こし、鋭利な歓喜が輝きを放って駆け上がった。

真実の愛の中で行う交わりは、なんてすばらしいのだろう。いま自分が得ている官能は、あまりにも崇高で美しい。自分のすべてが解き放たれ、過去も未来も現在も、なにもかも受け入れることができる。アスガルの愛に包まれて。

養父のことは前帝が約束してくださった。もうなにも思い悩むことはない。

そう考えたとたん、レオニーの中に不安の影が忍び寄った。こんなにも幸せなのに、この影はなんだろう。なにが彼女をおびえさせているのだろう。

レオニーが言いしれぬ不安を感じていると、彼女の思考を引き戻そうとするように、突如、アスガルが腰を突き上げ、下方から彼女を貫いた。

「くふぅっ」

激しい欲望にさらされ、レオニーは下腹を浮かせたが、すぐに深くまで沈め、彼に応えるように前後させた。淫らな動きで抜き差しを繰り返し、自分で自分に悦びを与えていく。ぎこちなかった律動が次第になめらかになり、彼女に確実な情熱をもたらした。

「なにを考えていた？」

「なに……、というのは……、はぁンっ」

「不安そうな顔をしていた」

レオニーはアスガルの勘の鋭さにいまさらながら驚き、快感をおぼえながらも表情をくもらせた。アスガルがレオニーをうながすようにうがつと、体に淫らな寒気が走り、レオニーはあえぎ声の混じった言葉を出した。

「あなたがわたしにおっしゃってくださったことを考えていました……、ン、ふぅ……」

「結婚のことか」

「はい……」

アスガルが奥底に突き入れ腰を引くと、張り出した部位が内壁をえぐる。彼が言ったように、もうレオニーは彼のものだ。こころも体もなにもかも。そして、彼は自分のものだ。

「あなたはわたしを皇妃にするとおっしゃいました……。ですが……、わたしにはむりです……。ふぅぅ……、んっ……」

「なにがむりだ?」

「そんな大役、わたしにはつとまりません……」

「おれがそばにいてやる」

アスガルが、彼女の手をしっかり握りしめながら言った。

「おれがそばにいて、いつもおまえを支えてやる。おまえにもおれを支えてほしい。おれのことが信じられないと言うなら、断ってかまわん。おれにおまえを支えるほどの甲斐性がないと思うのならな。——どうだ?」

アスガルが鋭くレオニーに突き入れた。刺し貫かれるたび痛みにも似た荒々しい快楽が行き交い、レオニーはいつにもまして強烈な歓喜に酔いしれた。

「そうは思いません……。ですが……、ンふぅ……」

「なら、それ以上文句は言うな。おまえはおれが見込んだ女だ。それに、おまえはハレムでもうまく立ち回っていたではないか。ハレムの女たちと諍《いさか》いを起こすことなく、知りたいことを探り出せるような女は、そうそういない」

アスガルは自分のそんなことまで知っているのかと思い、驚いた。だが、よく考えれば、レオニーを身代わりと知って受け入れたのだから、彼女の行動を把握しておくのは当然だ。

おそらくレオニーにつけられた侍女が、逐一アスガルに報告していたにちがいない。

「あのときは……、皇女として振る舞っていただけです」

「なら、今度は皇妃として振る舞うがいい。ただし、他人の仮面をかぶる必要はない。そんなもの、おまえには不要だ」

そう言って、アスガルが激しくレオニーを刺し通した。内壁がこすられ、広げられ、押されるたび、鋭利な悦びがやってきて、レオニーは喉をのけぞらせた。

「ですが……」

「まだなにかあるのか?」

「ハレムでは……あなたから寵《ちょう》が与えられるのを待っている美女がたくさんいらっしゃいます。あなたが毎夜ハレムにいらっしゃるのをわたしは見ていられません……。ン……ンン……」

「三〇〇人の女より、おまえひとりの方が大切だ。三〇〇人どころか、世界中の女より。ハレムはミールザーに譲る。あいつは昔から、おれがハレムの女にふれるのを指をくわえて見ていたし、おれよりよほどハレムのあるじにふさわしい」

「ハレムはスルタンのものです。そのようなこと、できるはずがありません……んぁ……」

「できる、できないは関係ない。おれがハレムに行かなければいいだけの話だ。それとも、おまえはおれの言葉が信用できないか？」

「いいえ……」

レオニーは夢うつつの中で答えた。

「いいえ、あなたを信じています。あなたの愛を。あなたの優しさを。すべてを……！」

彼の言葉が彼女を満たすと、体だけでなく、こころまでが悦びをおぼえ、下腹の動きが勢いを増していく。レオニーの奥底から、なにかがゆっくりとこみ上げた。

愛であり、欲望であるものが。

アスガルがレオニーの腰をつかんで最奥を貫いた瞬間、稲妻《いなづま》に打たれたような衝撃が背中を突き抜け、レオニーは情熱のうちに甘い声をほとばしらせた。

「あぁぁ……！」

同時に、アスガルがレオニーのなかに精を吹き込み、二人は果てしない愛と深い悦びに包まれた。レオニーは荒い息を何度も吐きながら、朦朧とした声を出した。

「アスガル、あなたを愛しています。わたしのすべて……」

アスガルがすぐレオニーに愛の言葉を返してくれるかと思ったが、アスガルが口にしたのは全然べつのことだった。

「おれは、まだおまえの答えを聞いていないぞ？」

アスガルのいたずらっぽい表情を見て、なにを言っているのかすぐ気づく。

レオニーの目に涙が浮かんだ。それはこの上ない至福の涙だった。

「もう決まっています！　わたしをあなたの妻にしてください。永遠にあなたのそばにいますっ」

レオニーはアスガルの上におおいかぶさって接吻し、アスガルは甘い口づけを受け止めたあと、彼女を正面から見つめた。

「ずっとその言葉が聞きたかった」

アスガルが左手の小指にはまった金の指輪を外し、レオニーの白い手を取った。

王家の印章《いんしょう》がついた神聖な指輪だ。

アスガルは、しなやかな指先に長い間口づけし、レオニーの右手の薬指に王家の指輪を差し入れた。

それは、婚約のあかしだった。

アスガルが指輪のはまったレオニーの右手に指を絡め、彼女を見た。

「いまのおれの気持ちがわかるか？」

レオニーは銀色の瞳をまっすぐに受け止め、きらめくような笑みをこぼした。

どんな花よりも美しいほほえみを。

「どういうお気持ちでしょう？」

「世界を制した気分だ」

エピローグ

祝砲が高らかに鳴り響いた。

この日のために目抜き通りは色とりどりの花で飾られ、家という家にベルキネスとカッファーン、それぞれの紋章をつけた布が垂れ下げられた。

前日の朝から、大勢の民人が華々しい行列を見ようと沿道につめかけ、立ち並んだ衛兵が、前のめりになった群衆を懸命に押しとどめた。

セラーリオの門が開き、旗章《きしょう》をたずさえた騎兵隊長が姿をあらわした。

その背後から出てきたのは、立派な白馬にまたがり、頭上に黄金の帝冠を戴いたジュストだった。

ジュストは、アスガルが結婚するという詔勅を出したとき、ベルキネスとカッファーンの融和のため、結婚式の先導役をぜひ務めたいと申し出た。

アスガルはその言葉を快く引き受けた。

六歳の皇帝は、現在、祖父である前帝が補佐役となり、枢密会議に出席して、宰相たちでさえ返答に窮する質問をするなど、幼いながら名君の片鱗《へんりん》を見せている。

ジュストのあとからは、最高級の衣装が入った螺鈿の箱を乗せたラバが五十頭、家具調度や絹の反物、黒貂《くろてん》の毛皮などを積んだ三十台の荷車が進み、ついで、頭上に銀盆を乗せた五〇〇人の召使いがつづいた。

先頭の召使いは、カナリアが入った金の籠を提げている。かつてアスガルがレオニーに贈ったカナリアだ。

カナリアは群衆たちの熱狂に負けまいと、今日も美しい声で鳴いていた。

その次には、執事が王権の象徴である笏《しゃく》を持って進み、高官たちが見物人に硬貨を撒《ま》きながら練り歩いた。見物人は、競って硬貨を拾い集めた。

獅子《しし》や馬、孔雀を象《かたど》ったたくさんの砂糖菓子を乗せた輿《こし》もあった。行列のまわりでは、奇術師たちが手から鳩《はと》を出し、顔を白塗りにした道化師たちがはね回っている。

さらに、太鼓やラッパ、弦楽器を抱えた楽団が、にぎやかな音楽を演奏しながら行進を彩った。

二十頭の白馬の後ろから二頭の象がつづき、長い鼻が弧を描いて伸びるたび、子どもたちが悲鳴とも喜びともつかぬ叫びをあげた。

ハレムにいるすべての女を乗せた牛車が長い列を作って目抜き通りを進んで行った。民人は、直接見ることのできない女たちの優美さを想像して息を飲んだが、彼らが心待ちにしているのは隊列の最後に従う馬車だった。

牛車の後ろから、八頭の白馬に引かれたひときわ美しい馬車がゆっくりとやってくる。

馬車の胴部には蓮《はす》の精緻《せいち》な浮き彫りが施され、四隅には草花模様が黄金で鍍金《ときん》されていた。

馬車が目の前を通ると観衆の熱気は頂点に達し、何人もの女たちが気を失って倒れ、男たちに助け起こされた。

長い列が、何時間もかけて広場にたどりつく。

広場には、すでにいくつもの天幕が張られ、制服を着た歩兵軍が並んでいた。外国の王や大使も多く招かれ、みな結婚式の壮麗さにこころを奪われている。

祝砲がふたたび鳴り響いた。

同時に、近習たちの手で、広場に張られたもっとも大きな天幕が開かれ、アスガルが姿をあらわした。

巨大なダイヤモンドのついた純白のターバンと薄紫色のカフタンを着たアスガルは、スルタンとしての威厳に満ちあふれていた。その風貌は、王の中の王と呼ぶにふさわしく、広場に作られた聖壇に向かう姿は賓客を圧倒した。

アスガルの後ろから、金の剣を捧げ持ったミールザーが従った。その胸には、レオニーが返した首飾りが光っている。

口もとに朗らかな笑みをたずさえたミールザーは、アスガルの次に女たちの目を惹いた。

聖壇の右隣に、ベルキネスの前帝が腰を落ち着け、左隣にレオニーの養父が座っていた。養父はレオニーの結婚が決まってから驚くほど元気になり、いまでは娘とともにカッファーンに住むことを楽しみにしている。

アスガルは聖壇にたどりつくと、前帝のそばに行ってあいさつをし、レオニーの養父の手を取って接吻した。

養父はアスガルの手を両手でしっかりと包み込み、すがるような目を向けた。

「あなたは王の中の王。耄碌《もうろく》した老人の言葉など必要ないのは存じ上げています。ですが、もしあなたがわが娘への愛を失ったときは、あの子をすぐわたしのもとへ帰してください」

アスガルは、切実な養父のまなざしを見て、迷いのない声を出した。

「残念ですが、それはできません」

「スルタン陛下……」

「わたしがご令嬢への……、わが妻への愛を失うことはありえませんから。それに今日このときよりあなたはわが父君です。あなたの叡智《えいち》をぜひわが統治に役立てていただきたくお願い申し上げます」

アスガルの言葉を聞き、養父は目尻に涙を浮かべ、深々と頭を下げた。

歓声がとどろき、最後の馬車が広間に到着した。

宦官が扉を開くと馬車からレオニーがあらわれた。宦官の手に指先を載せ、洗練された動作で馬車をおりて行く。観衆たちが熱狂の声をあげた。

レオニーは、淡い桃色をした前開きの外衣を身につけ、その下にチューリップの柄がついた白いドレスを着ていた。

耳にはダイヤモンドを精巧に並べて作ったジャスミンの花を飾り、光り輝く白金の髪を背中に垂らして、真珠のついたリボンでいく房《ふさ》にもわけている。

面被《ヤシユマク》をつけているため顔を見ることはできないが、その美しさは遠くからでも見てとれた。

宦官に手を引かれ、レオニーが聖壇に進み出た。

レオニーがアスガルの前に立つと、二人は見つめ合いほほえんだ。

やがて広場中が静まりかえる。民人が、胸を躍《おど》らせながら聖壇を眺めた。

緋色のカフタンを着た老人が聖壇の前に立ち、アスガルとレオニーを交互に見た。古くからカッファーン王宮に仕える智者《ちしや》だ。

智者はアスガルとレオニーに、それぞれの名前と父親の名を訊いた。レオニーが養父の名を答えると、養父は盛り上がった涙をとうとうこぼした。

智者がレオニーに目を向け、口を開いた。

「あなたは、この方と結婚する意志がありますか」

レオニーはすぐに、

「はい」

と答えた。

そのとたん、広場から大きな拍手が巻き起こった。

智者がアスガルの方に視線を移した。

「あなたは、この方と結婚する意志がありますか」

「もちろんだ」

今度は地が震えるような拍手と、絶叫に似た歓喜の声が広場中に鳴り響いた。

面被をつけた侍女がレオニーに指輪を渡した。養父の家に代々伝わる大切な品だ。

レオニーは、指輪を持ってアスガルに言った。

「この指輪はわたしの愛と忠誠のあかしです。あなたがこの先わたしを愛することがなくなっても、わたしはあなたを愛しつづけます」

レオニーは、養父からもらった大切な指輪をアスガルの左手の薬指にはめてから、自分の右手を差しだした。

そこには、皇妃になることを受け入れた日、彼がつけてくれた王家の指輪が光っていた。

アスガルが、右手の薬指にきらめく指輪を抜いてレオニーに言った。

「この指輪はおれの愛と忠誠のあかしだ。おまえがこの先おれを愛することがなくなっても、おれはおまえを愛しつづける」

アスガルはそう言って、王家の指輪を彼女の右手から左手の薬指に移しかえた。

「ここに二人の結婚を宣言します」

智者が恭しい声で言うと、広場中から雄叫《おたけ》びがあがり、あらゆる彩りの花びらが舞い散った。

アスガルがレオニーの左手を取り、恭しく接吻する。レオニーが自分の前でこうべを垂れるアスガルを愛おしそうに眺めていると、突如、アスガルが彼女の手を強く引きよせ、面被を上げて口づけした。

広場にさらなる叫びが起こり、賓客たちが立ち上がって盛大な拍手をした。

アスガルが、レオニーからゆっくりと唇を離す。

銀色の真摯なまなざしが、まっすぐレオニーを見すえた。

「おまえは、おれのなにより輝かしい宝玉だ。おれの運命はただ一人。もう離さない」

「あなたは王の中の王。そして、わたしの運命です。あなたが離れろとおっしゃっても、わたしはあなたから離れません」

二人は同時にほほえむと、引かれ合うようにふたたび接吻し、真実の愛を確かめた。

――了――

あとがき

こんにちは、麻木未穂《あさぎみほ》です。本作を手にとっていただき、ありがとうございます。

「やっぱりアラブよね！」

と突如思い立ち、資料をあさると、十六世紀のオスマン帝国にこころ惹かれてしまいました。

というわけで、地味にオスマン帝国です。セラーリオのモデルはトプカプ宮殿。

しかし、本作はフィクションですので、トプカプ宮殿から馬で行ける範囲に砂漠はない（はず）です。

アスガルのイメージは、スレイマン一世（在位：一五二〇年〜一五六六年）になります。

スレイマン一世には姉妹しかいなかったため、「兄弟殺し」は行われませんでした。

スレイマン一世のことを語り出すと、ネタバレになりますので、ここら辺で止めておきます。

また、トプカプ宮殿にハレムができたのは、スレイマン一世の孫、ムラト三世（在位：一五七四〜一五九五年）の時代になります。

ヨウルトはヨーグルト、カフヴェはコーヒー。ドルマは「詰めもの」のことです。

「ドルマ」は、通常肉やピラウを仔羊などの体内に詰めたもののことですが、葉で巻いたものも「ドルマ」と呼びます。

個人的には、ムール貝にピラウ（ピラフ）を詰めたミディエ・ドルマスが好きです。

コーヒーは、下に粉が沈んでいて、上澄みを飲みます。その後、カップをソーサーにひっくり返して、ソーサーにできた粉の模様で運勢を占う「コーヒー占い」なるものがありますが、なにがどうだかいまだによくわかりません。


そんな話はさておき。

わたしはいつも食べ物のことを考えています。夜はお腹をすかせておき、翌日なにを食べるか決めて寝ます。それが翌日へのモチベーションになります。

翌日になにを食べていいのか思いつかなかったときは、悲劇です。

貯食が趣味なので、食べ物はたくさんあるし、どれでも食べればいいのですが……。

ひとつの食べ物を気に入ると、飽きるまで食べつづけます。

以前、骨密度を測ったところ、七〇パーセントという大変危険な値でした。

しかし、その後、チーズにはまってしまい、毎日毎日毎日チーズを食べて一年間。

ふたたび骨密度を測ると、一一〇パーセントになっていました。チーズ、恐るべし！

本作にも登場する山羊のチーズは、酸味が強いのであまり好きではありません。

白カビのチーズは、発酵させすぎなくらい発酵させたものが好きです。なので、賞味期限は無視します。

発酵しすぎた白カビのチーズをバゲットに載せて、その上にジャムをつけて食べるのが好きです。

みなさま、ぜひお試し下さい。

青カビのチーズも好きです。青カビのチーズは牛乳と玉ねぎと青カビのチーズをフライパンにぶっ込んで、適当に火を入れて溶けたものに、ゆでたパスタを絡めて食べるのが好きです。料理下手なわたしでも失敗なく簡単にできますので、みなさま、ぜひお試しを。


潤宮るか先生には、すばらしいイラストをつけていただきました。わたしの筆力ではとうていおよばないアスガルの美しさに感動しています。本当にありがとうございます。

さらには、この作品の刊行に携わっていただいたすべての方々に感謝いたしたいと思います。

またお会いできる日を楽しみにしています。

麻木未穂　拝

激愛《げきあい》ハレム

ティアラ文庫をお買いあげいただき、ありがとうございます。
この作品を読んでのご意見・ご感想をお待ちしております。

✦ ファンレターの宛先 ✦
〒102-0072　東京都千代田区飯田橋3-3-1
プランタン出版　ティアラ文庫編集部気付
麻木未穂先生係／潤宮るか先生係

ティアラ文庫WEBサイト
http://www.tiarabunko.jp/

著者――麻木未穂（あさぎ　みほ）
挿絵――潤宮るか（うるみや　るか）
発行――プランタン出版
発売――フランス書院
〒102-0072　東京都千代田区飯田橋3-3-1
電話（営業）03-5226-5744
（編集）03-5226-5742
印刷――誠宏印刷
製本――若林製本工場

ISBN978-4-8296-6644-9 C0193